Marleen Franke
Bleib bei mir, Vampir!

BUCH

Ungeduldig wartet Vic seit Wochen auf Neuigkeiten von ihrem Vater und Joseph, doch deren Reise nach Europa scheint alles andere als glatt zu laufen. Ihre Angst um Joseph wächst mit jeder vergehenden Stunde und als er endlich wieder vor ihr steht, nimmt diese nicht ab. Doch nicht nur mit der Sorge um ihre Freunde muss Vic fertig werden. Immerhin läuft da draußen eine gefährliche Vampirfeindin herum, die ihr nach dem Leben trachtet. Schließlich reist Vic selber nach Rumänien, um dort den Geheimnissen ihrer Familie auf die Spur zu kommen und um vielleicht einen Krieg zwischen zweier Familien zu verhindern.

Marleen Franke
Bleib bei mir, Vampir!

Roman

© 2016 Marleen Franke
Herstellung und Verlag:
BoD – Books on Demand, Norderstedt

ISBN: 9783741288104

Für Mama
Weil ohne dich das letzte Jahr nicht möglich gewesen wäre.
Danke für alles.
Liebe bis zum Mond und zurück <3

1

Das flackernde Licht der bunten Scheinwerfer ließ abstrakte Schatten zwischen den tanzenden Leuten in dem Nachtclub entstehen, in dem ich an der Bar lehnte und an meiner Cola nippte. Nicht weit von mir entfernt tanzte meine beste Freundin Fux mit einem leicht angetrunkenen Kerl, der ganz hin und weg war von ihr und sein Glück anscheinend gar nicht fassen konnte, als sie sich an ihn schmiegte und sich auf die Zehenspitzen stellte, um ihm etwas ins Ohr zu flüstern.

Mein Blick wanderte weiter und blieb an meinem besten Freund Cedric hängen, der ein Stück weiter mit einem hübschen blonden Mädchen stand, die ununterbrochen auf ihn einredete, allerdings beobachtete er die Szene mit Fux und dem Fremden mit zusammen gekniffenen Augen. Unwillkürlich musste ich grinsen und schlenderte zu ihm herüber.

»Kein Grund zur Eifersucht, Schmollgesicht«, brüllte ich ihm über die Musik hinweg ins Ohr und er zuckte zusammen, warf mir einen vorwurfsvollen Blick zu. Die Blondine hingegen starrte mich einen Moment mit offenem Mund an, ungläubig, wie ich es wagen konnte, ihren Flirt zu unterbrechen.

»Ihr macht das ein wenig zu sehr Spaß, findest du nicht?«, fragte Cedric deutlich angefressen und ich sah zu Fux, deren Tanzpartner inzwischen die Hände auf ihren Hintern gelegt hatte und mehr als offensichtlich versuchte, sich einen Kuss zu stehlen.

Die Blondine schien noch nicht aufgeben zu wollen, zupfte Cedric am Ärmel und klimperte mit den – eindeutig falschen – Wimpern.

»Lass uns tanzen, Ceddy, komm schon«, bettelte sie und ich musste mir ein Grinsen verkneifen.

»Verzieh dich«, knurrte Cedric jedoch nur als Antwort und empört warf Blondie die Haare zurück.

»Schön, wenn du lieber das Schneewittchen hier vorziehst«, fauchte sie und stolzierte davon. Ich sah ihr hinterher.

»Das war nicht nett«, tadelte ich feixend und Cedric schnaubte entrüstet.

»Ich brauche sie nicht, ich habe vorgestern getrunken. Herrgott, muss sie ihm wirklich fast das Ohr abknabbern?!«

Ich sah wieder zu Fux, doch die war nicht mehr in der Mitte der Tanzfläche. Mein suchender Blick fand sie schließlich ein wenig versteckt neben dem DJ Pult, wo sie ihren Verehrer hin geschleift hatte und ihn gerade stürmisch gegen die Wand dort drückte. Ein leichtes Gefühl der Besorgnis überkam mich, allerdings nicht, weil Fux so sehr mit dem Kerl flirtete, das machte ich nicht anders, wenn es sein musste.

Nein, Fux hatte ein ganz anderes Problem und das war die Kontrolle ihres Blutdurstes.

Sie war jetzt seit einem halben Jahr ein Vampir, ein wenig länger als ich, aber sie hatte immer noch Schwierigkeiten, das Trinken zu kontrollieren. Deswegen gingen wir niemals alleine zum Trinken aus, sondern immer zu dritt. Ich hatte es da einfacher.

Als Nachfahrin der wahrscheinlich ältesten Vampirfamilie der Welt hatte ich einige Vorteile gegenüber den anderen Vampiren. Mein Blutdurst hielt sich in Grenzen. Während Fux und Cedric spätestens alle zwei Wochen was trinken mussten, hatte ich es schon mal einen ganzen Monat ohne Blut ausgehalten, einfach um zu testen, wo meine Grenzen sind.

Auch Cedric hatte es einfacher. Er war schon vor einigen Jahren verwandelt worden und hatte Übung. Fux dagegen mussten wir schon ein paar Mal davon abhalten, zu gierig zu werden und womöglich Menschenleben zu gefährden.

Diesmal jedoch hatte sie alles im Griff. Zwei Minuten lang hing sie dem Kerl am Hals, der nicht mal mitzukriegen schien, was passierte, dann löste sie sich von ihm, wischte mit einem Stofftaschentuch das Blut von seinem Hals und schenkte ihm ihr schönstes Lächeln, bevor sie schließlich zu uns herüber kam.

»Lief doch super, oder?«, fragte sie strahlend, bis sie Cedrics verkniffene Miene sah.

»Das nächste Mal nimm ihn doch einfach mit nach Hause, dann musst du das nicht hier machen«, sagte er eingeschnappt und wandte sich ab, um sich durch die tanzenden Körper in Richtung Ausgang zu schieben.

Mit großen Augen sah Fux erst ihm nach und dann mich an und ich konnte die unausgesprochene Frage in ihren himmelblauen Augen sehen: »Was hab ich gemacht?«

»Ach Füxchen« Liebevoll legte ich ihr den Arm um die Schulter, während wir Cedric hinterher gingen, »Eines musst du noch dringend über Männer lernen: Sie würden es niemals zugeben, aber sie sind eifersüchtig wie der Teufel.«

»Genau deswegen komme ich nie mit, wenn er trinken muss«, erwiderte sie nun auch etwas verärgert, ließ sich aber von mir mitziehen.

Cedric wartete am Auto auf uns und hielt mir wortlos den Schlüssel hin, den ich seufzend entgegen nahm.

»Wieso muss ich immer fahren?«, meckerte ich, als ich auf der Fahrerseite einstieg.

»Joseph würde es niemals einen von uns erlauben, sein Auto zu fahren«, erwiderte Cedric und bei der Erwähnung von Josephs Namen fuhr ich leicht zusammen.

Fünf Monate war er jetzt schon weg. Fünf lange Monate, in denen regelmäßig Mails und Briefe kamen und ab und zu auch ein Paket mit Büchern und der Bitte, diese für ihn zu lesen, ob uns etwas auffallen würde. Fünf Monate, die er in Europa mit meinem Vater herum tourte, auf der Suche nach Antworten, die eventuell einen Krieg zwischen den beiden verfeindeten Vampirfamilien verhindern könnte.

Fünf Monate… und jetzt seit drei Wochen kein Lebenszeichen.

Ich presste die Lippen zusammen, während ich den Motor startete und Fux und Cedric die Rückbank einnahmen und leise begannen miteinander zu diskutieren.

Ich hörte weg und konzentrierte mich auf die Straße, meine Gedanken jedoch wanderten unwillkürlich zu Joseph.

Ich hatte ihm Mails geschickt. Mehrfach versucht, ihn anzurufen. Kein Erfolg. Cedric und Fux hatten die ganze Zeit versucht, mich zu beruhigen.

»Vielleicht hat er sein Handy verloren«

»Eventuell kommt er gerade nicht ins Internet«

»Vielleicht wurde er gefangen genommen und kann sich deswegen nicht melden«

»Cedric!«

»Oh, ich meine…es wird schon alles gut sein, Vic«

Aber was, wenn nicht?

Ich spürte, wie mein Hals sich zuschnürte und biss mir fest auf die Unterlippe, um zu vermeiden, dass ich jetzt hier im Auto losheulen würde. Niemals würde ich es mir verzeihen, wenn Joseph etwas passiert ist. Nur wegen mir ist er losgezogen nach Rumänien.

Die Stimmen auf der Rückbank wurden leiser und verstummten schließlich ganz und als ich einen Blick in den Rückspiegel warf, sah ich Fux und Cedric in einen innigen Kuss vertieft. Unwillkürlich musste ich grinsen.

»Hey, könnt ihr damit warten, bis wir Zuhause sind?«, fragte ich, während ich den Wagen die Auffahrt der Tiefgarage hinunter rollen ließ, die zu dem Apartmentkomplex gehörte, in dem wir zur Zeit wohnten.

»Sind wir doch quasi«, erwiderte Cedric, rückte aber ein Stück von Fux ab und ich konnte sein dämlich verliebtes Grinsen dabei sehen.

»Muss Liebe schön sein«, seufzte ich, woraufhin Fux kichernd das Gesicht in Cedric Hemd versteckte.

Wir stiegen aus und gingen zum Fahrstuhl und ich sah den beiden an, dass sie sich zusammen reißen mussten, um nicht hier schon übereinander herzufallen. Ein Hoch auf die jugendlichen Hormone!

Der Fahrstuhl hielt schließlich im Penthouse Apartment und wir stiegen aus.

Das Apartment gehörte eigentlich ebenfalls Joseph. Nachdem er und mein Vater losgeflogen waren nach Europa hatten wir restlichen drei nicht lange gezögert, zurück nach Los Angeles zu fliegen. Dort fühlten wir uns alle am wohlsten und wir wussten, wo wir unterkommen konnten.

Sobald wir in dem Apartment waren, verzogen Cedric

und Fux sich knutschend in Richtung Gästezimmer, in dem sie übernachteten. Ich seufzte wehleidig und verschwand schnell in ‚meinnem‘ Zimmer – eigentlich Josephs Schlafzimmer. Dort wischte ich mir im Badezimmer das Make Up aus dem Gesicht, putzte die Zähne, zog mir eines von Josephs T-Shirts an, band meine Haare am Hinterkopf zusammen und warf mich dann auf das Bett.

Schlafen konnte ich sowieso nicht. Mein Schlafrhythmus war ohnehin ziemlich im Eimer, seit ich ständig mit Vampiren herum hing und erst recht, seit ich selbst einer war.

Aus dem Nebenzimmer war deutlich das Quietschen eines Bettes zu hören und ein gekichertes »Lass das, Cedric!« Ich verdrehte die Augen und griff nach den Kopfhörern in der obersten Schublade des Nachttisches, die ich an mein Handy stöpselte und Musik anmachte. Das musste ich mir nicht antun.

Dann griff ich nach dem Buch, das ebenfalls auf dem Nachttisch lag.

Es war eines der Bücher, die Joseph mir geschickt hatte. Die Seiten waren alt und vergilbt und am Anfang hatte ich Angst, sie würden zwischen meinen Fingern auseinander fallen, wenn ich sie berührte, aber sie waren doch widerstandsfähiger als sie aussahen.

Es war ein Tagebuch von einem meiner Vorfahren, einem jungen Mann namens Marius Constantin aus dem Jahre 1659.

Die Tinte war bereits verblasst und an manchen Stellen kaum noch leserlich, doch wie schon die Nächte und Tage zuvor versank ich sofort in der Geschichte, die Marius mir erzählte.

Das Tagebuch hatte damit begonnen, dass er von einer jungen Frau erzählte, die sein Vater gefangen hielt. Erst nach ein paar Seiten wurde mir klar, dass es sich bei der Frau um

einen Vampir aus der englischen Featherstone Familie
handelte und dass Marius' Vater sie regelmäßiger Folter
aussetzte, um heraus zu finden, warum sie in Rumänien war.
Marius' Worte hingegen wurden mit jeder Seite liebevoller,
wenn er über sie schrieb und mir war schnell klar, dass mein
Vorfahr sich in seine Feindin verliebt hatte.

Problemlos fand ich die Stelle, an der ich aufgehört hatte
zu lesen.

*Ihr Rücken ist bereits vernarbt von der Sonne, in die Vater sie
tagtäglich schickt. Ich ertrage ihre Schreie nicht mehr und ich bete
zu Vater, dass ich sie erlösen darf, doch er gestattet es nicht.*

*Wenn ich jedoch Miss Caroline ansehe, dann sehe ich keine
Feindin mehr. Ich sehe eine gebrochene Dame und es zerreißt mir
das Herz. Wenn es schlagen könnte, würde es nur für sie schlagen.
Vater würde mich verbannen, wenn er wüsste, was ich für sie
empfinde.*

*Er ahnt bereits etwas, er beobachtet mich, wenn ich hinunter in
die Kerker gehe. Ich muss Miss Caroline retten, es ist mein größtes
Verlangen. Nie zuvor hatte ich den Drang meine Familie zu
hintergehen, doch sie ändert alles. Sie ist keine Verräterin. Sie ist
anders. Sie ist mein und mein Herz ist ihres.*

An dieser Stelle musste ich kurz abbrechen und die
Augen schließen, weil ich spürte, wie mein Herz sich
schmerzhaft zusammen zog. Schon vor Monaten hatte es
aufgehört zu schlagen, wie es halt so ist, wenn man
verwandelt wird. Aber es fühlte trotzdem noch und gerade
fühlte es die Sehnsucht nach Joseph.

Auch wenn ich mich von ihm getrennt hatte, er war nach
wie vor der wichtigste Mensch – oder Vampir – in meinem
Leben. Ich wollte mit ihm reden, ihm erzählen, was Marius

geschrieben hatte in all den Jahren, mit ihm die Geschichte analysieren. Mit Fux oder Cedric konnte ich darüber nicht richtig reden. Sie hörten zwar zu, aber wenn ich sie fragte, was sie davon hielten, zuckten sie meistens nur ratlos mit den Schultern. Es war nun mal nicht ihre Familie.

Für einen Moment schloss ich die Augen und drückte die Nase in Josephs T-Shirt, das ich trug. Es roch nur noch ganz leicht nach ihm, aber ich inhalierte den Geruch für ein paar Sekunden lang, bis ich mich wieder auf das Tagebuch von Marius konzentrierte.

Einige Einträge, in denen es nur um die Geschäfte seines Vaters ging, übersprang ich.

Irgendwie hatte ich das Gefühl, dass die Geschichte zwischen Marius und Caroline eine tiefere Bedeutung hatte.

Heute hätte Vater sie beinahe getötet.

Er hat sie in die Mittagssonne gestoßen und ihr den Weg zurück versperrt. Sie hat bereits gebrannt, als ich ihn dazu bringen konnte, sie zurück in den Schatten zu holen und sie zu löschen. Nun hat er erreicht, was er wollte. Sie ist gebrochen.

Ich höre ihr Weinen, wenn ich bei ihr bin. Sie richtet kein Wort mehr an mich.

Es kümmert mich nicht mehr, was Vater sagt. Miss Caroline hegt nichts Böses gegen unsere Familie. Er setzt sie solchen Qualen aus und sie ist doch unschuldig. Ich werde sie retten. Ich muss sie retten. Sie ist alles.

Er musste sie sehr geliebt haben, auch wenn ich nicht heraus lesen konnte, warum. Marius beschrieb Caroline immer noch als sein Licht, seine Hoffnung. Ich konnte allerdings nicht heraus lesen, warum er so viel in einer seiner Feinde sah.

Vielleicht war sie einfach nur verdammt scharf, schoss es mir durch den Kopf und unwillkürlich musste ich ein wenig grinsen. Das wäre ja wie bei den Griechen, ein Krieg ausgelöst durch eine schöne Frau.

Ich las noch ein bisschen weiter, wie Marius Pläne schmiedete, um Caroline zu befreien. Sie alle schrien geradezu vor Todessehnsucht. Eine Sache jedoch schien er noch nicht aussprechen – oder aufschreiben – zu wollen. Er bezeichnete sie immer nur als ‚Den letzten Ausweg‘ und er schien selber zu große Angst davor zu haben, um näher zu beschreiben.

Seufzend klappte ich das Buch zu und verstaute es sorgfältig in der Schublade des Nachtschrankes.

Dann zog ich probehalber die Kopfhörer aus den Ohren und lauschte.

Von den Liebesspielchen meiner beiden besten Freunde war nichts mehr zu hören und so konnte ich mich in die weichen Decken kuscheln und die Augen schließen.

2

Ein gellender Aufschrei ließ mich Stunden später kerzengerade im Bett sitzen. Das Licht der untergehenden Sonne schien direkt in mein Schlafzimmer und meine beste Freundin funkelte mich von der Tür zum Badezimmer, die im Schatten lag, wütend an, während sie sich über den Unterarm rieb, an dem ein roter Striemen zu sehen war.

»Kannst du dir verdammt noch mal endlich angewöhnen, die Jalousien runter zu machen? Nicht jeder hier in der Wohnung ist gegen Sonne immun!«, fauchte sie.

»Tut mir leid«, nuschelte ich und zog schnell an der Schnur, mit der die Verdunklungsjalousien herunter gefahren wurden. Prompt wurde es stockdunkel im Zimmer und Fux drückte auf den Lichtschalter neben ihr.

»Tut mir leid«, wiederholte ich, »Im Badezimmer ist noch Brandsalbe«

Sonnenlicht war das einzige, was bei einem Vampir bleibende Schäden hinterlassen konnte. Auch an Josephs Körper waren ein paar Narben, die nur davon stammen konnten. Nachgefragt hatte ich allerdings nie.

Während Fux in dem Medikamentenschrank kramte, setzte ich mich im Bett auf und kniff einen Moment die Augen zusammen.

Ich hatte geträumt und das war bei mir meistens ein
schlechtes Zeichen. Träume, die sich als wahr heraus stellten,
hatte ich teilweise schon vorher gehabt, seit ich ein Vampir
war, hatte sich das allerdings noch einmal verschlimmert.

»Alles okay?«, fragte Fux, als sie aus dem Badezimmer
kam und mich im Bett sitzend vor fand, die Hände in den
Haaren vergraben.

»Ja…diese Träume machen mich fertig…«, murmelte ich.
Besorgt setzte sie sich neben mich.

»Was schlimmes?«, fragte sie beunruhigt.

»Keine Ahnung. Es war alles verdammt dunkel. Ich
glaube, es war in einem Schloss oder so und ein Mann war
da, der rumänisch gesprochen hat. Glaube ich jedenfalls,
dass es rumänisch war«

»Und du hast nicht verstanden, was er gesagt hat?«

Ich schenkte ihr ein schwaches Lächeln.

»Das spontane Erlernen von Fremdsprachen zählt leider
nicht zu meinen neu gewonnenen Vampirfähigkeiten«

»Mh…« Nachdenklich stützte sie ihr Kinn auf ihrem Knie
ab, »Was neues von Joseph?«

»Kein Wort«

»Vielleicht von Victor?«

»Den erreiche ich auch nicht. Aber das ist ja nichts
Ungewöhnliches«

Mein Vater hatte die wunderbare Eigenschaft, schon seit
Monaten meine Kontaktaufnahmen zu ignorieren. Wenn
etwas Wichtiges war, schrieb er mir ab und zu eine E-Mail,
aber das war auch das höchste der väterlichen Gefühle, die
ich ihm entlocken konnte.

Fux schwieg einen Moment.

»Und Noah?«, fragte sie dann leise.

Noah Silva war unser ehemaliger Freund und der

Nachfolger einer wohl recht bekannten Vampirjäger Familie – zumindest hatten sowohl Joseph als auch Victor gleich gewusst, mit wem sie es zu tun hatten. Aus irgendeinem Grund waren die beiden auch der Meinung gewesen, dass er unbedingt mit auf ihre Reise gehen sollte. Er war da anscheinend anderer Meinung gewesen, aber nichtsdestotrotz war er letztendlich mit den beiden in den Flieger gestiegen.

»Vielleicht solltest du ihn anrufen. Irgendeiner von den dreien muss doch erreichbar sein«

»Wenn sie nicht inzwischen alle tot sind«, murmelte ich halblaut, aber nahm mein Handy zur Hand und scrollte durch die Nummern, bis ich die von Noah fand.

»Er hat eine andere Nummer«, merkte Fux an, die mir über die Schulter geguckt hatte. Ich verdrehte die Augen.

»Hervorragend. Dann hat sich das ja auch erledigt«

»Ich weiß sie immer noch auswendig«

Mit hochgezogener Augenbraue sah ich meine beste Freundin an, die mit roten Wangen den Kopf senkte.

»Guck nicht so. Wenn man so lange in den Kerl verschossen war, dann kennt man auch noch seine Nummer auswendig«

»Lass das nicht Cedric hören«

Aber dann tippte ich die Nummer ein, die sie mir diktierte, drückte auf das Anrufen Symbol und wartete.

Es tutete eine Weile und ich dachte schon, es würde niemand abnehmen, doch dann erklang plötzlich eine wohl vertraute Stimme.

»Hallo?«

»Meine Güte, Silva, ich hätte nie gedacht, dass ich das nochmal sage, aber ich freue mich, deine Stimme zu hören!«, stieß ich hervor.

»Vic…ähm…hi…«

Das Zögern in seiner Stimme weckte mein Misstrauen.

»Was ist los?«

»Nichts, es ist alles in Ordnung. Wir sind in Rumänien und hier ist ziemlich was los«

»Wo ist Joseph? Kann ich ihn sprechen?«

Mein Herz würde verdammt schnell schlagen, wenn es das noch könnte, aber auch so spürte ich das wohlbekannte Kribbeln im Bauch bei dem Gedanken, Josephs Stimme zu hören.

»Äh, das geht gerade schlecht, er ist nicht da«

Die Enttäuschung dämpfte das Kribbeln sofort.

»Okay. Und Victor?«

»Der…ist auch nicht…Vic, das ist gerade kein guter Zeitpunkt«

Er hatte Angst. Das hörte ich nun deutlich heraus. Meine Alarmglocken im Kopf begannen zu schrillen.

»Raus mit der Sprache, Noah! Wo sind die beiden? Was ist passiert? Warum erreicht man euch nicht?«

»Ich kann nicht…«

»Noah Silva, ich jage dich notfalls bis ans Ende der Welt und reiße dich in Stücke, wenn du mir nicht sofort sagst, was passiert ist!« Meine Stimme wurde immer lauter und inzwischen hatte auch Cedric das Schlafzimmer betreten und sich zu Fux und mir auf das Bett gesetzt. Mit besorgter Miene lauschte er meinem Telefonat.

Am anderen Ende der Leitung war es eine ganze Weile lang still, so still, dass ich schon dachte, Noah hätte einfach aufgelegt. Dann hörte ich einen langen Atemzug.

»Joseph ist in England. Wir haben ihn da verloren auf der Flucht vor einigen Verbündeten der Featherstones. Dann hat Victor mich in ein Flugzeug gesetzt und ist selber weiter nach Rumänien«

Mein Magen zog sich zusammen. Mir wurde übel.

»Was…was meinst du mit verloren?«, krächzte ich. Fux griff nach meiner Hand, die blauen Augen sorgenvoll aufgerissen.

»Keine Ahnung, wir sind geflohen und er hat sich plötzlich ohne ein Wort von uns getrennt. Wir haben ihn gesucht, aber Victor sagte, wir müssen weiter und so leid es mir für dich tut, Vic, ich bin nun mal in diesem Dreiergespann das schwächste Glied, also stelle ich mich nicht gegen einen Vampir« Noahs Stimme klang nun abweisend, als wolle er sich verteidigen. Ich spürte, wie meine Kehle sich zuschnürte. Joseph wurde vermisst.

»Wo bist du jetzt?«, wollte ich wissen.

»Ich bin vor drei Tagen in Chicago gelandet«

»Wir kommen dich holen«

»Nein« Jetzt klang seine Stimme hart, »Ich mache da nicht mehr mit. Jedes Mal, wenn ich eines von euch Monstern sehe, könnte ich das Kotzen kriegen und hätte man mir nicht meine Waffen abgenommen, dann wärt ihr alle schon längst Geschichte. Verstanden, Vic? Wenn ich auch nur einen von euch noch einmal sehe, egal ob dich oder Joseph oder Fux, dann bringe ich euch um«

»Versuche es, dann werden wir ja sehen, wer wen umbringt«

»Unterschätze mich nicht, Vic. Das könnte dir das Leben kosten. Oder das, was davon noch übrig ist«

Und dann war die Leitung tot. Ich ließ mein Handy sinken und starrte es an. Fux berührte leicht meine Hand.

»Vic?«

»Ja?«

»Alles okay?«

»Nein« Und dann fing ich an zu heulen. All die Angst, die sich in den letzten Wochen angehäuft hatte und die sich nun als berechtigt heraus stellte, entlud sich mit aller Kraft. Fux schlang die Arme um mich und Cedric rutschte näher heran, während ich das Gesicht an Fux' Beine drückte und den Tränen freien Lauf ließ.

»Er…die haben ihn in England verloren…und sie wurden verfolgt…o Gott, er ist bestimmt tot, die haben ihn getötet…« Ich schluchzte heftig auf. Meine Stimme war kaum zu verstehen.

»Süße, ganz ruhig. Vielleicht ist er…«

»Nein, er ist tot!« Ich heulte auf und wollte um mich schlagen und treten und beißen. Cedric und Fux wechselten einen hilflosen Blick.

»Vic…«

»Lass mich in Ruhe, ich will zu ihm, er ist tot, er ist…« Weiter kam ich nicht, denn ohne Vorwarnung schlug Cedric mir mit der flachen Hand ins Gesicht.

Von einer Sekunde auf die andere war es totenstill im Raum.

»Tut mir leid. Du wurdest ein wenig hysterisch«, sagte Cedric verlegen.

»Du hast mich geschlagen« Das sagte ich nicht wütend oder verletzt, nein, eher verwundert.

»Ja. Tut mir leid. Tat es weh?«

»Nein, ich…« Ich hickste auf. Von dem Heulanfall hatte ich einen Schluckauf bekommen, »Ich hätte nicht gedacht, dass du sowas kannst«

»Tut mir leid«, sagte Cedric zum dritten Mal. Ich winkte ab.

»Ist schon okay. O Gott. Ich habe mich gerade aufgeführt wie eine Verrückte, oder?«

»Ein bisschen« Wir wechselten alle drei unsichere Blicke.

»Er ist nicht tot, Vic. Ganz bestimmt nicht. Wir werden ihn finden, okay?«, sagte Fux dann leise und ich nickte gehorsam. Tatsächlich wurde ich langsam ruhiger. Natürlich musste es nicht automatisch heißen, dass Joseph tot war, nur weil Noah ihn aus den Augen verloren hatte. Er war unnachgiebig und stark und ein Meister im Verstellen. Vielleicht konnte er die Featherstones überzeugen, dass er die ganze Zeit nur für sie spioniert hatte. Oder er bezirzte eine der Frauen so lange, bis sie ihn frei ließ. Alles war möglich bei Joseph.

»Wir müssen nach England«, sagte ich schließlich. Fux nickte kräftig.

»Auf jeden Fall. Wir werden ihn finden und dann werden wir Victor suchen und das ganze Rätsel lösen«

»Ja!«, bekräftige ich und wir sahen abwartend zu Cedric.

»Ähm…ich habe keinen Reisepass…«, gestand er leise. Ungläubig sahen wir ihn an. Das konnte doch nicht sein, dass unsere Rettungsmission an so etwas wie einen fehlenden Reisepass scheitern konnte.

»Und habt ihr schon mal daran gedacht, dass es für uns – zumindest für Fux und mich – schier unmöglich ist mit dem Flugzeug nach Europa zu fliegen? Wir können uns nicht vor der Sonne schützen«

»Verdammt«, murmelte ich. Da ich selber gegen die Sonne immun war, hatte ich das nicht berücksichtigt.

»Wir können doch versuchen, ob uns Victors Pilot einen Gefallen tut. Du weißt schon, der kleine Privatjet…«

»Das klappt nie im Leben. Außerdem wissen wir den Namen des Piloten doch gar nicht«

„Der lässt sich herausfinden.“ Ich war dickköpfig genug, um gegen Cedric zu bestehen, auch wenn ihm der

Pessimismus ins Gesicht geschrieben stand. Erst, als Fux sich an ihn schmiegte, ihn aus flehenden Augen ansah und »Wir können es doch immerhin versuchen« hauchte, gab er auf.

»Ja. Also gut. Versuchen wir es«

»Großartig!« Ich strahlte die beiden an und prompt ging es mir tatsächlich besser. Wir würden etwas tun.

»Okay, dann…wer hat Lust auf Pizza?«, schlug Cedric schließlich vor und wir stimmten freudig zu. Heute würden wir einfach nur entspannt auf der Couch sitzen und Fernsehen und uns von nichts und niemanden stören lassen.

Das war zumindest meine Vorstellung des Abends, die mir jedoch schnell zu Nichte gemacht wurde, als auf meinem Handy eine SMS von einer unbekannten Nummer auftauchte.

Cecile weiß, dass du lebst. Triff mich an der Walt Disney Concert Hall um Mitternacht. Ich kann euch helfen. S.

Fux und Cedric waren strikt dagegen, dass ich der Anweisung der unbekannten Nummer folgte. Sie waren sich einig, dass ich in eine Falle tappte.

»Wer soll S sein? Silva vielleicht? Dann rennst du ihm direkt ins offene Messer«, verkündete Cedric, während er auf einem Backblech mit Teig kunstvoll Gemüsestückchen verteilte.

»Du solltest zumindest nicht alleine fahren, Vic. Ehrlich, wenn da eine Armee von Cecile auf dich wartet, dann hast du keine Chance«, sprach Fux mir gut zu, aber ich blieb still. In meinem Kopf hatte sich bereits eine Vermutung breit gemacht, wer S. sein könnte, ich wagte es allerdings noch nicht, diese Vermutung auszusprechen. Und es würde meine Entscheidung auch nicht vernünftiger machen.

»Als ob wir da zu dritt dann bessere Chancen hätten. Bevor ich euch auch noch in Gefahr bringe, fahre ich lieber alleine«

»O Gott, hörst du dich selber reden? Du bist meine beste Freundin! Als ob ich dich alleine losziehen lasse, wenn eine durchgeknallte Vampirbraut deinen Tod will!« Fux' Stimme wurde laut und ich wusste genau, was sie dazu bewegte, mich nicht alleine lassen zu wollen. Das hatte sie bereits einmal getan. Und sie bereute es Tag für Tag.

»Okay, ist ja gut. Ich fahre nicht. Zufrieden? Kannst du jetzt endlich die Pizza in den Ofen schieben? Ich sterbe vor Hunger« Mit diesen Worten beendete ich die Diskussion und hoffte, später eine Gelegenheit zu finden, um die Wohnung unbemerkt zu verlassen.

Wir sahen uns einen Science Fiction Film an, den Cedric schon kannte und uns ein wahnsinniges Filmerlebnis versprach, aber Fux und ich machten uns irgendwann nur noch über die schlechten Special Effekte lustig, so dass Cedric gegen halb elf beleidigt in seinem Zimmer verschwand. Fux und ich kicherten.

»Er ist manchmal eine ganz schöne Diva«, grinste Fux.

»Tztz und das aus dem Munde seiner Freundin, schäme dich«, erwiderte ich lachend und sie gluckste nur, sah jedoch in Richtung Zimmertür.

»Du solltest nach ihm sehen«, sprach ich ihr nach zehn Minuten gut zu.

»Sollte ich vermutlich…«, sagte sie, blieb jedoch sitzen. Es wurde viertel vor elf. Um halb zwölf musste ich spätestens hier weg.

»Versuch es mal mit Sex, wenn er weiter die beleidigte Leberwurst spielt. Damit verzeihen Männer einen doch alles«

Fux warf mir einen schrägen Seitenblick zu.

»Ich weiß, was du hier versuchst«, sagte sie.

»Und ich weiß nicht, was du meinst«

»Du willst mich loswerden, damit du diesen geheimnisvollen S. treffen kannst. Dir geht das nicht aus den Kopf und obwohl das eine Selbstmordmission ist, hast du nicht eine Sekunde daran gedacht, ihn nicht zu treffen«

Sie traf ins Schwarze.

»Ich weiß schon, warum du meine beste Freundin bist«

»Du weißt, dass es Wahnsinn ist, ihn zu treffen, oder?«

»Oder sie«

»Komm schon, Vic. Ich denke, wir haben beide denselben Verdacht, wer S. ist«

Wir sahen uns an.

»Er ist tot«, sagte ich dann.

»Dafür haben wir keine Beweise«

Sie hatte Recht.

»Ich werde mitkommen«, verkündete sie. Ich seufzte.

»Fux, nein…«

»Doch. Widerstand ist zwecklos. Es stand kein Wort davon in der Nachricht, dass du allein kommen sollst«

Damit hatte sie ebenfalls Recht. Und ich sah ihr an, dass sie ein Nein nicht akzeptieren würde. In dem Fall war sie genauso ein Dickkopf wie ich.

»Okay. Aber wenn dir was passiert, dann bringt Cedric mich um«

»Wieso sollte mir was passieren?«, fragte sie selbstbewusst und reckte das Kinn, »Ich kann auch so manche Sachen in Kleinholz zerlegen, weißt du«

Ich lachte leise und stand auf.

»Dann lass uns hier abhauen, bevor die Diva wieder auftaucht«

Fux ignorierte den Seitenhieb auf ihren Freund und folgte mir zum Fahrstuhl. Bei dem leisen Pling zuckten wir beide zusammen und hofften, dass Cedric es nicht ebenfalls gehört hatte. Ich drückte so lange auf den Knopf zur Tiefgarage, bis die Türen ganz geschlossen waren.

Durch unseren überstürzten Aufbruch waren wir früh dran und hielten so bei Taco Bell an, um die Zeit zu vertrödeln.

Wir teilten uns eine Portion Nachos und starrten aus die Fenster in die Dunkelheit, während um uns herum überraschend viele Leute sich noch eine Kleinigkeit zu essen holte. Ich bemerkte, wie Fux auf ihrer Unterlippe herum kaute und die Nachos kaum anrührte.

»Alles okay?«, fragte ich. Ich hatte mit einer Antwort gerechnet, dass sie doch Angst hatte, aber sie murmelte nur: »Ich habe Hunger«

Dabei folgte ihr Blick einem jungen Pärchen, das gerade seine Bestellung entgegen nahm. Ich versuchte es mit einem Witz.

»Frag doch mal, ob sie an einem Dreier interessiert sind«

»Sehr witzig« Sie warf mir einen bösen Blick zu und schob sich nun doch einen Nacho in den Mund, vielleicht, um so den Hunger nach Blut zu dämpfen, »Es ist unfair, dass ihr das so gut im Griff habt und ich jeden Tag mit mir kämpfen muss«

»Hey, bei dir wird es bestimmt auch besser. Cedric hatte am Anfang bestimmt auch Probleme«

»Nein, hatte er nicht. Ich habe mit ihm schon darüber geredet. Es fiel ihm von Anfang an leicht. Und dir auch«

»Bei mir ist es was anderes«

»Ach, vergiss es, Vic. Es ist nur echt nervig« Trotzig schob sie sich noch ein paar Nachos in den Mund, wischte sich die Finger an der Serviette ab und stand auf.

»Lass uns los, diese ganzen Menschen machen mich wahnsinnig«

Ich folgte ihr nach draußen, schloss das Auto auf und stieg auf der Fahrerseite ein, während Fux auf dem Beifahrersitz Platz nahm. Dann machten wir uns auf den Weg zur Walt Disney Concert Hall.

Wir parkten den Wagen ein paar Straßen weiter und

gingen den Rest zu Fuß. Trotzdem waren wir immer noch zehn Minuten zu früh und so ließen wir uns auf den Treppen nieder, die zum Eingang führten.

Es wurden fünf Minuten. Dann war es Mitternacht. Dann zehn Minuten später. Und es tauchte niemand auf.

»Vielleicht war es ein Bluff«, murmelte Fux beunruhigt. Ich sah, wie ihre Hände sich immer wieder zu Fäusten ballten und wieder entspannten, als würde sie sich bereit machen, jeden Moment zuzuschlagen.

»Zehn Minuten warten wir noch, dann gehen wir«, sagte ich leise. Auch ich war beunruhigt, wollte es aber nicht zugeben. Was, wenn es doch eine Falle war?

Doch in diesen Moment packte Fux meinen Arm und zeigte stumm auf eine der verchromten Kurven der Concert Hall.

Die Gestalt, die dort stand, war schwer zu übersehen. Riesenhaft wie ein Bär auf zwei Beinen ragte sie auf und bestätigte meinen Verdacht. Ich stand auf und ging ihm entgegen.

»Wir haben dich für tot gehalten«, begrüßte ich ihn.
Sam nickte.

»Das war auch gut so«

Er sah anders aus. Als ich ihn das letzte Mal gesehen hatte, war er noch ein ungepflegter, furchteinflößender Obdachloser mit Alkoholproblem gewesen. Nun trug er eine schwarze Lederjacke über einem schwarzen Hemd, dazu saubere Jeans und glänzende Anzugschuhe. Seine langen Rastazöpfe waren im Nacken zusammen gebunden und von ihm ging auch keine Alkoholfahne aus.

»Cecile hat einen guten Einfluss auf dich, wie es scheint«
Ich konnte den Spott in meiner Stimme nicht unterdrücken. Er schnaubte jedoch nur und stieß sich ein Stück von der

Wand ab.

»Können wir uns setzen?«

Ich verdrehte die Augen, folgte ihm jedoch zur Treppe. Er begrüßte Fux mit einem Kopfnicken, sie starrte ihn nur ungläubig an. Obwohl sie denselben Verdacht gehabt hatte wie ich, schien sie doch deutlich geschockter zu sein, einen Totgeglaubten vor sich zu sehen.

»Wieso hast du mir diese SMS geschrieben?«, wollte ich wissen.

»Du wurdest von Ceciles Handlangern gesehen. Gestern Nacht. Sie haben dich erkannt und ihr gesagt, dass du am Leben bist. Sie hat dich für tot gehalten. Du solltest die Stadt verlassen«

»Gut. Wenn sie weiß, dass ich lebe, soll sie kommen. Ich kann es kaum erwarten, sie wiederzusehen« Meine Stimme klang angriffslustig und ich ließ meine Eckzähne aufblitzen. Sams Augen weiteten sich.

»Oh. Du bist jetzt…«

»Vollwertiger Vampir, richtig. Das wird es Cecile um einiges schwieriger machen, mich zu töten«

Sam schien einige Sekunden zu brauchen, um diese Neuigkeit zu verarbeiten. Kopfschüttelnd zog er eine Zigarettenschachtel aus der Tasche. Sein Gesicht glühte im Schein des Streichholzes auf, das er anzündete.

»Das sind tatsächlich Neuigkeiten, die sie sicher interessieren werden«

»Richte ihr Grüße von mir aus. Sie hat meine Mum getötet« Meine Stimme bebte vor Wut bei den Gedanken an Cecile. Ihre Schuld war es, das meine Mutter nicht mehr am Leben war. Am liebsten hätte ich Sam ausgefragt, wo sie war, um sofort hin zu fahren und ihr das Herz aus der Brust zu reißen.

Sam richtete seine dunklen Augen auf mich.

»Sie ist stärker als du denkst«

»Jaja. Das hat sie mir auch versucht klar zu machen. Aber ich bin kein kleiner schwacher Halbvampir mehr. Und ich habe ein paar Vorteile ihrem englischen Arsch gegenüber«

»Du weißt anscheinend ziemlich gut Bescheid über alles«

Seine Stimme sagte mir allerdings, dass er ganz anderer Meinung war. Ich stand auf.

»Was willst du, Sam? Wieso täuscht du deinen Tod vor und tauchst jetzt hier auf, um mich zu warnen? Wieso bist du nicht bei Cecile und küsst ihr die Füße?«

Sam erhob sich ebenfalls. Riesengroß ragte er vor mir auf, aber ich starrte ihn nur herausfordernd an.

»Du solltest niemanden dafür verurteilen, wen er liebt, Vic. Du weißt nichts über Cecile«

»Sie hat meine Mum getötet!«

Sam sah mich kopfschüttelnd an.

»Du hältst mich für einen Verräter, aber das bin ich nicht. Ich kenne Cecile seit Ewigkeiten. Sie ist nicht das Monster, was sie vorgibt zu sein«

»Liebe macht blind«, zischte ich.

»Da kennt sich ja jemand mit aus, oder?« Sein Mund verzog sich zu einem spöttischen Lächeln und ich wusste, dass dies ein Seitenhieb auf Joseph war. Ich ignorierte es jedoch.

»Ich kapiere immer noch nicht, wieso du mich treffen wolltest«, sagte ich.

»Wie gesagt, um dich zu warnen. Ihr solltet die Stadt verlassen«

»Aber warum?! Warum warnst du mich davor, dass deine große Liebe mich umbringen will?!« Ich ballte ungeduldig die Fäuste.

Sam zögerte. Zog an seiner Zigarette. Musterte mich.

»Du könntest das alles beenden. Deswegen will ich, dass du lebst. Du könntest mir die Cecile zurück bringen, die ich liebe«

»Vergiss es!«, schnauzte ich und drehte mich zu Fux, »Fux, wir gehen«

»Vic, bitte, sie ist nicht…sie hat so viel durchgemacht und…«

»Eine schlimme Kindheit entschuldigt nicht alles, Sam«

Ich war enttäuscht. Irgendwie hatte ich mir von diesem Treffen mehr erhofft. Eine neue Spur. Ein Hinweis auf die Geschichte der Familien Featherstone und Constantin. Oder ein Hinweis auf Joseph.

»Wenn du dasselbe durchgemacht hättest wie sie, dann wärst du genauso. Dann würdest du ebenfalls alles auslöschen wollen, dass in der Lage wäre, dir noch einmal wehzutun«

»Ich bin nicht wie Cecile!«, brüllte ich. Mein Sichtfeld wurde schmal und das Grollen in meinem Brustkorb wurde zu einem lauten Knurren. Fux sprang auf und stellte sich neben mich.

Ich sah, wie auch ihre Augen ganz schwarz wurden und sie ihre Zähne bleckte. Meine beste Freundin. Klein und zerbrechlich wie eine Elfe, aber bereit, einem zwei Meter Monster die Kehle für mich heraus zu reißen.

Sam jedoch zuckte nicht mal zusammen. Er schüttelte den Kopf, ließ seine Zigarette fallen. Er sah müde aus.

»Wenn du schon nicht die Stadt verlassen willst, dann bitte ich dich nur, sie nicht zu jagen. Ich…ich weiß, sie ist ein Monster geworden und sie ist skrupellos und kalt und sie tötet lieber anstatt zu reden, aber Vic…ich sehe in ihr noch die Lady, die ich vor zwei Jahrhunderten kennen gelernt habe. Sie ist so viel mehr, als sie zu sein scheint«

Ich schloss einen Moment die Augen und öffnete sie dann wieder. Mein Sichtfeld war wieder klar. Ich biss mir auf die Unterlippe.

Ähnliche Worte hatte ich schon oft benutzt, um Joseph zu verteidigen.

Was würde ich tun, wenn ihm jemand mit dem Tod drohen würde? Ich würde ihn ebenfalls verteidigen.

Aber Joseph ist kein Monster, merkte eine Stimme in meinem Hinterkopf an. Ich presste die Lippen zusammen.

»Du liebst sie«, sagte ich kühl. Das war keine Frage. Sam nickte.

»Das tue ich«

»Wenn sie mir unter die Augen kommt, werde ich sie töten. Es täte ihr gut, von der Jagd auf mich abzusehen«

Ich hatte den Satz kaum zu Ende gesprochen, als abrupt die stille Dunkelheit unterbrochen wurde. Autoreifen quietschten auf, ein Paar Scheinwerfer blendeten uns und zwei Autos hielten direkt auf uns zu.

Fux sprang zwei Treppen nach oben vor Schreck, Sam jedoch fluchte laut, packte erst sie, dann mich um die Hüfte und begann zu rennen.

Für einen Moment wollte ich mich wehren, dann sah ich jedoch die Gesichter hinter den Autoscheiben, die nun zu einer Verfolgungsjagd ansetzten, ich sah dunkle Augen und blitzende Zähne und ich beschloss, dass Sams Fluchtidee gar nicht so schlecht war. Angst hatte ich keine, aber dennoch wollte ich einen Zusammenprall mit zwei Autos doch lieber vermeiden.

»Unser Auto steht in der S Figueroa Street!«, brüllte ich Sam ins Ohr, während er mich und Fux mit einer Leichtigkeit trug, als würden wir nichts wiegen.

Er nickte zum Zeichen, dass er verstanden hatte, und machte eine abrupte Wendung nach links. Eines der Autos fuhr fast in die nächste Häuserwand, das andere machte einen geschickten U-Turn und nahm wieder die Verfolgung auf.

4

Obwohl mein Auto nur wenige hundert Meter weiter weg war, kam es mir wie eine Ewigkeit vor, bis Sam mich und Fux schließlich absetzte und ich mit zitternden Fingern den Autoschlüssel hervor kramte.

Sam quetschte sich auf die Rückbank, Fux auf den Beifahrersitz und ich trat das Gaspedal so schnell durch, dass die Reifen durchdrehten, bevor wir nach vorne schossen und ich für einen Moment Angst hatte, die Kontrolle über den Wagen zu verlieren. Aber dann fing sich das Auto und wir rasten die Straße herunter.

»Joseph lässt dich sein Auto fahren?«, fragte Sam ein wenig außer Atem und sah aus dem Rückfenster.

»Joseph ist momentan nicht da« Ich ging so scharf in die Kurve, dass Fux und Sam gegen die Seiten geschleudert wurden.

»Wo treibt er sich denn rum?«

»Das geht dich nichts an – Achtung!« Vor mir tauchte aus dem Nichts einer der Wagen von Ceciles Verfolgern auf und ich musste eine Vollbremsung einlegen. Fux stöhnte auf.

»Scheiße, die kriegen uns«, jammerte sie und krallte die Finger in dem Sicherheitsgurt fest. Ich legte den Rückwärtsgang ein.

»Nein, tun sie nicht«, erwiderte ich angriffslustig, wendete den Wagen mitten auf der Straße und fuhr in die andere Richtung. Hoffentlich würde jetzt nirgendwo eine Polizeistreife auftauchen.

Sam beugte sich dicht nach vorne, begann mich durch die Straßen zu dirigieren. Es nützte nichts. Die Verfolger blieben hartnäckig.

»Die wissen nicht, dass du ein Vampir bist, Vic«, sagte Sam schließlich.

»Das hilft uns jetzt nicht unbedingt weiter«

»Doch, das tut es. Fahr hier rechts rauf« Inzwischen waren wir in den Hollywood Hills angelangt und ich warf einen bangen Blick auf die Tankanzeige, die schon seit ein paar Minuten auf sich aufmerksam machte.

»Da vorne ist eine scharfe Kurve. Du musst einen Unfall simulieren«

„Ich soll was bitte tun?!"

Die Kurve war bereits in Sichtweite.

»Sie müssen denken, dass du einen Unfall hattest. Am besten einen, der möglich tödlich aussieht. Uns wird nichts passieren«

Das wusste ich. Trotzdem sträubte sich mein gesunder Menschenverstand dagegen, das Auto einen Abgrund hinunter zu jagen.

»Das ist keine schlechte Idee«, gab Fux zu. Sie hatte offenbar kein bisschen Angst.

»O Gott«, stöhnte ich, »Das ist Wahnsinn!«

»Da ist die Kurve, Vic. Du musst das jetzt entscheiden«

»Ich weiß, ich…«

Hinter uns tauchten die Verfolger auf. Ich entschied mich. Ich riss das Lenkrad herum in die falsche Richtung und ließ es dann los.

Josephs Auto schoss über den Abhang hinaus. Der Boden streifte einige Bäume, dann senkte sich die Motorhaube nach vorne und krachte in einen Baumgipfel. Mein Kopf flog nach vorne und schlug gegen den aufgehenden Airbag, wurde dann wieder nach hinten geschleudert. Der Sicherheitsgurt schnitt tief in meine Haut. Dann landete der Wagen auf dem Boden, überschlug sich noch dreimal, wobei die Windschutzscheibe zu Bruch ging und mir Glassplitter ins Gesicht flogen. Ich spürte, wie sie in meine Haut schnitten. Dann blieben wir auf dem Kopf stehend liegen.

Eine Weile herrschte atemlose Stille.

»Jemand verletzt?«, fragte ich dann mit heiserer Stimme und Sam stieß ein leises Lachen aus.

»Ich hoffe, das war eine rein hypothetische Frage«

»Fux?«

»Au«, wimmerte sie leise und hielt mir den Arm hin. Abrupt drehte sich mein Magen um. Offenbar war der Unterarm gebrochen, ein Stück Knochen ragte aus einer offenen Wunde hervor. Doch noch während ich damit rang, mich nicht zu übergeben, fügte sich der Knochen wie von Geisterhand wieder zusammen und die Wunde schloss sich.

»Wow. Das ist fast noch ekliger als die Verletzung an sich«, murmelte ich und löste meinen Sicherheitsgurt. Unsanft landete ich auf der Schulter und langte dann herüber, um Fux zu helfen. Sam war bereits aus dem Wagen gekrochen und sah hinauf zu dem Abhang. Anscheinend hatten unsere Verfolger sich mit einem Blick auf das Auto begnügt und waren dann verschwunden.

Die Fahrertür war so verbogen, dass Sam von außen am Griff ziehen musste, damit ich heraus kam. Dann standen wir schwer atmend neben den Autowrack. Unsterblich oder nicht, ein Autounfall machte keinen Spaß.

Fux zitterte immer noch und rieb sich über den Arm, der vorher noch gebrochen war, als könnte sie nicht glauben, dass die Verletzung verschwunden war. Sam dagegen schien ganz ruhig zu sein und sah immer noch den Hügel hinauf, dann wandte er sich mir zu.

»Ich werde versuchen, Cecile davon zu überzeugen, dass sie dich in Ruhe lassen soll. Aber ich glaube nicht, dass ich da erfolgreich sein werde. Der Hass auf die Constantin Familie ist tief in ihr verwurzelt und auf dich besonders«

»Du liebst ein Monster«, sagte ich angewidert. Sam seufzte.

»Vic, du verstehst…«

»Nein, ich verstehe es wirklich nicht. Du bist verliebt in eine Erinnerung, auch wenn ich bezweifle, dass sie jemals anders gewesen ist. Keine gute Kreatur wird auf einmal so abgrundtief böse«

Kopfschüttelnd sah Sam auf mich herunter und mir fiel wieder der Unterschied auf, wie gepflegt er aussah. Machte Cecile, so schrecklich sie war, das aus ihm?

»Ich bitte dich einfach nur, Gnade walten zu lassen. Ich weiß, dass du stärker bist als sie – sie weiß es nicht. Oder sie will es nicht wissen. Bitte töte sie nicht«

»Wenn du nicht willst, dass ich sie töte, dann halte sie fern von mir«, sagte ich mit kalter Stimme.

Sam nickte düster, warf noch einen letzten Blick den Abhang hinauf und drückte dann meinen Arm.

»Pass auf dich auf, Vic«

Und damit verschwand er in der Dunkelheit der Bäume.

Ich rieb mir über die Augen und drehte mich zu Fux um, die sich die roten Locken raufte.

»Komm, wir machen uns auf den Heimweg. O Gott, ich wette, Cedric reißt uns den Kopf ab«

Ich nickte düster und folgte ihr den Hang herunter. Von unseren Verfolgern war nichts mehr zu sehen und so stampften wir schweigend nebeneinander her, bis wir an die Straße gelangten. Dann dauerte es noch eine gute Stunde, bis wir ein Taxi fanden, dass bereit war, uns mit unseren zerfetzten Klamotten bis nach Downtown zu bringen. Fux saß neben mir auf den Rücksitz und hatte die Augen zusammen gepresst, nachdem ich sie erwischt hatte, wie sie dem Taxifahrer über seine Schulter hinweg auf die pochende Halsschlagader starrte. Nun hielt sie meine Hand und drückte jedes Mal fest zu, sobald der Drang sie wieder überrollte und ich erwiderte den Druck.

Der Taxifahrer schien auch nicht gerade traurig darüber zu sein, als er uns Downtown heraus ließ. Ich bezahlte ihn und warf einen besorgten Blick gen Himmel. Ich hatte gar nicht gemerkt, wie hell der Himmel bereits war und ich bedeutete Fux, sich zu beeilen.

Erst, als wir im Fahrstuhl standen und ich den Schlüssel in dem Schloss für das Penthouse herum drehte, atmeten wir beide durch.

»Verdammt nochmal, hatten wir ein Glück«, durchbrach Fux die Stille. Ich konnte nur zustimmend nicken. Die Ereignisse des Abends schienen auf einmal viel bedrohlicher, als sie mir vorher vorgekommen waren. Das Adrenalin in meinem Körper hatte sich abgebaut und am liebsten hätte ich mich nun auf dem Boden des Fahrstuhls zusammen gerollte und hätte geschlafen.

Die Fahrstuhltür öffnete sich mit dem wohlbekannten leisen Pling und wir beide hielten gleichzeitig die Luft an. Wir erwarteten einen wütenden Cedric, der auf uns einstürmte, stattdessen war es einen Moment lang ruhig, nur aus dem Wohnzimmer drang ein Lichtstrahl.

»Fux?«, erklang dann Cedrics Stimme. Fux atmete hörbar aus.

»Ja«, erwiderte sie mit zitternder Stimme. Wieder blieb es einige Sekunden still.

»Vic?«, fragte Cedric. Fux und ich wechselten einen kurzen Blick.

»Ja, uns geht's gut. Es ist alles in Ordnung«

Jetzt erst öffnete sich die Wohnzimmertür.

Cedric war weiß wie ein Gespenst und er zog Fux sofort an sich und drückte seine Lippen auf ihre, so offensichtlich erleichtert über unsere sichere Rückkehr, dass er alles um sich herum vergas und auch Fux schlang die Arme um seinen Hals und erwiderte seinen Kuss so leidenschaftlich, dass ich mich ein wenig peinlich berührt abwandte. Und erst jetzt bemerkte ich, dass noch eine Person in der Wohnzimmertür stand und mich anstarrte.

Hellgrüne Augen, die mich forschend durchbohrten.

Mein Herz konnte zwar nicht mehr schlagen, aber es konnte fühlen und jetzt rutschte es mir gefühlt in die Kniekehlen.

All meine Angst um ihn fiel mit einem Mal von mir ab. Er war hier. Er lebte. Er war gesund.

Einen Moment lang konnte ich ihn nur hingerissen anstarren. Ich wollte ihm so viel sagen, ihn umarmen, ihn zu Boden küssen. Meine Gedanken überschlugen sich, doch alles, was ich letztendlich heraus brachte, war: „Tut mir leid, ich hab dein Auto zu Schrott gefahren.“

Josephs Mundwinkel zuckten und dann durchquerte er den Raum mit zwei Schritten und schlang seine Arme um mich. Ein hartes Schluchzen drang durch meine Kehle - ich hatte gar nicht gemerkt, dass ich angefangen hatte zu weinen. So fest ich konnte klammerte ich mich an ihn. Nie wieder, nie wieder in meinem unsterblichen Leben würde ich ihn aus den Augen lassen.

»Du bist ganz schön weinerlich geworden, weißt du das?«, flüsterte Joseph in mein Ohr und ich spürte sein Lächeln an meiner Wange. Ein Hicksen entkam mir, gleichzeitig Schluchzen und Lachen und ich schlug leicht gegen seine Brust, dann legte ich beide Hände auf seine Wangen und starrte ihn einfach nur an.

Seine Haare waren länger geworden in den letzten Monaten und seine Bartstoppeln kratzten an meinen Handflächen. Er sah müde aus. Nein, nicht müde. Erschöpft. Vollkommen am Ende. Das Glühen in seinen Augen schien erloschen und unter ihnen zeichneten sich dunkle Ringe ab.

Als ich meine Hände hinunter zu seinen Schultern gleiten ließ, zuckte er zusammen, als hätte er Schmerzen, und hielt meine Hände fest, schob sie von sich.

»Hab gehört, ihr beide habt Mist gebaut?«, sagte er und versuchte sein Joseph-Lächeln, aber er scheiterte. Sein Lächeln blieb in seinen Mundwinkeln hängen. Ich vermisste das Aufblitzen seiner Augen. Aber ich schnaubte nur.

»Wir? Wer ist denn einige Monate ohne ein Lebenszeichen abgetaucht?«

»Das war keine Absicht. Dass du dich allerdings alleine mit irgendwelchen Leuten triffst, die dir mysteriöse SMS schicken...«

»Also erstmal, ich war nicht alleine. Fux war bei mir«

»Die natürlich eine wahnsinnige Kampfbestie ist«

Immerhin den Sarkasmus hatte er nicht verlernt. Ich verdrehte die Augen.

»Es war Sam«, sagte ich dann und sowohl Joseph als auch Cedric starrten mich ungläubig an.

»Sam ist tot«, sagte Cedric.

»Nein, Sam ist sogar ziemlich lebendig« Ich erzählte die Geschichte in Kurzform, auch wenn ich mehr darauf brannte, endlich zu hören, was mit Joseph passiert war. Ich ließ ihn nicht eine Sekunde aus den Augen und noch mehr fiel mir an ihm auf. Sein ruheloser Blick. Seine Finger, die ständig an seiner Nagelhaut herum puhlten. Das leichte Zusammenzucken, als Cedric ein Glas ein wenig zu heftig auf den Glastisch stellte. Meine Wiedersehensfreude wurde langsam zu Besorgnis.

Als Fux und ich schließlich geendet hatten, schüttelte Cedric kaum merklich den Kopf.

»Ihr beide...«, sagte er und deutete abwechselnd auf uns, »macht einen nichts als Ärger. Ab ins Bett jetzt. Wir reden morgen über diese Cecile Sache«

»Ja Papi«, spottete ich, doch er warf mir nur einen bedeutungsvollen Blick zu, nickte leicht zu Joseph rüber, packte Fux und warf sie über seine Schulter. Ihr vergnügtes Kreischen hörten wir, bis ihre Zimmertür hinter ihnen ins Schloss fiel.

Josephs unruhiger Blick blieb an mir hängen.

»Du hast ein wirkliches Talent dafür, dich in Gefahr zu bringen«, sagte er mit seiner sanften, tadelnden Stimme, wie immer, wenn ich irgendwas tat, womit er nicht einverstanden war.

»Wo warst du?«, fragte ich, anstatt auf seine Aussage einzugehen.

Sofort wandte er den Blick wieder ab und sah stattdessen auf seine Finger. Seine Fingernägel waren bis auf die Nagelhaut abgekaut.

»In England. Rumänien. In Frankreich haben wir auch kurz angehalten«

»Du weißt genau, was ich meine. Wieso hast du

wochenlang kein Lebenszeichen von dir gegeben?«

Meine Kehle schnürte sich zu und ich wusste, ich kämpfte wieder gegen Tränen an, »Ich bin fast wahnsinnig geworden vor Angst, Joseph«

Er hob den Blick von seinen Händen und betrachtete mich aufmerksam.

»Du hattest Angst um mich?«, fragte er. Seine Stimme hatte immer noch diesen seltsam sanften Unterton.

»Ob ich...« Diese Frage verschlug mir einen Augenblick die Sprache, »Scheiße, ja! Ich dachte, du wärst gefangen genommen oder noch schlimmer, irgendjemand hätte dich umgebracht und ich würde es nie erfahren und...«

Etwas in mir zerbrach bei den Gedanken. Joseph saß vor mir und er lebte und er war gesund und er machte keine Anzeichen von Gegenwehr, als ich mich in seine Arme stürzte und hart meine Lippen auf seine presste.

Seine Arme schlangen sich um mich und er erwiderte meinen Kuss heftig. Alles um uns herum löste sich ins Nichts auf, nichts war mehr wichtig, nur er, seine Lippen, seine Hände, eine auf meinem Hintern, eine in meinen Haaren vergraben, sein leises Aufseufzen, als er sich aufsetzte, so dass ich rittlings auf seinem Schoß saß.

Ich durfte nicht aufhören, ihn zu küssen. Wenn ich aufhörte, dann würde er wieder erinnert werden an egal was ihm zugestoßen war und das durfte ich nicht zulassen. Außerdem hätte ich gar nicht aufhören können, selbst wenn ich es gewollt hätte. Seine Lippen waren wie ein Rausch, dem ich nicht entkommen konnte und ich wollte mehr, immer mehr.

Meine Finger glitten seinen Nacken hinunter, an seinem Rücken entlang. Ich spürte die kräftigen Muskelstränge, die sich unter meinen Berührungen anspannten. Sein Griff an meiner Hüfte verfestigte sich, als ich den Saum seines T-Shirts erreichte und meine Hand dort drunter schob.

»Vic, stopp«

Mit einem Eimer kalten Wasser hätte er keinen geringeren Effekt erzielen können als mit diesen zwei Worten. Seine Hände an meinem Körper waren nun nicht mehr liebkosend, sondern hart und er schob mich von sich runter.

Ich wollte es ungern zugeben, aber ich war verletzt. Er hatte mich noch nie so zurück gewiesen.

»Tut mir leid«, flüsterte ich, unsicher, wofür ich mich überhaupt entschuldigte. Sanft berührte ich seine Schulter, doch er hielt meine Hand fest.

»Lass das.Hör auf damit«, sagte er mit einer Stimme, die mir vollkommen fremd war. Kalt. Abweisend, »Wir sind kein Paar mehr, vergiss das nicht«

Diese Worte waren wie ein Schlag ins Gesicht. Natürlich hatte ich es für einen Moment verdrängt, die Zweifel an unserer Beziehung, meine Beklemmung, all das hatte ich vergessen, als ich ihn gesund und lebend wieder hatte.

»Ich...«, begann ich, doch er schnitt mir das Wort ab.

»Du hast das beendet. Jetzt fang nicht wieder etwas an, was du nicht willst« Diese Kälte in seiner Stimme jagte mir einen Schauer über den Rücken und ich presste die Lippen zusammen, um nicht in Tränen auszubrechen. Egal, was mit ihm passiert war, nie hätte ich gedacht, dass er mich zurück weisen würde. Niemals.

»Gut. Okay«, brachte ich heraus und drehte mich um. Halb hoffte ich, dass er mir folgen würde, als ich in sein Schlafzimmer stampfte und die Tür hinter mir zuschlug. Aber er tat es nicht.

5

Ein paar Minuten saß ich nur auf dem Bett, das Gesicht in dem weichen Kissen vergraben und erstickte meine Schluchzer darin, bis ich mich wieder gefangen hatte.

Herrgott, was hatte ich erwartet? Er hatte Recht, ich hatte Schluss gemacht, ich hatte an uns gezweifelt und um ehrlich zu sein, nach seiner jetzigen Reaktion tat ich es wieder. All die Wochen hatte ich nur an ihn gedacht, aber aus welchem Grund? Weil ich Angst um ihn hatte, weil ich ihn wieder sicher bei mir haben wollte. Das löste aber nicht unsere Probleme und die Tatsache, dass er mich belogen und mir Sachen verschwiegen hatte.

Langsam richtete ich mich auf und wischte mir mit beiden Händen über die Wangen.

»Okay, reiß dich zusammen, Vic«, murmelte ich zu mir selber. Alles war gut. Joseph war am Leben. Es war alles okay.

Ich beruhigte mich. Es war nicht so schlimm. Wir würden das hinkriegen.

Ich schälte mich aus meinen Klamotten, die von dem Unfall total verdreckt waren, und warf sie auf den Boden, zog eines von Josephs T-Shirts über den Kopf.

Seufzend ließ ich mich dann zurück auf das Bett fallen, zog das Kissen über mein Gesicht und ließ es dann zu Boden fallen. Dann drehte ich den Kopf und sah das Tagebuch auf dem Nachttisch liegen. Was soll's, ich brauchte Ablenkung.

Meine Finger suchten die Seiten, bei denen ich aufgehört hatte zu lesen und dann vertiefte ich mich in die alten Buchstaben.

Marius schrieb viel über die Grausamkeit seines Vaters. Anscheinend war mein Vorfahr kein besonders netter Kerl gewesen, nicht nur Caroline gegenüber. Mein Vater Victor hatte mir gesagt, dass die Constantin Familie friedliebend war, Marius' Vater, dessen Name leider nicht einmal erwähnt wurde, schien eine Ausnahme zu sein. Ich las nicht nur über die Dinge, die er Caroline antat, auch den Bürgern gegenüber, die in der Stadt lebten, wo sie ihr Zuhause hatten.

Kopfschüttelnd blätterte ich durch die Seiten und blieb dann wieder daran hängen, wie Marius über Caroline schrieb.

Ihre Augen, ihre Augen sind so schwach. Wie kann ein Licht so schnell erlöschen? Caroline, meine geliebte Caroline, mein Entschluss steht fest. Ich werde dich retten, mein Herz, mein Licht, meine Existenz. Es kümmert mich nicht, ob Vater mich töten wird, dein Leben ist wichtiger.

Wenn sie nur Ja sagen würde. Wie ein Engel wehrt sie sich gegen meine Bitte, mein Blut zu nehmen. Sieht sie denn nicht, dass es ihre einzige Möglichkeit ist zu leben? Menschen sind für Vater nicht von Belangen, er würde sie bestimmt gehen lassen, wenn sie wieder ein Mensch ist.

Was? WAS?

Hatte ich mich da gerade verlesen?

...wieder ein Mensch ist.

...mein Blut zu nehmen.

»Joseph?« Meine Stimme brach vor Aufregung, ich setzte

mich auf, das Buch auf dem Schoß, »Joseph!«

Ich fühlte mich, als würde mein nicht vorhandener Puls rasen und als Joseph die Tür aufriss, mit alarmierendem Blick, starrte ich immer noch fassungslos auf die Worte.

»Was ist passiert?!«, fragte er und sah sich hektisch im Zimmer rum, als erwartete er den Angriff von brutalen Featherstone-Vampiren. Als Antwort hielt ich ihm das Buch hin.

»Das hattest du mir geschickt, erinnerst du dich? Ich sollte es für dich lesen. Ich glaube, ich hab was gefunden«

Für einen Moment schien er wütend zu sein, weil ich ihn in Panik versetzt hatte, doch dann nahm er mir unwirsch das Buch aus der Hand und las die Zeilen. Und nochmal. Und ein drittes Mal.

»Was hat das zu bedeuten?«, fragte er, während er sich neben mir auf das Bett sinken ließ, den Blick auf die Zeilen geheftet, als würde er genau wie ich nicht ganz glauben, was da stand.

»Warte...« Ich nahm ihm das Buch aus der Hand, blätterte fieberhaft weiter. Joseph beugte sich vor und las über meine Schulter mit. Sein Atem an meinem Ohr wurde mir mit einem heißen Schauer bewusst, aber das verdrängte ich, fand eine weitere Caroline-Textstelle.

Wenn sie mein Blut nicht trinkt, wird sie sterben. Ich sehe es. Ich darf es nicht zulassen. Doch wie kann ich sie zu ihrem menschlichen Dasein zwingen? Sie ist als Vampir bereits schwach, wie zerbrechlich muss sie als Mensch sein? Und doch, dies ist ihr letzter Ausweg. Das Constantin Blut wird ihr das Leben retten und wenn ich dadurch ihre Liebe verliere, das kümmert mich nicht. Ich will nur, dass sie lebt.

Ich warf Joseph einen aufgeregten Blick zu. Er jedoch runzelte skeptisch die Stirn.

»Vampire haben kein Blut«, sagte er schließlich.

»Vielleicht war er ein Halbvampir«

»In keiner Aufzeichnung war jemals die Rede von einem weiteren Halbvampir in der Constantin Familie. Du bist die Einzige« Josephs Finger strichen über die Textstellen, fieberhaft, als würde er nach weiteren Einzelheiten suchen.

»Was steht da noch?«, wollte er wissen und ich blätterte weiter. Doch zwei Seiten später endeten die Aufzeichnungen, nur einige dunkle Flecken benetzten die Seite, so alt, dass ich nicht wusste, ob es Tinte oder Blut war.

»Das war's«, sagte ich leise und schlug das Buch zu. Joseph blieb still. Seine Finger strichen über den Einband des Tagebuches. Ich fragte mich, ob ihm auch bewusst war, wie nahe wir beieinander saßen.

»Eine Heilung«, sagte er dann langsam. Ich nickte, immer noch ein wenig atemlos vor Aufregung.

»Das könnte es sein, meinst du nicht? Wenn es eine Chance gibt, vom Vampir wieder zum Mensch verwandelt zu werden...« Hier stockte ich. Eigentlich wollte ich sagen »Welcher Vampir würde die nicht ergreifen?«, doch dann fragte ich mich, ob das so stimmte.

Ich hatte Vampire gesehen, denen es gefiel, blutdurstig und grausam und stark zu sein. Nicht nur Cecile, auch ihre Lakaien waren oft rücksichtslos und genossen es ein wenig zu sehr. Nein, Cecile würde niemals das schwache Menschenleben wählen.

»Woran denkst du?«, fragte Joseph, immer noch mit den Fingern die Rillen in dem alten Ledereinband nachzeichnend.

»Ich dachte gerade...« Unsicher kaute ich auf meiner

Unterlippe, sah ihn dann an, »Würdest du es nehmen?«

»Das Blut und wieder ein Mensch werden?«

Ich nickte.

»Ja«, sagte er ohne eine Sekunde zu zögern, »Ich würde es augenblicklich nehmen, wenn ich die Chance hätte«

»Tatsächlich?« Das überraschte mich schon ein wenig. Ich hatte nie den Eindruck, als hätte er am Vampir Dasein etwas auszusetzen.

»Wieder ein Mensch sein, ein schlagendes Herz haben, das Sonnenlicht sehen? Ich würde sehr viel dafür geben«

Nun zögerte er kurz und sah mich an. Ich erwiderte seinen Blick und spürte dann zu meiner Überraschung, wie er seine Hand unter meine schob und seine Finger mit meinen verschränkte.

»Stell dir vor, wie es wäre, wenn wir uns als Menschen kennen gelernt hätten«, sagte er leise.

»Ja«, ich schnaubte entrüstet, »Du als cooler College Student, ich als High School Schülerin. Du hättest mich bestimmt nicht eines Blickes gewürdigt«

»Ach, zu meiner Zeit war es cool, als College Student die High School Mädchen zu vernaschen« Ein schelmisches Grinsen huschte über sein Gesicht, nur eine Sekunde war er wieder da, mein Joseph, doch dann stieß ich ihm meinen Ellbogen in die Seite und er holte zischend Luft. Überrascht sah ich ihn an.

»So doll war das doch gar nicht«, murmelte ich, doch er rieb sich nur den Brustkorb und ging nicht weiter auf seinen offensichtlichen Schmerz ein. Stattdessen rieb er sich über die Stirn.

»Ich würde ein menschliches Leben mit dir an meiner Seite, ohne irgendwelche übernatürliche Probleme, jederzeit diesem Wahnsinn hier vorziehen«, sagte er dann und klang mit einem Mal unsagbar müde. Noch nie hatte ich ihn so gesehen. Seine Hand lag schlaff unter meiner und obwohl ich vorsichtig mit meinem Daumen über seinen Handrücken strich, regte er sich nicht.

»Was ist mit dir passiert?«, fragte ich vorsichtig. Er schwieg weiter, starrte unsere Hände an und dann stand er auf.

»Schlaf jetzt am besten. Wir reden morgen weiter, okay?« Er wich mir aus. Er wich mir ganz eindeutig aus und normalerweise hätte ich das nicht durchgehen lassen, aber er sah so erschöpft aus, dass ich nicht weiter bohrte. Doch als er die Hand auf den Türgriff legte, konnte ich mich nicht zurück halten.

»Joseph?« Meine Stimme klang klein und schüchtern und er wandte mir den Blick wieder zu. Ich versuchte ein zuversichtliches Lächeln.

»Du kannst auch hier schlafen, wenn du willst« Er zögerte. Sah mich an. Ich wusste, dass sein Blick auf meinen nackten Beinen ruhte und ich kam mir ein wenig manipulativ vor, als ich sie noch ein wenig weiter ausstreckte und somit sein T-Shirt, dass mir nur knapp bis zu den Oberschenkeln ging, noch ein Stückchen weiter hoch rutschte. Aber verdammt, ich wollte, dass er bei mir blieb, ich wollte nicht, dass er alleine war.

Seine Augen wanderten hoch, meine Beine entlang bis zu meinem Gesicht. Dann trat er zu mir, beugte sich herunter und hauchte mir einen zarten Kuss auf die Stirn.

»Keine gute Idee, Vic. Verlockend, aber keine gute Idee«, sagte er mit rauer Stimme und dann verließ er das Schlafzimmer.

Diesmal verletzte mich seine Zurückweisung nicht so sehr. Ich genehmigte mir ein Lächeln und kuschelte mich dann in die Decken. Das Tagebuch schob ich unter das Kopfkissen und meine Hand legte ich daneben, so dass meine Fingerspitzen an das Leder des Einbandes stießen. Dann schloss ich die Augen.

Aber einschlafen schien unmöglich. Meine Gedanken kreisten, um Joseph und vor allem um das Blut meiner Vorfahren. Es erklärte einiges. Eigentlich sogar fast alles. Im Schein meines Handys las ich noch ein paar Mal die Sätze von Marius, suchte nach vielleicht einer anderen Erklärung, wie die Worte gemeint sein könnten, aber mir fiel nichts ein.

Er drückte sich ziemlich deutlich aus. Irgendetwas schien in seinem Blut zu sein, was Caroline in einen Menschen zurück verwandeln sollte. Aber war so etwas überhaupt möglich?

Andererseits war die Verwandlung von einem Menschen in einen Vampir auch nicht gerade unmysteriöser. Also warum sollte es keinen Weg geben, das rückgängig zu machen?

Ich dachte über Josephs Worte nach und überlegte, wie es wirklich gewesen wäre, hätten wir uns als Menschen kennengelernt. Ließ man mal die Tatsache außer Acht, dass er in einem anderen Jahrzehnt geboren war als ich, hätte er sich dann ebenfalls in mich verliebt? Und ich mich in ihn? Seufzend zog ich mir das Kissen über das Gesicht. Er würde das Menschsein vorziehen. Was war mit mir?

Für mich machte es keinen großen Unterschied, ob ich als Mensch oder Vampir lebte, abgesehen von den Kleinigkeiten wie Blut trinken und Unsterblichkeit. Erstaunt stellte ich fest, dass es mir nahezu egal war. Ob Mensch, Halbvampir oder Vampir, ich schien mit allem klarzukommen.

Andere Vampire würden jedoch vermutlich dafür morden. Ich dachte an Fux und wie sehr sie immer noch mit ihrem Blutdurst zu kämpfen hatte. Ich war mir sicher, wenn es nicht Cedric und mich gäbe, wäre sie bestimmt nicht in der Lage, die Kontrolle über sich zu behalten. Sie würde viel dafür tun, um an ein Heilmittel zu kommen.

Immer noch lag ich hellwach. Blöde Gedanken. Ich rieb mir über die Augen und richtete mich auf.

Am liebsten wäre ich zu Joseph herüber gegangen ins Wohnzimmer, hätte mich in seine Arme gekuschelt. Er hätte die Gedanken bestimmt verscheucht und ich hätte schlafen können. Aber so musste ich mich irgendwie anders auf andere Gedanken bringen.

Seufzend schaltete ich die Nachttischlampe an und begann, meine am Boden verstreuten Klamotten zusammen zu suchen und ins Badezimmer zu schaffen.

Genervt stellte ich fest, dass meine Lieblingsjeans aufgerissen war und ziemlich verdreckt noch dazu. Ich füllte heißes Wasser in das Waschbecken und begann, sie einzuweichen. Das Wasser färbte sich dunkel und dann stieg mir ein unverwechselbarer Geruch in die Nase.
Blut.

Irritiert hielt ich inne. Ich hatte doch gar nichts getrunken diese Nacht. Woher kam dieser Geruch?

Ich beugte mich über das Waschbecken, der Geruch nahm zu. Ja, das kam zweifellos von dem Wasser, in dem meine Jeans einweichte.

Aber das war unmöglich. Wie sollte da Blut heran kommen?

Ich griff nach dem T-Shirt, das ich anhatte und auch dort prangte ein großer Fleck auf Bauchhöhe. Ich erinnerte mich wage an einen stechenden Schmerz in der Region, hob das Shirt an, dass ich nun trug, aber es war wie erwartet nichts zu sehen.

Auch das T-Shirt weichte ich nun ein und erneut nahm der Blutgeruch zu. Okay, langsam wurde es echt merkwürdig.

Für einen Moment überlegte ich, zu Fux zu gehen und ihre Klamotten näher in Augenschein zu nehmen, aber ich wollte nicht unbedingt in ihre Liebesspielchen hinein platzen. Also blieb wohl nur ein Selbstversuch.

Ich warf meine nassen Klamotten in die Duschkabine und schlich mich dann leise in die Küche, darauf bedacht, niemanden zu wecken. Aus dem Wohnzimmer drang noch Licht und die Geräusche des Fernsehers, also war Joseph anscheinend noch wach.

Erneut überkam mich der Drang mich zu ihm auf das Sofa in seine Arme zu kuscheln, aber tapfer kämpfte ich den Drang nieder und öffnete stattdessen die Küchenschublade und angelte mir eines der Gemüsemesser heraus.

Obwohl ich wusste, dass sich die Wunde sofort wieder verschließen würde, widerstrebte es mir, das Messer an meinem Finger anzusetzen. Doch dann drückte ich die Schneide für einen kurzen Moment gegen meine Haut und zog es schnell weg.

Augenblicklich quoll dunkelrote Flüssigkeit aus dem Schnitt.

Mit offenem Mund starrte ich den Blutstropfen an, der meinen Finger hinunter lief. Das war unmöglich! Vampire bluten nicht!

Außer...

Instinktiv wollte ich Josephs Namen rufen, doch ich wollte ihn nicht noch einmal in Panik versetzen und so riss ich einfach nur die Wohnzimmer Tür auf.

»Joseph, du glaubst nicht, was...«

Er fuhr herum, wie ertappt, aber ich hatte bereits alles

gesehen und mir blieb der Mund offen stehen.

»Kannst du nicht anklopfen?«, herrschte er mich an und wollte sich das T-Shirt, dass er eben noch in der Hand gehalten hatte, über den Kopf ziehen, doch ich hielt sein Handgelenk fest und drehte ihn mit den Rücken zu mir. Er sträubte sich.

»Vic, lass es«

»Nein«, flüsterte ich und dann starrte ich auf seinen Rücken.

Rote, frische Narben verliefen in regelmäßigen Abständen dort entlang, manche schon fast verheilt, andere so frisch, dass sie aussahen wie blankes Fleisch. Mit zitternden Fingern berührte ich eine dieser Striemen und ließ die Hand wieder sinken, als Joseph zusammen zuckte.

»Das solltest du nicht sehen«, sagte er mit rauer Stimme und drehte sich zu mir um. Unbändiger Hass stieg in mir auf.

»Wer war das?«, grollte ich.

»Hör auf, Vic. Ich will nicht darüber reden«

»Nicht darüber reden?« Jetzt stiegen mir die Tränen in die Augen, »Du...du warst wochenlang weg und ich hatte Angst, dass dir was passiert ist und offenbar hatte ich damit Recht. Wer hat dir das angetan?«

»Ich sagte, hör auf!«

Seine Stimme wurde dunkler und ebenso seine Augen. Ich zuckte zurück und starrte ihn erschrocken an. So hatte er mir noch nie gegenüber die Beherrschung verloren. Doch dann flackerten seine Augenlider, er senkte den Blick und ich ebenfalls, betrachtete seinen Oberkörper.

Nicht nur auf seinen Rücken, auf über seinen Brustkorb zogen sich Narben, die vorher nicht dort gewesen waren. Ich biss die Zähne zusammen, um nicht vor Hass zu schreien.

Seine Schultern sackten ein und mit einem Mal wirkte er um Jahre älter, müde, zerstört. Das T-Shirt glitt aus seiner Hand zu Boden und er ließ sich auf das Sofa sinken, vergrub das Gesicht in den Händen. Er kämpfte mit sich.

Mein Herz brach bei dem Anblick. Joseph, mein Joseph, der immer stark gewesen war, dem nie jemand etwas hatte antun können, war gebrochen.

Ich wusste nicht, was ich tun sollte. Und so stand ich nur da und starrte ihn an, die noch kaum verheilte Narbe, die sich von seinem Nacken bis zu seinem Schulterblatt zog, und Tränen liefen mir über die Wangen. Als er schließlich sprach, klang seine Stimme unfassbar fremd.

»Wir wurden in England getrennt. Ich konnte mich zwei Nächte lang verstecken, dann hat mich einer von den Featherstones in einer Bar erkannt und ist mir gefolgt, bis er mich überraschen konnte. Was die darauf folgenden drei Wochen passiert ist, kannst du ja sehen.«

Er deutete mit einer wagen Handbewegung zu seinem Nacken,

»Sie haben mich in einem Raum mit einem Fenster gesperrt, in das die Morgensonne schien. Es gab nur wenige Schattenmöglichkeiten und wenn ich am Abend keine Brandwunden hatte, haben sie dafür gesorgt, dass ich nicht ohne eine weitere Narbe pro Tag davon kam.

Sie kannten mich, ich war ihr Spion gewesen, ich konnte vermutlich von Glück reden, dass sie mich nicht sofort getötet hatten. Dafür war ich ihnen wohl zu wertvoll.

Als ich dann eines Abends wieder heraus gebracht wurde, war meine Begleiterin eine junge Frau, Evelyn. Ich kannte sie von früher, sie hatte damals sehr unter der Herrschaft von Cecile gelitten und nur ihre Angst hielt sie noch bei den Featherstones. Bevor ich realisierte, was sie tat, hatte sie schon meine Fesseln gelöst und hat mich zum Ausgang geschubst.

Mir war klar, dass das meine einzige Fluchtmöglichkeit sein würde und ich habe sie genutzt«

Immer noch stand ich einfach nur da, die Hände zu Fäusten geballt, so fest, dass meine Finger schmerzten. Joseph hob nun den Kopf und zu meinem Entsetzen sah ich, dass seine Wangen nass schimmerten. Der Kloß in meinem Hals wurde noch größer.

»Sie wollten dich«, sagte er leise, »Ständig haben sie mich gefragt, wo du bist, wie sie dich finden können. Dass sie bereits über dich Bescheid wissen, das war ein ziemlicher Schock.

Irgendetwas Großes geht hier vor sich, Vic, und du scheinst da irgendeine große Rolle bei zu spielen. Ich...ich durfte nicht zulassen, dass sie dich finden. Das hat mich am Leben gehalten. Ich wollte einfach nur wieder zu dir zurück«

Jetzt brach seine Stimme weg und er presste die Lippen zusammen, als weitere Tränen in seine Augen traten und das helle Grün stumpf machten.

Auch über meine Wangen rollten nun hemmungslos die Tränen und stumm trat ich zu ihm, schlang meine Arme um ihn und kletterte rittlings auf seinen Schoß.

Für einen Moment versteifte er sich unter mir, schien mich abwehren zu wollen, doch ich presste das Gesicht an seine Haare und dann spürte ich, wie er erneut in sich zusammen sackte.

Seine Arme umfassten mich und zogen mich enger an sich, während er das Gesicht an meine Schulter drückte.

Sanft strich ich durch seine Haare, massierte mit sanftem Druck seinen Nacken, spürte das leichte Zucken in seinen Schultern von jemand, der weinte. Seine Arme hielten mich

eng an seinen misshandelten Körper gedrückt. So saßen wir
da, gefühlte Stunden, vielleicht aber auch nur Minuten,
vielleicht ein ganzes Jahr.

Schließlich löste er sich sanft von mir, hob den Kopf und
sah mich an.

Seine Augen waren rot, aber er lächelte leicht und zog
meinen Kopf zu sich runter, um seine Stirn an meine zu
lehnen. Ich schloss die Augen, spürte seinen warmen Atem
auf meinem Gesicht.

»Hallo«, flüsterte ich. Und obwohl ich die Augen
geschlossen hatte, spürte ich, wie er lächelte.

»Hallo«, flüsterte er zurück, »Hallo, mein Rettungsanker«

6

Irgendwann war er aufgestanden, hatte mich hochgehoben und war mit mir ins Schlafzimmer gegangen. Dort lagen wir nun auf dem Bett, die Gesichter einander zugewandt. Ich berührte sein Gesicht, das immer noch feucht von den Tränen war und er drückte den Kopf an meine Brust, zog mich näher an sich. Ab und zu brachen die Erinnerungen wieder in ihn durch, dann spürte ich seine Schultern zucken und schmiegte meine Wange an seinen Kopf, küsste seine Stirn, bis er sich wieder beruhigt hatte. Irgendwann schlief er ein, eng an mich geschmiegt und ich hielt ihn fest.

Das war eine vollkommen neue Erfahrung für mich. Sonst hatte er mich immer beschützt, hatte mich festgehalten, wenn ich weinte und nun war es zum ersten Mal umgekehrt. Aber ich empfand weder Mitleid noch Abneigung gegen seine gebrochene Seite. Eher fühlte ich mich geehrt, dass er es zuließ, dass ich ihn so sah.

»Ich liebe dich«, flüsterte ich, die Lippen auf seinen Haarschopf gedrückt. Bei Gott, und wie ich das tat! Egal, was in der Vergangenheit gewesen war, jetzt waren wir hier und wir waren in Sicherheit. Nur das zählte.

Auch ich dämmerte langsam weg, fiel in einen unruhigen

Halbschlaf, aus dem ich gefühlte Sekunden später hochschreckte, als Joseph neben mir sich unruhig hin und her wälzte. Beim ersten Mal schaffte ich es noch, ihn sanft zu wecken und als er die Augen öffnete und mich sah, zog er mich an seine Brust und küsste mich verzweifelt, als würde er nur so daran glauben, dass ich da war.

Beim zweiten Mal bekam ich ihn nicht so leicht wach. Seine Augenlider flackerten, als er sich stöhnend hin und her warf, bis ich ihn schließlich an der Schulter rüttelte. Als er dann aufwachte, waren seine Augen dunkel und wild und er packte mich hart an den Armen. Nur meinen Vampirreflexen hatte ich es wohl zu verdanken, dass ich ihn davon abhalten konnte, seine Reißzähne in meine Kehle zu schlagen.

»Joseph, hör auf! Ich bin's!«, rief ich, doch als auch das ihn nicht wach rüttelte, entwand ich mich seinem Griff, stieß ihn von mir runter und rollte mich meinerseits auf ihn, packte seine Handgelenke und stieß ein dunkles, bedrohliches Knurren aus.

Augenblicklich erstarrte er. Immer noch wirkten seine Augen wild und nicht anwesend und nun waren sie auch noch voller Panik. Ich ließ seine Hände los, umfasste stattdessen sein Gesicht, beugte mich vor und presste meine Lippen auf seine.

Erst zitterte er wie im Schock, doch dann schien er aufzuwachen. Seine Lippen wurden weicher, er erwiderte meinen Kuss, während er sich aufsetzte und seine Hand auf meinen Rücken legte. Eine gefühlte Ewigkeit küssten wir uns, dann löste ich mich vorsichtig von ihm, meine Hände immer noch auf seinen Wangen.

»Es ist okay. Du bist in Sicherheit. Ich bin da«, flüsterte ich und er nickte. Im nächsten Moment fuhren wir erschrocken hoch, als die Schlafzimmertür aufflog und Cedric mit gehetztem Blick hinein stürmte.

»Was ist passiert? Ich habe Schreie gehört«, sagte er panisch und wurde dann rot, als er sah, wie ich auf Josephs Schoß saß.

»Oh...okay, also...ich wollte nicht...« Mit hochrotem Kopf zog er die Tür wieder zu und ich begann zu kichern, schob meine Hände in Josephs Haare und sah ihm tief in die nun wieder klaren, hellgrünen Augen. Er erwiderte meinen Blick und der Anflug eines Lächelns huschte über sein Gesicht. Seine Arme umfassten mich und er ließ sich zurück sinken, so dass ich auf ihm zum Liegen kam. Als ich den Kopf hob sah ich, dass seine Augen immer noch offen waren.

»Was wolltest du vorhin eigentlich?«, fragte er so unvermittelt, dass ich einen Moment nicht wusste, was er meinte. Dann fiel mir wieder ein, warum ich vorhin so aufgeregt war und mit ihm reden wollte und ich setzte mich auf.

»Komm mal mit« Ich zog ihn mir hinterher in das kleine Badezimmer, in dem sich inzwischen ein sehr starker Geruch nach Blut ausgebreitet hat. Joseph sah sich irritiert um.

»Hast du ein Massaker veranstaltet?«, fragte er alarmiert. Empört schüttelte ich den Kopf.

»Nein. Das ist mein Blut«

Er rümpfte die Nase.

»Ja, ich erinnere mich an den Geruch. Dein Blut schmeckt echt eklig« Dann erst schien ihm klar zu werden, was ich ihm sagen wollte und warum ich ihn so aufgeregt ansah,

»Warte mal. Du bist kein Halbvampir mehr«

»Richtig« Ich nickte eifrig.

»Aber du hast immer noch Blut?«

»Ja, guck mal!« Ich griff nach dem Rasiermesser, das auf

der Ablage des Waschbeckens lag und drückte mir die Klinge gegen den Finger. Augenblicklich öffnete sich ein Schnitt, zwei Tropfen Blut quollen hervor, die ich schnell abspülte und Joseph dann den Finger hinhielt, so dass er sah, wie die Wunde sich schloss.

Er griff nach meiner Hand und beäugte den Finger von allen Seiten.

»Das ist...faszinierend« In seinen Augen glühte etwas, was ich nicht einordnen konnte, während er meine Hand fest hielt. Ich nickte und zog ihn zurück ins Schlafzimmer. Mir war kalt und ich wollte mich an ihn ins Bett kuscheln und dort mit ihm darüber reden.

Widerstandslos folgte er mir und schlüpfte mit mir unter die Bettdecke, zog mich wieder auf sich, so dass wir in der gleichen Position lagen wie einige Minuten zuvor.

»Also, was sagst du dazu?«, fragte ich, während ich die Augen schloss und genoss, wie seine Finger mit leichten Druck meine Wirbelsäule hinab glitt.

»Ich habe davon vorher noch nie gehört. Als Vampir hat man eigentlich keinen normalen Blutkreislauf mehr, höchstens am Anfang der Verwandlung noch, aber da bist du schon mit durch«

»Ich bin ein Constantin Vampir. Du hast doch gelesen, Marius hatte anscheinend auch noch Blut in seinem Körper, Blut, mit dem er seine Freundin heilen wollte und...« Meine Stimme wurde immer aufgeregter »und vielleicht hat er es geschafft und diese Gabe weiter gegeben und vielleicht kann mein Blut das auch und dann...«

»Vic, halt« Wieder glomm etwas in Josephs Augen und diesmal wusste ich, was es war: Hoffnung. Erregt setzte ich mich auf.

»Wieso denn? Das ist nicht ausgeschlossen. Das würde

auch Ceciles Jagd auf mich erklären. Ich kann Vampire zurück verwandeln und wie viele würden das in Anspruch nehmen? Da würde für ihre Killer Armee nicht mehr viel übrig bleiben. Sieh dir Fux an. Ich wette, sie würde sofort das Angebot annehmen. Und du hast auch gesagt...« Ich verstummte, als Joseph sich ebenfalls aufsetzte und mich sanft von sich runter schob.

»Okay, Baby, jetzt mach mal halblang. Wir wissen nicht, ob das von Marius nur ein Hirngespinst war. Vielleicht gibt es einfach nur ein paar Vampire, die auch bluten, aber das muss nicht heißen, dass ihr Blut gleichzeitig magisch ist«

»Dann probiere es doch aus« Herausfordernd blitzte ich ihn an und er ließ die Arme sinken, die er vor der Brust verschränkt hatte.

»Was, jetzt?«

»Klar. Beiß mich« Verschwörerisch beugte ich mich vor und tippte auf die Stelle, wo ich meine Halsschlagader vermutete.

Ein Grinsen huschte über Josephs Gesicht.

»Weißt du, in einem von diesen schlechten Vampirfilmen haucht das Opfer dieses »Beiß mich« total verführerisch und du sagst das hier so vollkommen plump...«

»Plump? Na warte!« Lachend stieß ich mit dem Fuß nach ihm, den er jedoch festhielt und begann, mich zu kitzeln, bis ich vor Lachen keine Luft mehr bekam und er sich auf mich rollte und mich festhielt.

»Versuch es nochmal«, flüsterte er und ich lächelte. Er war abgelenkt von seinem Horror und ich fand meinen alten Joseph wieder in seinen Augen.

Verrucht schlug ich die Augenlider nieder und strich mit der freien Hand mein Haar von meinem Hals weg. Ich sah, wie Josephs Blick zu der Stelle huschte, unter der mein Puls ruhte und ein hungriger Ausdruck trat in seine Augen.

»Beiß mich«, hauchte ich verführerisch und plötzlich wusste ich, warum in den schlechten Vampirfilmen diese Szene immer genau so dargestellt wurde. Josephs Atem an meinem Hals, als er sich vorbeugte, seine warmen Lippen, die meine Halsschlagader suchten und dann der kurze, stechende Schmerz, als sich seine Reißzähne durch die Haut bohrten, ein Schmerz, der gleichzeitig wie ein Blitzschlag meinen ganzen Körper elektrisierte. Ich konnte ein leises Keuchen nicht unterdrücken, doch die Spannung wurde abrupt zerstört, als Joseph im nächsten Moment aufsprang und sich schüttelte, während er sich mit dem Arm über den Mund wischte.

»O Gott. Ich hab vergessen…okay, für das Protokoll: Dein Blut schmeckt keinen Deut besser, seit du ein Vampir bist. Eher das Gegenteil. Das ist…« Er schüttelte sich erneut, stürmte ins Badezimmer und ich hörte den Wasserhahn laufen. Ein wenig gekränkt zog ich die Knie an und zog das T-Shirt über meine angezogenen Beine

Als Joseph wieder zurück kam und mich dort so sitzen war, schien er fast ein wenig verlegen. Rasch beugte er sich über mich und gab mir einen kurzen Kuss.

»Tut mir leid. Aber wenn du das selber schmecken würdest…«

»Jaja, hab schon verstanden. Ich schmecke eklig«

»Nur dein Blut, Liebes« Er zwinkerte mir zu und unwillkürlich musste ich lächeln, rutschte zur Seite und machte ihm Platz, damit er sich wieder zu mir setzen konnte.

»Und? Merkst du etwas?«, wollte ich wissen und sah ihn gespannt an. Einen Moment hielt er inne und lauschte in sich hinein, als würde er darauf würden, dass sein Herz anfing zu schlagen. So saßen wir beide einen Augenblick lang da und warteten auf ein Zeichen. Doch nichts passierte.

»Vielleicht muss man mehr trinken als nur einen Schluck«, schlug ich vor und erntete dafür einen entsetzten Blick, als würde ihn allein der Gedanke daran Übelkeit bescheren.

»Vielleicht hast du aber schlicht und einfach kein Zauberblut und Marius war ein Verrückter«

»Mh...« Ich wollte es mir nicht eingestehen, dass er vielleicht Recht hatte. Die Sache mit dem Blut wäre eine Erklärung für Ceciles Besessenheit, was mein Ableben anging.

Joseph sah meine Enttäuschung und breitete einladend die Arme aus. Sofort floh ich mich an seine Brust, streckte den Kopf und küsste ihn, bis uns beiden schwindelig war und selbst dann konnte keiner von uns damit aufhören. Wir verschliefen den restlichen Tag und die halbe Nacht. Kurz vor Mitternacht kam Cedric vorsichtig in das Zimmer und weckte uns, doch Joseph warf ein Kissen nach ihm, das an der Tür abprallte, und zog mich fester an sich. Keiner von uns wollte das Bett verlassen. So lange hatten wir aufeinander verzichten müssen. Von unserer eigentlichen Trennung war keine Rede mehr. Sie hatte auch lange genug gedauert. Keine Sekunde mehr in meinem verdammten unsterblichen Leben wollte ich noch von ihm getrennt sein.

Doch irgendwann konnten wir die Realität nicht mehr ignorieren. Irgendwann gegen ein Uhr nachts schlug Joseph die Augen auf und sah auf mich herunter.

»Ich hab Hunger«, sagte er leise und ich wusste, dass er keinen Menschennahrungshunger meinte.

Stöhnend reckte ich mich und schlug dann die Decke zurück.

»Ich würde dir ja was von meinem Blut anbieten, aber offenbar schmeckt das nicht gut gen...aua!«

Für diesen Kommentar hatte er nun auch das zweite
Kissen geworfen, das mich prompt erwischt hatte. Kichernd
warf ich es zurück und öffnete dann den Kleiderschrank, um
mir frische Klamotten raus zu holen.

Joseph warf ich ein schwarzes T-Shirt und eine Jeans zu,
ich selber schlüpfte in Jeansshorts und ein dunkelgrünes Top,
fuhr mir einmal durch die Haare und lächelte dann, als
Joseph, ebenfalls nun in Klamotten, zu mir trat und seine
Finger wie selbstverständlich mit meinen verschränkte.

Nein, ich würde diesen Mann niemals mehr gehen lassen!

7

Wir verließen die Wohnung, die leer und dunkel war, Cedric und Fux schienen ebenfalls unterwegs zu sein. Erst schlenderten wir nur ein wenig durch die Straßen, genossen es einfach nur zusammen zu sein, doch irgendwann fiel mir auf, dass Joseph sich nicht entspannen konnte. Jeden Menschen, der uns entgegen kam, musterte er genau. Einmal hupte eine Kreuzung weiter ein Auto und er fuhr so heftig zusammen, dass auch ich mich erschrak.

»Willst du lieber nach Hause? Ich bin mir sicher, wir haben noch Blutkonserven im Kühlschrank«, sagte ich schließlich zaghaft. Doch er schüttelte den Kopf und legte den Arm um meine Schulter, zog mich enger an sich. Ich hakte meinen Daumen in einer der hinteren Gürtelschnallen seiner Jeans ein und schmiegte mich an ihn, doch ich ließ ihn nicht aus den Augen. Wie eine Wildkatze, jederzeit bereit zum los laufen, scannte sein Blick die Straßen.

Irgendwann zog ich ihn in eine Bar, aus der mehrere angetrunkene junge Männer kamen, und drückte ihn dort auf einen Stuhl.

»Entspann dich«, murmelte ich ihm ins Ohr und er nickte angespannt, bestellte sich einen Whiskey und mir eine Cola, worauf ich empört die Backen aufblies, doch das ignorierte er. Auch hier wanderte sein Blick erst über jedes Gesicht in der Bar, doch allmählich entspannte er sich ein wenig. Dann sah er schließlich mich an und lächelte das erste Mal, seit wir das Haus verlassen hatten.

»Das ist so normal«, sagte er und nippte an seinem Glas, »Ich sitze mit meiner Freundin in einer Bar und trinke was«

Ich versuchte, nicht allzu breit zu grinsen, als er mich seine Freundin nannte und verschränkte unter dem Tisch meine Finger mit seinen. Wir redeten, vollkommen belanglose Dinge, wir knutschten, bis uns die Lippen weh taten, es war wirklich als wären wir ein ganz normales Pärchen, das gemeinsam einen ganz normalen Abend miteinander verbrachte.

Mit der Normalität war es erst zu Ende, als ich aufstand und uns neue Getränke holen wollte. An der Bar war es voll und ich brauchte einen Moment, um mich ganz nach vorne durchdrängen zu können, doch noch bevor ich dem Barkeeper meine Bestellung zurufen konnte, gab es hinter mir ein lautes Krachen. Erschrocken fuhr ich herum.

Zuerst konnte ich gar nicht sehen was los war, denn sofort stürzten einige Männer zu der Quelle des Lärms. Ich drängte mich nach vorne und erkannte schließlich Joseph und die Überreste des Tisches, an dem wir eben noch gesessen hatten.

Drei Männer waren nötig, um ihn hoch zu ziehen und erschrocken sah ich seinen wilden Gesichtsausdruck. So schnell wie möglich war ich bei ihm und legte beide Hände auf seine Wangen.

»Joseph, ganz ruhig, beruhige dich«, flüsterte ich alarmiert. Er atmete schwer, seine Augen waren ganz dunkel.

»Mieser...kleiner...Verräter«, zischte er und erst jetzt drehte ich mich um, um zu sehen, wen Joseph angegriffen hatte.

Meine Augen weiteten sich, als ich Noah Silva vor mir in den Überresten des Tisches sitzen sah, mit einem ebenso wütenden Gesichtsausdruck wie Joseph und einem Holzpfahl in der Hand.

»Komm«, sagte ich an Joseph gewandt, umfasste seine Hand und blitzte wütend auf Noah runter, »Du auch«

Er schien protestieren zu wollen, aber stand dann auf und folgte uns nach draußen.

Anscheinend war auch er nicht wild darauf, die Sache in einer vollen Bar mit einer Menge angetrunkenen Kerlen zu klären.

Als wir draußen waren sah ich als erstes Joseph an. Er war immer noch wütend und sein Griff um meine Hand schmerzhaft fest, aber seine Augen funkelten wieder in ihrer normalen Farbe.

Dann drehte ich mich zu Noah um.

»Ich dachte, du bist in Chicago«, sagte ich mit kalter Stimme. Er zuckte mit den Schultern und erwiderte meinen Blick ebenso kühl.

»Ich habe gelogen«

»Na toll«

»Was willst du von mir? Ich bin dir ganz sicher keine Erklärung schuldig« Er sah aus, als müsse er sich zusammen reißen, mir nicht sofort den Holzpflock, den er immer noch umklammert hielt, in mein Herz zu rammen.

»Und jetzt bist du hier, um uns doch alle auf deinen persönlichen Feldzug auszulöschen?« Er machte mich wütend und diesmal war es mein Griff, der um Josephs Hand deutlich fester wurde.

Noah schnaubte abfällig.

»Ich habe weitaus wichtigeres zu tun, als euch unwichtige

Nebencharaktere zu jagen. Da gibt es was Größeres«

Einen Moment wollte ich beleidigt antworten, aber Joseph war schneller.

»Cecile. Du bist hinter Cecile her«, stellte er fest.

»Hundert Punkte, Sherlock Holmes«

»Bist du lebensmüde?«, fragte ich ungläubig, »Das ist eine Selbstmordmission«

Noah warf mir einen spöttischen Blick zu.

»Was ist denn da los, Vic? Machst du dir etwa Sorgen?«

Ich presste die Lippen zusammen. Egal, was Noah getan hatte, er war immerhin mal mein Freund gewesen und auch wenn es Momente gab, in denen ich ihm am liebsten den Kopf von den Schultern geschlagen hätte, ich wollte nicht, dass er durch Ceciles grausame Hand starb. Aber das hätte ich nie im Leben zugegeben.

»Mach dich nicht lächerlich«, knurrte ich stattdessen.

Noah zuckte lässig mit den Schultern und warf den Pflock von einer Hand in die andere.

»Wir werden diejenigen sein, die diese Brut für immer auslöschen«

»Ah ja. Und wenn du von wir sprichst, dann meinst du…?« Joseph beendete seinen Satz nicht, denn genau wie ich hatte er die Bewegung von der Tür der Bar aus wahrgenommen. Wir drehten beide den Kopf. Neben der Tür der Bar stand ein Mann mit weißem Haar, der eine Armbrust auf uns gerichtet hatte, in der sich ein Pfeil mit unverkennbarer Holzspitze befand.

»Oh, verstehe. Familienausflug« Ich konnte mir ein spöttisches Lächeln nicht verkneifen. Der alte Mann kniff die Augen zusammen und die Spitze des Pfeils schwankte bedrohlich in meine Richtung.

»Ich habe versucht, dich auf den richtigen Pfad zu führen,

Victoria«, sagte er leise. Irritiert sah Joseph mich an.

»Kennt ihr euch?«

»Flüchtig. Das ist Noahs Großvater. Seines Zeichens ebenfalls Vampirjäger«

Ich schenkte Mr. Silva mein schönstes Lächeln, doch er zuckte nicht einmal mit der Wimper.

»Reizende Familie« Josephs Stimme war eiskalt und schneidend zynisch. Ich musste mir ein Kichern verkneifen.

»Schluss jetzt!« Mr. Silvas Finger am Abzug der Armbrust zitterte ein wenig und mir verging das Grinsen. Das Noah zögern würde, mir etwas anzutun, dessen war ich mir sicher. Aber nicht bei seinem Großvater.

»Sie wissen, dass wir keine Skrupel haben, Sie zu töten«, sagte Joseph leise und ich hörte das unterschwellige Grollen in seiner Stimme.

»Das beruht auf Gegenseitigkeit, Mr. O'Mordha«

Joseph und ich wechselten einen überraschten Blick. Und diesmal zuckte in Mr. Silvas Mundwinkel ein Lächeln.

»Ja, wir machen unsere Hausaufgaben. Joseph O'Mordha. Geboren am 3. Januar 1950, gestorben im Mai 1972, getötet von Cecile Featherstone. Mutter Annabelle O'Mordha, geborene Cameron, Vater Harry O'Mordha, ermordet 1988, ebenfalls von Ceci…«

»WAS?!« Diesmal war keine Zurückhaltung von Josephs Seite, keine unterschwellige Drohung.

Er machte einen Satz nach vorne, ignorierte den Pfeil, der sich nun in seine Schulter bohrte und packte mit beiden Händen den alten Mann am Hals.

Ich fuhr herum zu Noah, nutzte dessen Überraschung und schlug ihm gegen das Handgelenk, so dass er mit einem Aufschrei den Holzpflock fallen ließ.

»Was wissen Sie darüber?!«, brüllte Joseph. Mr. Silva

wollte antworten, allerdings drückte Joseph ihm so fest die Kehle zu, dass er kein Wort heraus bekam. Sein Gesicht wurde blau und seine Augen quollen hervor.

»Vic, er bringt ihn um!« Noah packte meinen Arm, die Augen weit aufgerissen vor Angst. Ich zögerte einen Moment, dann trat ich vor und umfasste vorsichtig Josephs Unterarm.

»Lass los, Joseph. So kriegst du keine Antwort«, sagte ich so sanft wie möglich, auch wenn mir beim Anblick seines wutverzerrten Gesichts ein Schauer über den Rücken lief. Joseph atmete heftig, doch dann ließ er Mr. Silva los, der lautlos zu Boden rutschte. Vorsichtig schob ich ihn ein Stück von ihm weg, während Noah sich besorgt neben seinen Großvater kniete.

»Ganz ruhig«, murmelte ich. Er rang nach Luft.

»Ich wusste nicht…«

»Ich weiß«

»Sie hat…ich hatte…«

»Ich weiß«

Ein Zittern lief durch seinen ganzen Körper und ich schlang fest meine Arme um ihn. Es dauerte gefühlte Stunden, bis er aufhörte zu zittern, dann erst legte er ebenfalls seine Arme um mich und vergrub das Gesicht in meinen Haaren. Ich schmiegte das Gesicht an seine Schulter und stieß dort mit der Nase gegen etwas Hartes.

»Oh. Du…du hast da was in der Schulter«

Immer noch steckte dort der Pfeil, den Noahs Großvater im letzten Moment abgeschossen hatte, den Joseph aber bis zum jetzigen Zeitpunkt nicht mal bemerkt hatte. Jedenfalls wirkte er sehr überrascht, zog den Pfeil dann jedoch aus der Schulter, ohne eine Miene zu verziehen und warf ihn achtlos beiseite.

Mr. Silva war inzwischen wieder bei Bewusstsein, rang jedoch immer noch merklich nach Luft. Der Blick, mit dem er Joseph fixierte, was hasserfüllt.

»Monster. Mehr seid ihr nicht. Alles Monster«, krächzte er.

»Noch ein Wort und ich reiß Ihnen doch noch den Kopf ab«, drohte Joseph.

»Schluss jetzt, alle beide!«, befahl ich scharf.

Die Luft knisterte fast vor Anspannung. Joseph und die Silvas musterten sich hasserfüllt, ich stand dazwischen, eine Hand auf seine Brust gelegt, damit er keine Dummheiten machte.

Noah war es schließlich, der sich überraschenderweise auf meine Seite schlug.

»Komm, wir gehen«, murmelte er an seinen Großvater gewandt, doch der schien gar nicht daran zu denken, zwei Vampire einfach laufen zu lassen.

»Wir gehen nicht! Unterstehe dich! Hier stehen zwei deiner größten Feinde und du kehrst ihnen einfach den Rücken zu!«, schimpfte er und Noah zuckte zusammen. Fast tat er mir leid, erst recht, als er mir einen scheuen Blick zuwarf und seine Wangen rot glühten.

»Wir sind nicht Ihre Feinde«, sagte ich scharf, »Aber wenn Sie uns angreifen, dann verteidigen wir uns«

»Ihr seid Monster. Ihr gehört alle vernichtet« Mr. Silvas Stimme nahm einen schrillen Tonfall an. Joseph machte einen drohenden Schritt nach vorne und sofort zuckte der alte Mann zurück.

»Wenn Sie Monster vernichten wollen, bitte! Hollywood, da laufen genug Monster herum! Wir haben nichts dagegen, wenn Sie uns Cecile Featherstone vom Hals schaffen!«

Ich packte Josephs Arm und zog ihn wortlos mit mir. Mir

war klar, was er da tat, er stachelte Noah und seinen Großvater an, doch das würde ich nicht zulassen. Es hatte schon genug Tote gegeben, für die Cecile verantwortlich war. Seinen Vater zum Beispiel.

»Du wusstest absolut nichts davon? Cecile hat es nie erwähnt?«, fragte ich zaghaft, sobald wir ein paar Straßen entfernt waren. Die Silvas waren uns nicht gefolgt.

Joseph schüttelte stumm den Kopf. In seinen Augen glühte immer noch eine unbändige Wut.

»Mein Vater wusste, was ich bin.«, sagte er schließlich, »Wir haben uns getroffen, im Winter 1988, kurz vor Weihnachten. Ich war kurz Zuhause gewesen, hatte nur einen Blick durch das Fenster werfen wollen. Das hab ich ab und zu gemacht, nur um meine Eltern zu sehen. Dabei hat mich William, unser Gärtner erwischt. Er war schon alt und senil und ich bin sofort verschwunden, aber er muss es meinem Vater gesagt haben und der hat ihm geglaubt. Ein paar Tage später hat er mich gefunden. In so etwas war er sehr gut« In seinem Mundwinkel zuckte ein Lächeln, doch das verschwand sofort wieder.

»Seit mehr als zehn Jahren haben wir uns nicht mehr gesehen und obwohl ich ohne ein Wort verschwunden war, hat er mich sofort wieder in die Arme geschlossen. Es war ihm egal. Ich war sein Sohn und er hat mich geliebt. Für ihn hat es keinen Unterschied gemacht, ob ich ein Mensch oder ein Vampir bin, er war einfach nur glücklich, dass ich am Leben war«

Für einen kurzen Moment schloss Joseph die Augen. Er sah so verletzlich aus, dass es mir die Kehle zuschnürte und mein Hass auf Cecile glühte auf wie ein Stück Eisen, das im Feuer lag.

Sie hatte nicht nur mir ein Elternteil genommen, auch

Joseph war wegen ihr Halbwaise.

»Drei Tage später war er tot«, sagte Joseph schließlich leise, »Ermordet. Aber mir ist niemals der Gedanke gekommen, dass Cecile...sie hatte doch gar keinen Grund«

»Seit wann braucht Cecile einen Grund?«, fragte ich mit bitterer Stimme.

Daraufhin schwieg er. Griff nach meiner Hand, verschränkte seine Finger mit meinen und wortlos machten wir uns auf den Weg nach Hause.

Wir waren alleine, als wir die Wohnung betraten, Fux und Cedric waren anscheinend noch unterwegs. Schweigend betrat ich die Küche, öffnete den Kühlschrank und warf Joseph ein Päckchen mit Blut zu.

»Danke«, murmelte er, schien aber keine Anstalten zu machen, zu trinken. Vor sich hin starrend warf er die Blutkonserve von einer Hand in die andere, bis ich sie ihm schließlich wegnahm und mit den Zähnen eine Ecke abriss, so dass der verlockende Duft von Blut hervor trat. Dann hielt ich sie ihm wieder hin.

»Da. Trink. Du siehst aus, als könntest du es gebrauchen«

»Ich fühle mich eher, als könnte ich einen Whiskey gebrauchen«, erwiderte er tonlos, doch diesmal trank er gehorsam. Ich setzte mich auf den Küchentresen neben der Spüle und ließ die Beine baumeln, so dass meine Fersen in stetigen Rhythmus gegen den Schrank unter mir klopften. Wir schwiegen eine ganze Weile.

»Hör mal«, sagte ich schließlich zaghaft, »Ich weiß, du hast jetzt wahrscheinlich einen unbändigen Hass auf Cecile, noch mehr als sowieso schon und du würdest am liebsten sofort dich auf den Weg machen und sie suchen, aber...«

»Sag mir jetzt nicht, ich soll mich zusammen reißen.

Gerade du müsstest mich verstehen« Seine Stimme klang grollend, wie ein nahendes Gewitter. Ich kannte diesen Unterton. Er war gefährlich, wenn er so klang.

»Ich verstehe dich. Wirklich. Aber du...« Ich biss mir auf die Unterlippe.

»Ja? Ich was?« Lauernd sah Joseph mich an und ich wusste, ich sollte besser die Klappe halten.

»Mach einfach nichts dummes, okay?«, sagte ich leise und rutschte vom Tresen, um die Arme um seinen Hals zu legen.

Einen Moment schien er mich abwehren zu wollen. Doch dann seufzte er auf, legte beide Hände auf meine Hüfte und drückte seine Lippen an meine Stirn. So blieben wir eine gefühlte Ewigkeit stehen, ich an ihn gelehnt, bis sich der Fahrstuhl meldete.

»Kein Wort über Noah«, murmelte ich gerade noch und Joseph nickte, dann betraten Fux und Cedric die Küche.

»Hallo« Sowohl Fux als auch Cedric wirkten ein wenig verlegen, als sie uns sahen.

»Hi«, erwiderte ich grinsend und schmiegte mich noch ein Stück enger an Joseph.

Wieder herrschte einen Moment Stille.

»Also, ihr...ähm...«

»Jep«, antwortete diesmal Joseph lässig.

»Okay. Also ist das jetzt alles...«

»Alles geklärt, Ced, danke«, sagte ich und musste mir ein Grinsen verkneifen.

»Gut. Hervorragend«

Die beiden tauschten einen Blick untereinander.

Dann seufzte Cedric schließlich gequält, griff in seine Hosentasche und drückte Fux einen Zehn Dollar Schein in die Hand.

»Keine vierundzwanzig Stunden«, sagte er säuerlich. In

Josephs Mundwinkel zuckte der Hauch eines Lächelns, ich dagegen sah die beiden ungläubig an.

»Ihr habt *gewettet*, ob wir wieder zusammen kommen?«

»Nicht ob. Wann.“

„Toll. Ihr seid großartige Freunde«

Joseph lachte rau und drückte das Gesicht in meine Haare.

Wir verbrachten die restliche Nacht auf dem Sofa. Ein Pärchen Abend. Ganz normal. Cedric machte wieder seine himmlische Pizza, wir sahen einen alten Film im Fernseher und fast konnte ich so tun, als wäre alles in Ordnung.

Als würde da draußen nicht eine wahnsinnige blutrünstige Vampirbraut nach meinem Leben trachten.

Als würde mein ehemals bester Freund nicht inzwischen ein Vampirjäger sein und mit seinem Großvater umherstreifen. Als wäre ich nicht Teil eines uralten Krieges.

Und als würde in Josephs Augen nicht ab und zu etwas aufflackern, das mir höllische Sorgen bereitete.

8

Das Blutbad fing damit an, dass ich an mein Handy ging, als es um etwa drei Uhr klingelte. Fux hatte sich neben Cedric auf dem Sofa zusammen gerollt und schlief, Joseph hatte sich ebenfalls ausgestreckt und den Kopf auf meinen Schoß gelegt und ich spielte mit seinen Haaren. Als mein Telefon auf sich aufmerksam machte, richtete er sich leicht auch und auch Cedric warf mir einen irritierten Blick zu.

»Da solltest du nicht ran gehen«, sagte er vorsichtig, doch mir kam die Nummer auf dem Display bekannt vor.

»Vielleicht ist es Victor«, erwiderte ich und bevor einer der beiden Männer mich abhalten konnte, nahm ich das Gespräch entgegen.

»Hallo?«

Ich bereute es in derselben Sekunde. Zuerst war nichts zu hören außer Schreie und Lärm, erst nach einigen Augenblicken meldete sich jemand.

»Vi...o Gott, Vic, hilf mir, bitte, bitte hilf mir!« Ich erkannte die Stimme nicht sofort, aber ich hörte die Todesangst heraus und deswegen war ich sofort in Alarmbereitschaft.

»Wer ist da?«, fragte ich aufgeregt. Joseph hatte sich aufgesetzt und rutschte näher heran, um das Gespräch mit anzuhören.

Ein hartes Schluchzen war zu hören.

»Du hattest Recht. Du hattest so Recht. Es tut mir leid, Vic, bitte, o Gott, sie bringt ihn um, sie....«

»Noah, bist du das?«

Als hätte ihr jemand einen Stromschlag verpasst saß Fux im nächsten Moment aufrecht, als ich den Namen sagte und starrte mich mit großen Augen an. Ich schaltete den Lautsprecher meines Telefons an.

»Ja, ich...« Noah atmete am Ende der Leitung ein paar Mal heftig ein und aus und stieß dann hervor: »Grandpa hat gemacht, was ihr gesagt habt. Er...er wollte Cecile töten...die Brut an der Quelle vernichten, sagte er...aber o Gott...sie...bitte hilf mir, Vic!« Nun weinte er wieder, schwere Schluchzer und ich wusste, was passiert war.

»Ihr seid in Hollywood. An dem alten Hotel, wo sie mich gefangen hielt, oder?«

»Ja. Wir wollten sie töten. Wir wussten ja nicht...«

Etwas krachte im Hintergrund und Noah schrie auf. Fux packte meinen Arm. Wir wechselten einen Blick und verstanden uns wortlos.

»Wir kommen, Noah. Halte durch«

Ich beendete das Telefonat.

»Wir gehen«, sagte ich entschlossen und Fux nickte.

»Nein«, sagte Joseph scharf. Ich drehte mich zu ihm und sah ihn mit hochgezogener Augenbraue an.

»Das war keine Frage«

»Du setzt nicht dein Leben aufs Spiel, um diesen...diesen...«

»Und es war auch keine Bitte um Erlaubnis«

»Ich verbiete es dir!« Seine Stimme klang aufgebracht und er packte meinen Arm. Wäre ich menschlich, hätte er mir sicher mit seinem harten Griff einige blaue Flecke verpasst, aber so lachte ich nur auf und entwand mich ihm problemlos.

»Du tust was? Du bist mein verdammter Freund, nicht meine Mum«

»Richtig, deine Mum ist nämlich tot, wegen...«

»Joseph!« Fux unterbrach ihn scharf. Er verstummte und presste die Lippen aufeinander. Ich dagegen starrte ihn wütend an. Einen Moment lang lieferten wir uns ein Blickduell, bis er sich schließlich wegdrehte. Wortlos durchquerte er das Wohnzimmer und schließlich schlug die Schlafzimmertür mit einem so lauten Knall zu, dass ich mich wunderte, dass die Tür nicht aus den Angeln sprang.

Normalerweise hätte ich das nicht toleriert, dass er davon lief. Ich wäre hinterher gestürmt und hätte mich weiter mit ihm gestritten, bis einer von uns schließlich eingesehen hätte, dass er falsch lag und dann hätten wir uns entschuldigt und geküsst und alles wäre wieder gut gewesen. Aber jetzt nicht. Jetzt war ich so wütend, dass mir schlecht war. Wie konnte er es wagen...?

»Kommst du?«, herrschte ich Cedric an, der mit großen Augen die Szene beobachtet hatte und nun hilflos zu Fux sah. Sie warf ihm einen entschuldigenden Blick zu und zuckte mit den Schultern.

»Wir gehen auf jeden Fall«, sagte sie leise und auch seine Miene verfinsterte sich nun.

»Wegen Noah, ja?«

»Cedric, das ist jetzt sicher nicht der richtige Zeitpunkt für Eifersucht«

Mit flehender Miene trat sie zu ihm, schob ihre Hand in seine und stellte sich auf die Zehenspitzen, um ihn zu küssen. Er seufzte auf und blickte kummervoll auf sie hinunter.

»Ich liebe dich«, sagte er ernst und Fux lächelte.

»Weiß ich doch«

»Das ist auch der einzige Grund, warum ich mitkomme«

»Danke« Abermals stellte Fux sich auf die Zehenspitzen und ich verdrehte ungeduldig die Augen.

»Wenn ihr weiter lieber rummachen wollt, gehe ich halt alleine«

»Wir kommen ja schon« Fux schob ihre Hand in Cedrics und rasch folgten die beiden mir zum Fahrstuhl.

Wir bekamen schnell ein Taxi und die Straßen waren für Los Angeles Verhältnisse ziemlich leer. Angespannt knetete ich meine Fingerknöchel und ignorierte das stetige Vibrieren meines Handys in meiner Hosentasche. Ich war stinksauer.

Es war nicht nur, dass Joseph Mums Tod mit ins Spiel gebracht hatte. Er hatte mich alleine gelassen. Hatte mir den Rücken zugedreht. Stand mir nicht in der Gefahr bei. Das war so untypisch und so etwas von nicht Joseph, dass ich einfach nur verwirrt war. Verwirrt und wütend.

Die Wut lenkte mich ab von dem, was uns bevorstand und das realisierte ich erst wieder, als wir ein paar hundert Meter von dem Hotel entfernt aus dem Taxi stiegen. Vor uns war eine Straßensperre und zwei Polizeiwagen, die uns angehalten hatten.

»Ein Feuer, tut mir leid, wir können hier niemanden durchlassen«, erklärte einer der Polizisten, als ich nachfragte.

Ich drehte mich zu Fux und Cedric um, die mich mit fragendem Blick ansahen.

»Und nun?«, fragte Fux halblaut und wir gingen gemeinsam ein Stück in die entgegen gesetzte Richtung, um dem aufmerksamen Blick des Polizisten zu entgehen. Ich nickte stumm zum Straßenrand, der ein wenig steil abfiel, aber an dem wir schließlich doch unauffällig die

Polizeisperre passieren konnten. Schon nach wenigen Metern schlug uns ein starker Rauchgeruch entgegen.

Das Hotel hatte von außen schon nicht einladend ausgesehen, als ich hier noch zwangsweise untergebracht war. Aber nun, bei dem inzwischen zweiten Brand innerhalb kurzer Zeit, sah es aus, als würde es jeden Moment zusammenbrechen. Flammen schlugen jedoch nur aus der linken Seite des Gebäudes. Von einem Feuerwehrwagen war weit und breit nichts zu sehen oder zu hören. Einige Vampire standen draußen vor dem Hotel und versuchten mit Wassereimern die Flammen zu löschen.

Mein Blick glitt suchend über den freien Platz vor uns und es war schließlich Cedric, der hinüber zu der feuerfreien Gebäudeseite nickte.

»Da vorne, vielleicht fünfzig Meter, an der Seite ist ein Lieferanteneingang. So kommen wir da rein. Ich kann mir nicht vorstellen, dass die den jetzt gerade bewachen«

Ich warf ihm einen dankbaren Blick zu. Gut, dass er mitgekommen war. Wieder huschten meine Gedanken kurz zu Joseph, doch ich verdrängte diesen Gedanken sehr schnell wieder. Jetzt war Noahs Rettung wichtiger. Himmel, ich hatte wirklich einiges gut bei ihm.

Cedric führte uns zielsicher zu dem Lieferanteneingang, der wie erwartet tatsächlich unbewacht war. Nur die Tür mussten wir gewaltsam öffnen, das war allerdings das geringste Problem mit dreifacher Vampirpower.

Wir kamen in einem Vorraum der Küche heraus. Keine Menschenseele trat uns in den Weg. Problemlos schlichen wir uns durch die Küche bis hinaus auf die Gänge.

Verändert hatte sich nichts. Ich spürte, wie Fux mit ihren kleinen Fingern nach meiner Hand tastete und aufmunternd drückte ich sie. Sie hatte natürlich deutlich schlimmere

Erinnerungen an diesen Ort als ich. Hier war sie verwandelt worden. Für mich dagegen hatte hier alles angefangen.

Erneut dachte ich an Joseph und diesmal packte mich die Sehnsucht. Ich wünschte, er wäre jetzt hier. Ich wünschte, er würde mich vorwurfsvoll angucken dafür, dass ich ihn schon wieder in Schwierigkeiten brachte. Ich wünschte, er würde meine Hand nehmen und mir das Gefühl geben, dass wir zusammen alle besiegen konnten.

»Vic« Cedric stupste mir leicht in den Rücken und bedeutete mir, weiter zu gehen. Ich gehorchte und wir gingen lautlos den ausgestorbenen Gang entlang.

Die Stille um uns herum machte mir Angst. Während Noahs Anruf war es so laut gewesen, dass ich ihn kaum verstehen konnte und nun konnte ich meinen eigenen Atem hören.

»Irgendetwas stimmt hier nicht«, flüsterte ich.

Im selben Moment stieß Fux einen erstickten Laut aus, wie ein unterdrückter Schrei und ich fuhr erschrocken herum.

Die Hand vor den Mund geschlagen starrte sie auf eine Tür, die nur angelehnt war und im selben Moment wusste ich, was sie so erschreckt hatte. Mir stieg deutlich der Geruch von Blut in die Nase. Von verdammt viel Blut.

Mir drehte sich der Magen um, doch ich wusste, dass wir keine andere Wahl haben würden, als die Tür zu öffnen und dem Geruch auf den Grund zu gehen.

Fux' Augen waren weit aufgerissen, doch zu meiner Überraschung waren sie noch immer hellblau und ihre Unterlippe zitterte. Die Angst um Noah musste ihren Blutdurst übertönen.

Vorsichtig stieß ich gegen die Tür, die sich mit einem leisen Knirschen öffnete.

Für einen Moment musste ich die Augen schließen und mich wegdrehen.

Man sollte meinen, als Vampir war ich inzwischen immun gegen sämtliche Horrorszenarien, die mit Blut zu tun hatten, doch dem war nicht so.

Mir war speiübel, als ich langsam die Augen wieder öffnete und auf das blickte, was vor mir lag und was mit viel Fantasie einmal der Körper von Noahs Großvater gewesen sein musste.

Was ich auch nur daran erkannte, dass ein paar Meter vor mir auf dem Fensterbrett sein Kopf thronte, die Augen stumpf und leer, der Mund halb offen.

»O Gott«, wimmerte Fux hinter mir und ich drehte mich um, um die Tür wieder zu schließen. Meine Knie waren unfassbar butterweich und ich rang mit mir, dass ich mich nicht übergab.

»Gehen wir weiter. Hier können wir eh nichts tun«, brachte ich schließlich hervor. Fux starrte immer noch zitternd auf die nun geschlossene Tür und Cedric musste sie beinahe tragen, dass sie sich bewegte.

9

Die Stille war unheimlich. Ich wagte kaum zu atmen und jedes kleine Knarren der Holzdielen unter unseren Füßen ließ uns alle zusammen zucken. Selbst als wir die Eingangshalle erreichten, kam uns niemand entgegen.

Nun hörte man jedoch auch das Knacken von zu trockenem Holz und einige Rauchschwaben drangen aus den Gängen. Allerdings schien das Feuer um einiges kleiner zu sein als am Anfang befürchtet. Einen Moment blieben wir unschlüssig stehen und sahen uns um.

»Das wird eine Falle sein, Vic«, sagte Cedric schließlich leise und ich nickte.

»Ich weiß. Das war aber von Anfang an abzusehen« Ich deutete auf eine der Türen, die zu dem nächsten Gang mit den Zimmern führte.

»Lass uns da lang gehen. Das Feuer scheint weiter vorne zu sein«

Ohne abzuwarten ging ich auf die Tür zu und wusste genau, dass Fux und Cedric hinter mir einen ihrer besorgten Blicke tauschten. Sie schienen an meinen Verstand zu zweifeln.

Ich jedoch wusste genau, was ich hinter den Türen zu finden hoffte. Sicher, Noah zu retten war eine Sache. Aber da war noch mehr.

Ich reiß dich in Stücke dafür, dass du mir meine Mum genommen hast, du Miststück.

Unaufhörlich pochte dieser Gedanke in meinem Kopf. Die Chancen standen sehr gut, hier Cecile zu begegnen. Und ich hoffte darauf. Gott, wie sehr ich darauf hoffte! Ich konnte es kaum erwarten.

»Vic, bitte...hier ist doch niemand« Cedric war mir gefolgt und hielt mich am Arm fest. Ich drehte mich um. Fux stand immer noch mitten in der Eingangshalle und sah furchtbar verloren aus. Flehend sah sie mich an.

»Lass uns gehen. Bitte. Ich will hier weg«, flüsterte sie.

Für einen Moment knickte mein Rachedurst ein. Zögernd blieb ich stehen und gerade wollte ich ein paar Schritte auf sie zumachen, als hinter mir eine krächzende Stimme ertönte.

»Vic«

Cedric und ich fuhren herum und meine Kehle schnürte sich zu.

Noah.

Noah mit großen, angsterfüllten Augen und voller Blut – sein Blut?

Und neben ihm, die blutrot geschminkten Lippen zu einem Lächeln verzogen, den Arm lässig bei ihm untergeschoben, Cecile.

»Sieh mal, Süßer, dein Rettungstrupp ist eingetroffen«, verkündete sie mit strahlenden Augen und stieß Noah neckisch den Ellbogen in die Seite.

Er erwiderte nichts, starrte mich nur an mit diesen riesigen Augen und mir schnürte es die Kehle zu. Vor mir stand wieder der Junge, mit dem ich auf dem Sofa Playstation gespielt habe, der stöhnend mir und Fux in der Mall die Einkaufstüten nachgetragen hatte. Nicht der Vampirjäger. Nur ein Junge.

»Bist du verletzt?«, fragte ich leise und trat einen Schritt
auf ihn zu. Er schüttelte den Kopf, öffnete den Mund,
brachte erst keinen Laut hervor, dann schließlich sagte er in
der gleichen, krächzenden Stimme, mit der er meinen
Namen gesagt hatte: »Grandpa...mein...sie haben...«

»Ich weiß. Wir haben es gesehen«, unterbrach ich ihn
sanft und Noah holte rasselnd Luft. Tränen sammelten sich
in seinen Augen.

Cecile hatte das Gespräch lächelnd mit schief gelegtem
Kopf verfolgt. Als ich sie nun direkt ansah strahlte sie
förmlich.

»Weißt du, was ich an dir mag, Vicky? Es ist so einfach,
bei dir die richtigen Knöpfe zu drücken. Selbst bei dem
Süßen hier...« Sie fuhr Noah mit einer Hand durch die
dichten Locken und er gab einen Laut von sich, als hätte er
große Schmerzen. Meine Hand ballte sich zu einer Faust und
ich spürte, wie meine Fingernägel sich in die Haut bohrten.

»Ich meine, was hat er nicht alles für Mist gebaut, oder?
Dich verraten. Auf dich geschossen, wenn ich mich richtig
erinnere. Und zu dir war er auch nicht besonders nett,
oder?« Den letzten Satz sagte sie an Fux gewandt, die neben
Cedric inzwischen stand und seine Hand umklammerte. Sie
hatte den gleichen Gesichtsausdruck wie Noah. Angst. Purer
Horror.

»Ich werde dich töten«, sagte ich leise und grollend.
Ceciles Lächeln verschwand.

»Ja, daran zweifle ich nicht, dass du das versuchen wirst.
Aber bis es soweit ist, werde ich dich töten. Langsam und
genussvoll. Stück für Stück werde ich dir dein Herz in kleine
Stücke reißen, bis nichts mehr davon übrig ist«

»Vic...« Noahs Stimme erreichte mich fast nicht.

»Angefangen bei deiner Mutter. Wie heldenhaft sie

gestorben ist für dich. Man könnte fast sagen, du hast sie getötet, oder? Immerhin hast du ihr Blut getrunken...«

»Wag es nicht...«, zischte ich. Mein Blickfeld war ganz klein. Alles war auf sie gerichtet. Noah stöhnte qualvoll auf.

»Vic, bitte...«

»Wirst du das mit ihm genauso machen?« Ceciles Augen verdunkelten sich ebenfalls und wurden ganz schwarz, »Finden wir es heraus«

Ich sah nicht, was passierte, aber ich hörte Noahs Schrei. Er riss die Augen auf und stolperte beinahe nach vorne, doch Cecile hielt ihn aufrecht, den Mund zu einem boshaften Grinsen verzogen. Was passiert war verstand ich erst, als sie ihre rechte Hand zurückzog, die nun rot vor Blut war, und Noah in sich zusammen sackte. Blut lief ihm aus Mund und Nase.

Fux keuchte auf und stolperte vorwärts. Ich ebenfalls. Zeitgleich kamen wir bei Noah an und ließen uns neben ihm auf die Knie fallen. Während Fux seinen Kopf zwischen beide Hände nahm und sanft auf ihn einredete, drehte ich ihn vorsichtig an der Schulter auf die Seite und schloss entsetzt die Augen, als ich das Loch in seinem Rücken sah, unter dem sich der Teppich langsam mit Blut voll saugte. Sie hatte sein Herz zerquetscht.

»Schon gut, schon gut, alles wird gut, keine Angst«, murmelte Fux in einem stetigen Rhythmus vor sich hin, während sie Noah durch die Haare streichelte und er rasselnd nach Luft rang.

»Vic...ich...« Seine Stimme brach und er wimmerte qualvoll auf. Ich ergriff seine Hand und drückte sie sanft.

»Wir können dich retten. Wir können dich verwandeln«, sagte ich leise und er schüttelte heftig den Kopf.

»Nein...bitte, ich will nicht...ich will kein Vampir sein...«

Eine Träne rann seine Wange herunter, dann noch eine. Hilflos sah er mich an.

»Ich habe Angst« flüsterte er.

Meine Kehle schnürte sich zu und ich presste die Lippen zusammen. Nicht weinen. Er brauchte Mut.

»Hab keine Angst. Es ist gleich vorbei«, murmelte ich sanft. Er nickte. Sein Atem klang wie eine Kettensäge. Dann drehte er Fux den Kopf zu, die immer noch seinen Kopf auf ihrem Schoß hielt.

»Du...«, flüsterte er und machte Anstalten, seine Hand zu heben, doch ihm fehlte die Kraft.

»Ja, ich bin hier. Alles wird gut«, erwiderte Fux zärtlich und sie dachte gar nicht daran, ihre Tränen zu unterdrücken. Noah starrte sie an und sein Brustkorb hob und senkte sich schwer.

»Du...es warst immer du...«, murmelte er. Fux schloss die Augen und atmete tief durch. Als sie die Augen wieder öffnete, war Noahs Blick starr und leer auf sie gerichtet.

Wir blieben eine gefühlte Ewigkeit neben ihm knien. Fux fuhr weiter durch seine Haare und ich hielt seine Hand.

Cedric war es schließlich, der sich ebenfalls zu uns kniete, sich über Noah beugte und vorsichtig mit einer Hand seine Augen schloss. Dann legte er zögernd den Arm um Fux, die schluchzend den Kopf an seine Schulter sinken ließ.

Ich ließ Noahs Hand los und stand schwerfällig auf. Mein ganzer Körper tat weh. In meiner Brust tobte ein Schmerz, der mir inzwischen zu bekannt war. Verlust. Ich hatte ihn nicht retten können. Genau wie Mum.

Ich wollte schreien. Ich wollte Cecile ebenfalls das Herz aus der Brust reißen, doch natürlich war sie schon längst verschwunden. Hatte sich wie immer feige aus dem Staub gemacht. Mein Hals schnürte sich zu und ich versuchte, den

Kloß herunter zu schlucken, einmal, zweimal, doch es gelang mir nicht.

Als es diesmal in meiner Hosentasche vibrierte, ging ich ran.

»Hallo«, brachte ich hervor und erkannte meine Stimme selber nicht. Sie war so klein.

»Bitte sag mir, dass du nicht verletzt bist« Seine Stimme klang ebenfalls anders. Gebrochen. Gequält.

»Ich bin okay«, flüsterte ich und schloss die Augen, während mir nun hemmungslos die Tränen über die Wangen liefen, »Sie hat Noah getötet« Einen Moment war es still am anderen Ende der Leitung.

»Das tut mir leid, Baby«, sagte er dann sanft und ich schluchzte auf.

»Hol mich hier weg. Bitte, Joseph, hol mich hier weg«

»Ich bin fast da, Liebling«

Es dauerte gefühlte Stunden, in denen wir einfach nur neben Noah hockten, bis sich schließlich zwei Arme um mich legten und mich sanft hochzogen.

Ich verzieh ihm alles in dem Moment, schlang einfach nur die Arme um seinen Hals, vergrub das Gesicht an seiner Schulter und endlich konnte ich richtig weinen. Joseph presste meinen Kopf an sich, flüsterte mir sanfte Worte ins Ohr und streichelte durch meine Haare, bis ich mich beruhigt hatte.

»Draußen ist keine Menschenseele. Wir sollten von hier verschwinden, solange wir es noch können«, sagte er schließlich, deutlich zaghaft. Ich nickte zustimmend und Fux sah das erste Mal von Noahs Leichnam auf.

»Und er?«, fragte sie mit gebrochener Stimme.

Joseph zögerte mit seiner Antwort und sah zu mir. Auch

ich kämpfte mit mir selbst. Es widerstrebte mir, Noah hier zu lassen. Aber mitnehmen konnten wir ihn ja auch schlecht. Es kam nicht besonders gut bei der Polizei an, mit einer Leiche im Kofferraum herum zu fahren.

Cedric war es schließlich, der mit zögernder Stimme einen Lösungsvorschlag machte, mit dem wir alle einverstanden waren. Er trug Noahs Leichnam zu einem der Sofas, die unter weißen Laken verborgen waren. Joseph blieb in der Zeit an der Tür stehe und achtete darauf, dass kein ungebetener Vampirgast herein kam.

Der stechende Geruch von Benzin machte sich breit, als Cedric einen Kanister, den er aus einem der Autos auf dem Parkplatz geholt hatte, über dem Sofa ausleerte und sich dann zögernd zu Fux und mir umdrehte.

»Will eine von euch...?«, begann er, doch sowohl Fux als ich, Hand in Hand einige Meter entfernt stehend, schüttelten den Kopf. Nein, wir wollten nicht das Feuerzeug entzünden. Wir trauerten.

Also warf Cedric das Feuerzeug und augenblicklich fing das Sofa Feuer. Ein warmer Schein legte sich auf Noahs Gesicht, als die Flammen ihn einhüllten und ließ ihn fast friedlich aussehen. Neben mir spürte ich, wie Fux' kleiner Körper von harten, trockenen Schluchzern geschüttelt wurde.

»Wir sollten gehen. Bevor...« Erneut beendete Cedric seinen Satz nicht, sondern warf uns einen verlegenen, unsicheren Blick zu und ich wusste, was er meinte. Bevor es hässlich werden würde. Sanft zog ich an Fux' Hand und sie stolperte ein wenig, aber ließ sich bereitwillig von mir mitziehen.

Joseph stand wartend an der Tür und sah uns entgegen. Sobald ich neben ihm stand, umfasste er meine andere Hand und gemeinsam verließen wir das Hotel. Hinter uns knisterten bereits die Flammen immer lauter.

Draußen führte Joseph uns zu einem schwarzen SUV, hielt für Fux und Cedric die Hintertür auf und bedeutete mir, auf dem Beifahrersitz Platz zu nehmen.

»Wem gehört das Auto?«, fragte ich mit schwacher Stimme, als ich mich angeschnallt hatte und Joseph den Motor startete.

Er zuckte mit den Schultern und lenkte den Wagen auf die Straße

»Weiß nicht. Einen meiner Nachbarn schätze ich. Er stand in der Tiefgarage und der Schlüssel war beim Vorderreifen versteckt«

Ich nickte nur. Für eine Diskussion über die moralische Bedeutung von Diebstahl hatte ich jetzt definitiv weder Lust noch Kraft, vor allem nicht, wenn ich Fux auf dem Rücksitz nach wie vor weinen hörte. Joseph tastete nach meinen Fingern und umschloss sie mit seiner Hand. Ich schob meine Finger zwischen seine und versuchte, nicht daran zu denken, dass er mich allein gelassen hatte. Jetzt war er ja da.

Die Fahrt verlief schweigend und als wir das Penthouse betraten, ging Fux wortlos in Richtung ihres Zimmers. Cedric sah ihr hilflos nach. Die ganze Zeit über hatte sie den Kopf an der Fensterscheibe gelehnt gehabt und geweint, Cedric die Schulter zugewandt, obwohl er, genau wie Joseph bei mir, ihre Hand gehalten hatte.

»Sie hat den Kerl ziemlich geliebt, oder?«, fragte er mit heiserer Stimme und ich wusste nicht recht, was ich darauf sagen sollte. Ja, Fux hatte Noah geliebt, sehr sogar. Er war ihr strahlender Held gewesen, ihr Retter in der Not, ihre erste Liebe, aber er hatte ihr auch mehr wehgetan als jemals jemand zuvor, er hatte sie sowohl physisch als auch psychisch verletzt und nun war er tot.

»Geh ihr nach«, sagte ich also nur leise und Cedric nickte, als hätte er einfach nur einen Ansporn gebraucht und tat das, was ich sagte.

Nun waren Joseph und ich also allein. Ich löste meine Hand aus seiner und ging wortlos in die Küche, öffnete den Kühlschrank und fischte den Whiskey heraus, der ganz hinten stand.

»Du bist zu jung zum Trinken«, sagte Joseph mit rauer Stimme und wollte mir die Flasche aus der Hand nehmen, doch ich riss sie von ihm weg und knurrte ihn an, so dass er zurück zuckte.

Dann drehte ich ihm den Rücken zu und nahm einen tiefen Schluck aus der Flasche – nur um ihn im nächsten Moment im hohen Bogen wieder auszuspucken.

»Himmel! Das ist ja widerlich!«, krächzte ich und ließ mir diesmal die Flasche bereitwillig aus der Hand nehmen, während es mich schüttelte vor Ekel.

Ein leichtes Lächeln zuckte in Josephs Mundwinkeln, als er den Whiskey zurück in den Kühlschrank stellte und mir mit dem Daumen dann über den Wangenknochen strich.

»Siehst du, das ist kein Drink für ein Mädchen«

„Ich dachte, es wäre die richtige Situation dafür.", erwiderte ich und schmiegte unwillkürlich mein Gesicht in seine Hand. Er war da.

Erneut huschte ein kleines Lächeln über sein Gesicht, dann hauchte er mir einen raschen Kuss auf die Lippen und deutete in Richtung Schlafzimmer.

»Los, ab unter die Dusche und dann ins Bett. Du riechst nach Blut«

Ich tat, wie er befahl und musste zugeben, dass die heiße Dusche Wunder wirkte. Während ich das Gesicht in den heißen Wasserstrahl hielt, ließ ich meinen Tränen freien Lauf, doch diesmal war es erträglich. Ich wünschte, ich hätte Noah retten können, aber ich würde damit klar kommen. Besser als mit dem Tod von Mum.

Meine Gedanken wanderten zu Cecile, zu ihrem widerlich arroganten Grinsen und mir kam fast die Galle hoch vor Hass. Ich hätte sie am liebsten an Ort und Stelle in Stücke gerissen. Hätte ich es nur getan. Vielleicht hätte ich Noah so retten können.

Ich seufzte leise und lehnte die Stirn an die kühlen Fliesen, während mir das Wasser auf den Rücken prasselte.

Und dann Joseph...

Ich wollte eigentlich nicht darüber nachdenken, aber ich konnte nicht anders. Er hatte mich alleine in eine Schlacht ziehen lassen. Noch nie hatte er mich im Stich gelassen, niemals. Nicht bevor er in Europa war.

Ich öffnete die Augen und starrte gegen die Fliesen vor mir, während meine Gedanken rasen. War es deswegen?

Ein Klopfen riss mich aus meiner Trance und ich stellte schnell das Wasser ab.

»Alles okay, Baby?«, fragte Joseph durch die geschlossene Tür und rasch wickelte ich mich in ein Handtuch, bevor ich zur Tür tapste und sie öffnete. Besorgt sah er auf mich runter und ich schaffte ein schiefes Lächeln.

»Alles in Ordnung. Tut mir leid, ich wollte dir keine Sorgen bereiten«

Ich stellte mich auf die Zehenspitzen und küsste ihn sanft auf die Lippen, was er nur halbherzig erwiderte und mich weiter mit skeptischem Blick musterte, dann fuhr er sich seufzend durch die Haare.

»Du bereitest mir nie etwas anderes als Sorgen«, sagte er leise, aber mit liebevollem Unterton und hauchte mir nun seinerseits einen Kuss auf die Lippen.

»Gleichfalls«, murmelte ich halblaut und senkte den Blick, aber er hörte es trotzdem. Natürlich hörte er es. Augenblicklich zog er den Kopf zurück und sah mich forschend an.

»Was willst du damit sagen?«

»Nichts, vergiss es«, sagte ich rasch, mir wohl bewusst, dass ich gerade das Klischee einer nervigen Freundin verkörperte, aber ich wollte jetzt wirklich keinen Streit.

Schnell stellte ich mich auf die Zehenspitzen und drückte meine Lippen wieder auf seine. Erneut zögerte er, doch als ich seine Hände an den Rand des Handtuchs führte, schien er meiner Meinung zu sein und zog mich enger an sich.

10

Joseph schlief, sobald sein Kopf das Kissen berührte. Ich dagegen lag wach und starrte abwechselnd ihn und dann die Uhr an. Es wurde Morgen, dann Mittag, dann Nachmittag und mein Kopf wollte einfach keine Ruhe geben.

Als Joseph sich schließlich neben mir leicht zu regen begann, stand ich leise auf, zog sein T-Shirt, das auf dem Boden lag, über und schlich mich aus dem Schlafzimmer ins Wohnzimmer.

Aus Fux' und Cedrics Zimmer kam kein Laut, als ich es mir mit dem Laptop auf dem Schoß auf dem Sofa bequem machte und meine E-Mails überprüfte. Eigentlich war das mehr Gewohnheit als das ich wirklich etwas erwartete, umso überraschter war ich, als tatsächlich zwei neue Nachrichten in meinem Posteingang hatte. Eine war von einem unbekannten Absender, die andere – und mein Herz macht einen erleichterten Hüpfer – war von Victor. Rasch öffnete ich diese als erstes.

Victoria,

ich bin in Rumänien und ich brauche euch. Joseph ist seit England nicht aufspürbar und den Silva-Jungen habe ich nach Hause geschickt. Hier finde ich aber einige Antworten, die vor

Mein Mund stand staunend offen, während ich die Mail
mehrfach las. Mein Dad war also tatsächlich erfolgreich
gewesen! Und er war unversehrt. Jetzt erst merkte ich, dass
auch er mir Sorgen bereitet hatte. Andererseits ärgerte ich
mich ein wenig, dass er Josephs Verschwinden nur als
Nebensatz erwähnte. Er müsste doch wissen, dass ich mir
Sorgen machte, vor allem um Joseph.

Ich schickte Victor also nur eine kurze Mail, dass die seine
angekommen war und dass wir uns in Rumänien treffen
würden. Dann öffnete ich die des unbekannten Absenders.

Diese Mail war deutlich kürzer und mir wurde übel, als
ich sie las.

Guter alter Sam...trotz seiner Liebe zu Cecile spürte ich
unwillkürlich eine Welle der Zuneigung in mir aufsteigen.

Und gleichzeitig begab er sich damit auf die Liste meiner
Sorgenkinder. Wenn es stimmte, was er geschrieben hatte,
dann würde Cecile mit Sicherheit herausfinden, dass er uns
gewarnt hatte und sie wäre sicher nicht begeistert davon.

Ich kaute auf meiner Unterlippe, überlegte, auch Sam zu
antworten, da ging die Tür zum Schlafzimmer auf.

»Was machst du da?«, murmelte Joseph, noch ziemlich schlaftrunken mit ziemlich zerwühlten Haaren und unwillkürlich stahl sich ein Lächeln auf meine Lippen.

»Komm her«, bat ich und streckte die Hand nach ihm aus. Er kam zu mir, ergriff meine Hand und ließ sich neben mich fallen, schob meinen Laptop nach vorne, damit er seinen Kopf auf meinen Schoß legen konnte. In meinem Bauch begannen die Schmetterlinge zu flattern. Sanft streichelte ich ihm durch die Haare, während er das Gesicht an meine Beine drückte.

»Ich mag es nicht, wenn ich aufwache und du weg bist«, brummte er.

»Tut mir leid. Ich konnte nicht schlafen« Ich beugte mich vor und küsste ihn sanft auf die Schläfe, »Victor hat mir geschrieben«

Misstrauisch öffnete Joseph ein Auge und blinzelte mich an.

»Was hat er geschrieben?«

»Wir sollen nach Rumänien«

Jetzt öffnete er auch das zweite Auge und setzte sich ein Stück weit auf. Sein Blick war forschend und er suchte in meinem Gesicht nach einer Regung. Ich bewahrte mein bestes Pokerface.

»Das ist doch eine Falle«, sagte er auch prompt. So eine Reaktion hatte ich erwartet. Ich tippte mit dem Finger auf das Wort »Dracula«

»Nein, ist es nicht. Die Mail stammt von Victor. Das hier ist unser Codewort«

»Codewort?« Jetzt setzte Joseph sich ganz auf und funkelte den Bildschirm misstrauisch an, als würde sich dort gleich Ceciles perfekt manikürte Hand heraus strecken und nach uns greifen. Ich nickte geduldig.

»Wir verwenden das Wort Dracula in jeder Mail, um
sicher zu gehen, dass sie von uns ist«

»Das ist kein besonders sicheres Codewort« Joseph hatte
die Stirn in Falten gelegt und kaute auf seiner Unterlippe.
Ich konnte nicht aufhören, ihn anzustarren. Er war
hinreißend, wenn er noch so verschlafen war. Für eine
Sekunde schloss ich die Augen, um mich daran zu erinnern,
dass es gerade andere Sachen gab, die wichtiger waren,
öffnete die Augen wieder und zuckte mit den Schultern.

»Kann sein. Ich glaube nicht, dass es eine Falle ist. Wir
sollten Sachen packen und uns vorbereiten«

»Immer auf dem Sprung, was, Victoria?« Aber sein
Kommentar klang nicht wütend, er tippte mir lächelnd auf
die Nasenspitze und stellte den Laptop auf den Tisch. Ich
zog die Nase kraus.

»Ja. Kommst du mit mir?«

Er schnaubte.

»Als ob ich dich alleine gehen lassen würde«

Der Satz schwebte einen Moment zwischen uns wie die
Klinge einer Guillotine und die plötzliche Stille war
schneidend. Joseph sah mich mit großen Augen an, sich im
selben Moment bewusst werdend, was in den letzten
Stunden eigentlich passiert war und auch mich traf alles
wieder mit der Wucht einer Abrissbirne.

Ich schluckte hart.

»Du hättest mich begleiten müssen«, sagte ich leise und
sprach damit endlich das aus, was mir in den letzten
Stunden immer wieder durch den Kopf geschossen war und
was ich versucht hatte, zu verdrängen.

Josephs Gesicht war bleich. Immer noch kaute er auf der
Unterlippe, diesmal jedoch nervös und verunsichert und
wäre er menschlich, hätte er sie sich mit Sicherheit blutig

gebissen. Aber so starrten wir uns einfach nur an. Ich spürte, wie der Druck auf meiner Brust zunahm, je länger er schwieg.

»Sag was«, verlangte ich leise, knetete meine Finger und versuchte, die aufkommenden Tränen zurück zu halten. Ich würde nicht schon wieder weinen.

Joseph öffnete den Mund, aber brachte keinen Laut hervor. Die Hilflosigkeit in seinen Augen machte mich fertig. Ich verlor den Kampf gegen die Tränen.

»Du hast mich noch nie alleine gelassen«, brachte ich hervor und war stolz, dass meine Stimme trotz der Tränen nicht brach.

»Ich weiß«, erwiderte er. Seine Stimme klang tonlos, »Ich war wütend«

»Selbst dann nicht. Du warst noch nie so wütend auf mich, dass du es riskiert hättest, dass mir etwas passiert« Es kam mir falsch vor, ihm Vorwürfe zu machen, wenn er so vor mir stand, die Augen weit aufgerissen und nicht im Stande, sich zu verteidigen. Aber ich musste es wissen. Ich musste wissen, was ihn dazu gebracht hatte, mich im Stich zu lassen.

»Sag mir, was passiert ist«, verlangte ich also leise, machte einen Schritt rückwärts, um mehr Raum zwischen uns zu kriegen, um meine Absichten klar zu machen. Ich brauchte Antworten.

Sein Blick huschte im Raum umher, zum Laptop, zur Wand, zur Decke, nur nicht zu mir. Er rang mit sich, das sah ich und ich kam mir grausam vor, weil ich ihn dazu zwang, aber es würde nichts bringen, wenn wir diese Sache totschwiegen.

»Joseph«, setzte ich an und endlich blieb sein Blick an mir hängen, »Was auch immer dich dazu gebracht hat, wird nichts an meinen Gefühlen für dich ändern. Ich liebe dich.

Immer. Aber ich muss es verstehen«

Sein Brustkorb hob und senkte sich schwer, seine angespannten Schultern fielen herab. Er schloss die Augen.

»Ich habe es in dem Moment bereut, als die Fahrstuhltür zuging. Ich wollte dir folgen, aber ich...« Wieder rang er mit sich und ich machte mich auf das Schlimmste gefasst.

»Ich konnte nicht. Jedes Mal, wenn ich die Wohnung verlassen wollte, dann konnte ich nicht mehr atmen vor Angst. Ich wollte nicht zurück in die Nähe von Cecile. Du hast vielleicht keine Angst vor ihr, Vic. Du bist stärker als sie«

Als er mich jetzt wieder ansah, zuckte ich zurück. Seine Pupillen waren geweitet vor Angst und mit zwei Schritten war ich bei ihm, schlang die Arme um seinen Hals und er riss mich an sich, vergrub das Gesicht in meiner Halsbeuge und ein Schauder überkam mich, als ich sein Schluchzen an meiner Haut spürte.

Mein Joseph, mein armer gebrochener Joseph. Ich fuhr ihm durch das dichte, blonde Haar, wisperte ihm beruhigende Worte zu, während er mich mit beiden Armen zu fest umschlang und als er schließlich seinen Griff ein wenig lockerte und den Kopf hob, strich ich ihm mit den Händen über die Wangen. Er sah so müde aus. Mein Hass auf Cecile wuchs mit jedem seiner harten Atemzüge.

Ich stellte mich auf die Zehenspitzen und hauchte ihm einen zarten Kuss auf die Lippen.

»Es tut mir leid. Ich sollte nicht nach all dem erwarten, dass du...« Ich suchte nach den richtigen Worten und ein freudloses, schiefes Lächeln huschte über seine Lippen.

»Was? Dass ich ein Feigling geworden bin?«

»Du bist kein Feigling.", erwiderte ich heftig, „Du bist gefoltert worden. Du hast Glück, dass du noch am Leben bist. Was du jetzt fühlst, das ist nur menschlich«

»Tja, ich bin aber kein Mensch, Vic« Sein Blick war starr, hart jetzt, seine Stimmung wechselte abrupt. Seine Hände, die auf meiner Hüfte lagen, wurden fester.

»Das heißt nicht, dass du nicht im Stande bist, dich menschlich zu fühlen«

»Ist dir eigentlich klar, wie ich mal war, Vic? Als ich unter Ceciles Fuchtel stand. Bevor ich zum Spion wurde? Ich war nicht anders als die kleinen Featherstone Bastarde, die mich gefoltert haben. Ich war jung und wurde aus meinem Leben gerissen und ich war wütend und blutrünstig«

»Nein, das...«

»Es stimmt, verdammt. Tu nicht so, als würdest du mich kennen«

Dieser Satz war wie eine Ohrfeige und als Joseph meine weit aufgerissenen Augen sah, wurde seine Miene sofort weicher.

»Kanntest. Dass du mich kanntest«, verbesserte er sich leise und strich mit dem Daumen über meine Unterlippe, »Tut mir leid«

Ich nickte nur und er beugte sich vor, um seine Stirn an meine zu lehnen.

»Es war nicht nur die Sonne. Die Schmerzen waren immer nur temporär. Es war das, was sie in mir wieder hervorgerufen haben. Dieser Hass, der Blutdurst...nicht Hunger, ich wollte ihnen die Eingeweide heraus reißen. Ihnen schlimmeres antun als sie mir. Und glaube mir, ich weiß noch einiges an Foltermethoden. Cecile war eine gute Lehrerin«

»Ich hasse sie«, stieß ich hervor und klammerte mich an seine Oberarme. Sein Blick verdüsterte sich.

»Das tun wir alle. Aber du bist die einzige, die sich nicht

vor ihr fürchtet«

Ich öffnete den Mund, um das abzustreiten, aber ich musste zugeben, dass er Recht hatte. Ich hatte keine Angst mehr vor Cecile. Kein Stück. Ich wusste, ich könnte ihr mit einer Hand das Genick brechen.

»Ich werde dich nicht zwingen, mich nach Rumänien zu begleiten«, sagte ich schließlich stattdessen und er lächelte.

»Ich komme mit. Ich lass dich nicht mehr aus den Augen, Baby. Du gerätst nämlich von einem Schlamassel ins nächste«

Ich konnte ihm nicht mal widersprechen.

11

Wir verbrachten die restliche Nacht damit, kalte Pizza zu essen und Pläne zu schmieden. Ich saß auf der Anrichte in der Küche, die Beine überkreuzt, während Joseph mir gegenüber an der Kücheninsel lehnte und schließlich den leeren Pizzakarton zusammen faltete.

»Willst du Cedric und Fux mitnehmen?«, fragte er und ich warf einen besorgten Blick zu dem Zimmer, in dem die beiden schliefen. Seit wir nach Hause gekommen waren, hatte ich weder von Fux noch von Cedric etwas mitbekommen. Gerade um Fux machte ich mir Sorgen. Der Tod von Noah hatte sie deutlich tiefer getroffen als ich es erwartet hatte.

Als hätten meine Gedanken sie geweckt, ging nun plötzlich die Tür zu ihrem Schlafzimmer auf und Cedric trat heraus. Joseph warf erst ihm, dann mir einen beunruhigten Blick zu und ich konnte es ihm nicht verdenken. Cedric sah furchtbar aus.

»Hi«, brachte er hervor und klang dabei so kläglich, dass ich sofort von der Anrichte rutschte und ihm die Arme um den Hals schlang. Er zog mich an sich und drückte das Gesicht in meine Haare.

»Du siehst schrecklich aus«, murmelte ich und ernteten

dafür ein freudloses leises Lachen.

»Ich fühle mich auch schrecklich. Fux ist endlich eingeschlafen. Sie konnte einfach nicht aufhören zu weinen. Ich glaube, sie ist vollkommen fertig« Cedric löste sich aus meiner Umarmung und ich sah an ihm vorbei zu der Tür ihres Schlafzimmers. Am liebsten wollte ich mich selber vergewissern, dass Fux okay war. Aber wenn sie nun endlich schlief, sollte ich sie wohl besser auch schlafen lassen.

Joseph hatte inzwischen den Kühlschrank geöffnet, zwei Bier heraus genommen und hielt Cedric nun eine Flasche hin. Dieser schnitt zwar eine kurze Grimasse – ich wusste, er mochte eigentlich kein Bier – aber nahm dann die Flasche entgegen und nahm einen tiefen Schluck.

»Ich werde nie gegen ihn ankommen. Selbst jetzt, ich meine, er ist tot und sie...sie liebt ihn immer noch«, murmelte er. Joseph und ich wechselten einen kurzen Blick und er hob leicht abwehrend die Hände.

Ich werde eh nur das Falsche sagen, sagte seine Geste mir und wahrscheinlich hatte er damit Recht. Taktgefühl war nicht unbedingt seine Stärke.

»Sie liebt dich. Ja, Noah war ihre erste Liebe, aber du...du gibst ihr so viel mehr. Und auch, wenn sie jetzt trauert...«

»Sag mir nicht, dass alles wieder so wird wie früher« Ced schnaubte leicht entrüstet und nahm noch einen Schluck Bier. »Gar nichts wird mehr wieder wie früher. Weder bei uns noch bei euch noch für sonst irgendjemanden«

Seine Worte hinterließen einen bitteren Nachgeschmack und als er die Bierflasche mit einem lauten Knall auf der Küchentheke abstellte, zuckten sowohl Joseph als auch ich zusammen und wechselten erneut einen beunruhigten Blick. So pessimistisch hatte ich Cedric noch nie erlebt.

»Cecile zerstört langsam und gleichmäßig alles um uns

herum. Sie saugt alles Gute aus unserem Leben heraus wie ein verdammter Parasit«

Er richtete seinen Blick auf mich, die Augen rot, die Haare durcheinander, das Gesicht blass und fahl, aber entschlossen.

»Du musst sie zur Strecke bringen, Vic«

Ich schluckte bei seinen Worten und öffnete den Mund, um zu antworten, doch in diesem Moment erklang aus dem Schlafzimmer ein leiser, erstickter Schrei und dann ein heftiges Schluchzen.

Augenblicklich fuhr Cedric herum und schneller als wir gucken konnten, schlug die Schlafzimmertür hinter ihm zu und wir hörten nur noch leises Gemurmel. Ich schluckte und hoffte inständig, dass Fux nur geträumt hatte und Cedric sie beruhigen konnte. Mit einem Seufzer drehte ich mich zu Joseph um.

»Sie kommen nicht mit«, entschied ich und er nickte. In diesem einen Punkt waren wir uns einig. Noch mehr Leid würden wir ihnen nicht zumuten.

Während ich Victor eine Antwortmail schrieb, fing Joseph an, unsere Taschen zu packen. Am Abend wollten wir losfliegen. Mir schwirrte der Kopf, so schnell ging auf einmal alles und ich hatte weder Cedric noch Fux von unseren Plänen erzählt und auch Sams Warnung hatte ich unerwähnt gelassen. Ich wollte Joseph nicht in noch mehr Unruhe versetzen.

Als es zum Morgen dämmerte, trat Fux aus dem Zimmer. Ihre Augen waren fast so rot wie ihre Haare und sie sah noch erschöpfter aus als Cedric. Ich hörte auf, T-Shirts in unsere Tasche zu stopfen und sah sie besorgt an.

»Hey«, sagte ich leise und sie brachte ein schiefes Lächeln zustande.

»Hallo«, erwiderte sie mit gebrochener Stimme und nickte zu der Tasche, »Was machst du da?«

»Joseph und ich müssen eine Weile weg. Ihr könnt natürlich hier bleiben« Ich versuchte, so neutral wie möglich zu klingen. Aber Fux war nicht umsonst meine beste Freundin. Nicht mal Joseph kannte mich so gut wie sie.

»Ihr wollt weg?« Ihre Stimme klang so klein und brüchig, dass mich sofort das schlechte Gewissen packte. Ich konnte sie nicht anlügen, auf keinen Fall.

»Victor hat uns eine Mail geschickt mit der Bitte, nach Rumänien zu kommen. Joseph und ich werden hinfliegen« Während ich das sagte, fuhr ich damit fort, Klamotten in die Tasche zu werfen, was nicht besonders viel half. Ihren bohrenden Blick spürte ich trotzdem sehr genau im Nacken.

»Nur ihr beide?«

»Ja«

»Und ihr fragt uns nicht mal?«

»Nein« Endlich hob ich den Kopf und sah sie ernst an, »Vor allem du hast genug mitgemacht im letzten Jahr. Ich werde dich nicht noch weiter unnötig in Gefahr bringen. Nein, Fux...« Ich schnitt ihr das Wort ab, als sie den Mund öffnete, um zu protestieren, »keine Chance. Du und Cedric, ihr bleibt hier«

»Ist ja gut, *Muuuuum*«, fauchte Fux und verdrehte die Augen. Ich kniff die Lippen zusammen und zog den Reißverschluss mit einem heftigen Ruck zu, dass ich ihn beinahe abriss.

»Wie geht's dir?«, fragte ich dann mit einer nicht zu unterdrückenden Prise Schärfe in der Stimme.

Ihr rebellischer Gesichtsausdruck verschwand und sie senkte den Blick, kaute auf ihrer Unterlippe herum – eine Angewohnheit, die wir beide teilten. Wie gesagt, nicht umsonst waren wir beste Freundinnen.

»Beschissen«, sagte sie dann schließlich leise und ließ sich mir gegenüber im Schneidersitz auf den Boden sinken. Ich wartete, ob sie fortfuhr, aber sie schien der Meinung zu sein, dass dieses eine Wort ihrer Situation ausreichend angemessen war.

»Cedric macht sich wahnsinnige Sorgen«, sagte ich zaghaft. Fux nickte, den Blick auf ihre Hände gerichtet.

»Ich weiß. Ich hab euch gehört. Er hat Recht, weißt du?« Als sie den Kopf hob, sah ich wieder Tränen in ihren Augen schimmern, »Ich liebe Noah. Habe ich immer. Werde ich immer. Und ich fühle mich so schuldig«

»Schuldig?« Ungläubig schüttelte ich den Kopf, »Wieso das denn? Du hast doch überhaupt nichts damit zu tun. Cecile hat Schuld an seinem Tod« Wieder einmal stieg dieser unbändige Hass in mir hoch, wenn ich Ceciles höhnisches Lächeln vor mir sah. Ich hätte nie gedacht, dass man jemanden so sehr hassen konnte...

»Ich weiß doch auch nicht« Inzwischen rannen Tränen über ihre geröteten Wangen, »Ich hätte ihn retten können. Wenn ich nicht selber solche Angst gehabt hätte...«

»Dann was? Hättest du dich mit Cecile geschlagen? Sei nicht dumm, Fux, sie hätte dich in Stücke gerissen, bevor du auch nur in Noahs Nähe gekommen wärst«

Meine Stimme wurde lauter bei dem Gedanken, dass Cecile auch Fux etwas hätte antun können – nein!

Abrupt ließ ich mich vor Fux auf die Knie fallen und umfasste ihr Gesicht mit beiden Händen. Sie schluchzte inzwischen hemmungslos und auch mir schnürte sich die Kehle zu.

»Bevor ich zulasse, dass sie dir etwas antut, vorher gefriert die Hölle. Hörst du? Sie hat meine Mum getötet«

Meine Stimme kippte und meine Sicht verschwamm, »Sie
hat Noah umgebracht. Sie hat Joseph foltern lassen...«

»Was!?«, brachte Fux hervor.

»...ich werde nicht zulassen, dass sie dir auch noch wehtut.
Nicht noch einmal. Nicht noch mehr als sowieso schon.
Verstanden?«

Himmel Herrgott, so viel wie in den letzten zwei Jahren
habe ich in meinem ganzen Leben nicht geheult. Ich biss mir
auf die Unterlippe, um den Tränenstrom aufzuhalten.

»Verstanden, Ma'am«, sagte Fux leise und dann kicherten
wir beide, tränenüberströmt und vollkommen fertig mit der
Welt. Was waren wir doch für ein Chaos.

»Wir fliegen heute Abend los. Neun Uhr« Ich wischte mir
mit dem Arm über die Augen und nickte zu der halb
gepackten Tasche, »Und wir kommen so schnell es geht
wieder«

»Bitte in einem Stück«, murmelte Fux und schlang die
Arme um mich. Ich erwiderte ihre Umarmung.

»Mach dir keine Sorgen. Ich bin stärker als Cecile. Wenn
sie mir oder Joseph zu nahe kommt, reiße ich sie in Stücke«

Ich hoffte inständig, dass Fux mir das glaubte.

Auch Cedric war nicht besonders begeistert von unserem
Entschluss, alleine nach Rumänien zu reisen, aber ich wusste
genau, welche Knöpfe ich bei ihm drücken musste.

»Ich brauche dich hier. Du musst für mich auf Fux
aufpassen. Wir können sie in ihrem Zustand unmöglich
mitnehmen und alleine hier lassen werde ich sie auch nicht«

Das sah er sofort ein. Ein Blick zu Fux, die neben Joseph
auf dem Sofa saß und mit abwesender Miene an einem Toast
knabberte, reichte aus und Cedric nickte.

Es war acht Uhr, als wir aufbrachen. Draußen war die

Sonne untergegangen und Cedric und Fux begleiteten uns in die Tiefgarage, wo Joseph unsere Taschen in einen schwarzen SUV packte. Ich warf ihm einen tadelnden Blick zu und er zuckte mit den Schultern.

»Irgendwie müssen wir ja zum Flugplatz kommen«

Recht hatte er, deswegen verkniff ich mir eine Moralpredigt zum Thema Diebstahl und schlang stattdessen die Arme um Fux.

»Pass auf dich auf«, flüsterte ich in ihre wirren Locken.

»Das sollte ich dir sagen«, erwiderte sie und erwiderte meine Umarmung fest. Nur widerstrebend löste ich mich von ihr und ließ mich auch von Cedric kurz an sich drücken.

»Kommt heil zurück«, murmelte er und ich nickte. Mehr wollte ich nicht versprechen.

Joseph saß bereits auf dem Fahrersitz und ich kletterte auf den Beifahrersitz. Aus dem Fenster winkte ich meinen zwei besten Freunden noch einmal zu, dann lenkte Joseph den (gestohlenen, wohlgemerkt) Wagen aus der Garage hinaus und seufzend ließ ich mich zurück in den Sitz sinken.

»Machst du dir Sorgen?«, fragte Joseph und verschränkte über der Mittelkonsole unsere Finger miteinander.

»Immer«, murmelte ich und sah aus dem Fenster.

»Hey...« Ich hörte an seiner Stimme, dass er lächelte und er hob meine Hand an seinen Mund, um mir einen zarten Kuss auf die Fingerknöchel zu hauchen, »Wir schaffen das schon. Wir schaffen alles, okay?«

»Ja«, murmelte ich, »Ich mache mir zur Zeit auch mehr Sorgen um Fux als um uns«

»Cedric ist bei ihr« Noch einmal küsste er meine Finger, dann ließ er meine Hand los. Ich versuchte, mir keine Sorgen zu machen, schwieg jedoch, bis wir den Flugplatz in Santa Monica erreichten, wo der Privatflieger von Victor auf uns wartete.

»Ich frage mich immer noch, was für einen Gefallen der Kerl meinem Dad schuldet, dass er jederzeit einen Privatjet anfordern kann«, sagte ich, während wir aus dem Auto stiegen. Joseph grinste.

»Du weißt es, oder?«, fragte ich.

»Jep«

»Will ich es wissen?«

»Nein, vermutlich nicht«

Ich stöhnte auf und warf meine Tasche über die Schulter, dann folgte ich Joseph durch die Türen, die uns zum Flugplatz brachten.

Das einzige Flugzeug, das dort wartete, war ein kleiner Privatjet, an dessen Treppe der gleiche Pilot wartete, der Joseph und Victor auch letztes Mal nach Europa geflogen hatte.

»Nach dir« Einladend deutete Joseph auf die Treppe und ich musste unwillkürlich grinsen – das war so dekadent!

Drinnen war es dunkel und erst als ich ein paar Schritte machte, schaltete sich automatisch die Beleuchtung an. Die Fenster waren verdunkelt, und es waren nur insgesamt zwölf Sitze vorhanden, jeweils zwei große Sitzgruppen mit vier Plätzen und einem Tisch in der Mitte und zwei weitere Gruppen mit zwei Sitzen an jeder Seite weiter hinten.

»Den kann man bei der Landung aber nicht hochklappen«, witzelte ich, deutete auf den Tisch und warf meine Tasche auf einen der Sitze und ließ mich auf den Fensterplatz gegenüber sinken.

Joseph tat es mir gleich und ließ sich neben mir nieder. Der Pilot trat ein und nickte uns zu, dann verschloss sich die Tür zum Cockpit und wir waren alleine. Nicht mal eine Stewardess war anwesend. Ich fummelte nervös an meinen

Anschnallgurt herum, bis Joseph um mich herum griff und ihn festmachte.

»Entspann dich, Baby. Erstmal haben wir einige Stunden Flug vor uns«

»Ich bin entspannt. Total entspannt«, murmelte ich und missachtete seinen tadelnden Blick. Wie gut er mich doch kannte.

Die Maschinen begannen ohne die üblichen Sicherheitsansagen zu starten und ich sah gespannt aus dem Fenster. Wir rollten vom Flugplatz und beschleunigten, dann hob sich die kleine Maschine sanft in die Lüfte. Der Pilot war entweder ein Genie oder so ein kleines Flugzeug war leichter zu fliegen als eine Passagiermaschine.

Joseph hatte seinen Laptop geöffnet und schrieb eine Mail an Victor, ich beugte mich nun, als wir über den Wolken waren, über den Tisch und fischte das Tagebuch von Marius aus meiner Tasche.

»Wie oft willst du das alte Ding noch lesen?«, fragte Joseph, ohne von dem Bildschirm hochzugucken.

»So oft es nötig ist, um vielleicht etwas herauszufinden«, erwiderte ich schnippisch und zog in dem gemütlichen Sitz die Beine an, um es mir bequemer zu machen.

Joseph blinzelte zu mir herüber, grinste dann, beugte sich vor und griff unter meine Beine. Ich quiekte protestierend, als er sie über die Sitzlehne hob, über seine legte und den Laptop darauf abstellte.

»Sei nicht so zickig« Sanft kniff er mir in den Unterschenkel und vertiefte sich wieder in seine Mails. Ich murrte aus Prinzip noch ein bisschen in mich hinein, kam aber nicht umhin, wie umwerfend ich ihn fand, wenn er mich mit so kleinen Gesten um den kleinen Finger wickelte. Aber nach einer Weile tat ich es ihm gleich und vertiefte mich in das Tagebuch.

Meine Finger glitten über die alten Seiten und ich vertiefte mich in die Einträge, die ich vorher übersprungen hatte. Mich hatte bisher nur die Geschichte von Marius und Caroline interessiert, da ich in ihr den meisten Sinn gesehen hatte, aber nun las ich weiter.

Vater hat mich heute auf eine Geschäftsreise mitgenommen, ein zweistündiger Ritt, aber es hat sich gelohnt. Wir trafen einen jungen Mann in der Abenddämmerung. Sein Akzent war unverkennbar von britischer Natur. Früher hätte ich ihn sofort getötet, er ist unser Feind. Aber seit Miss Caroline hat sich meine Einstellung geändert.

Der junge Mann verkaufte Vater Pläne. Ich durfte sie nicht ansehen, er sagte, ich sei dafür noch nicht bereit. Wann bin ich es denn?

»Gab es viele Spione bei den Featherstones?«, fragte ich, ohne von dem Buch hochzuschauen.

»Einige. Auf beiden Seiten allerdings. Im Constantin Schloss waren auch einige Spione, allerdings nur eine Handvoll, nicht so viele wie bei den Featherstones eingeschleust werden konnten«

»Wie kommt das?«

»Die Constantins haben nicht rekrutiert. Niemals. Sie haben nur die aufgenommen, von denen sie dachten, dass sie Hilfe brauchen«

»Also sind wir definitiv die Guten«

Joseph hob den Blick und sah mich durchdringend an.

»Cecile ist eine Featherstone. Wer hier die Guten sind, das steht ja wohl außer Frage«

»Mh...«

Ich kaute auf meiner Unterlippe und starrte die mir inzwischen so vertrauten Zeilen an, »Der Vater von diesem Marius schien mir allerdings auch ein ziemlicher Mistkerl zu sein«

»Er war ein Vampir. Natürlich war er ein Mistkerl. Sind wir das nicht irgendwie alle?«

Jetzt sah ich doch auf und musterte Joseph mit schiefgelegtem Kopf.

»Wie meinst du das?«

»Vampire haben alle irgendwo das Böse in sich. So sind wir nun mal«

»Alle?«

»Ausnahmslos alle« Auch Joseph sah mich nun direkt an, »Selbst deine Freunde. Selbst du«

Ich öffnete den Mund, um zu widersprechen, aber er schnitt mir das Wort ab, »Dein nicht zu bremsender Hass auf Cecile, Vic. Du würdest nicht zögern, ihr den schrecklichsten aller Tode anzutun, zu dem du im Stande bist. Du würdest sie bei lebendigem Leibe in kleine Stücke reißen, wenn du die Möglichkeit dazu bekommst«

»Du beflügelst meine Fantasie, Joseph«, gab ich mit zusammengebissenen Zähnen zurück und er schenkte mir ein schiefes Lächeln.

»Und die kleine Fux, die mit Leichtigkeit ein Blutbad anrichten würde, wenn wir sie nicht unter Kontrolle hätten. Und selbst der liebe gute Cedric hatte seine dunklen Zeiten, bevor er bei uns landete. Naja, und von mir brauchen wir ja gar nicht erst zu sprechen«

»Ach, so übel finde ich dich gar nicht«, murmelte ich und entlockte ihm ein Grinsen. Er beugte sich über die Lehne und gab mir einen Kuss auf die Lippen.

»Das denkst du nur, weil du furchtbar verliebt in mich

bist«

Ich konnte mir ein leises Kichern nicht verkneifen.

»Ja, das bin ich allerdings«

Lächelnd tippte Joseph mir auf die Nasenspitze und vertiefte sich dann wieder in seine Mail. Ich legte das Tagebuch zur Seite und blickte aus dem Fenster, das ich jetzt noch gefahrlos offen lassen konnte. Kurz bevor wir die Küste erreichen würden, würde der Pilot noch einmal landen und auftanken und dann würden wir über den Atlantik setzen. In meinem Magen begann es aufgeregt zu kribbeln. Das war das erste Mal, dass ich den Kontinent Amerika verlassen würde.

Der Flug war langwierig und anstrengend. Obwohl die Sitze komfortabel waren und ich mich zum Schlafen sogar ausstrecken konnte, stieg mit jeder Meile, die hinter uns lag, meine Nervosität. Wir waren so überstürzt aufgebrochen, dass ich mir über das Ausmaß unserer Reise gar keine Gedanken machen konnte.

Ich hatte die Familie Constantin nie wirklich als meine eigene Familie gesehen. Aber langsam wurde mir klar, dass ich nun im Stande war, das Land meiner Vorfahren kennen zu lernen, vielleicht mehr über ihre Geschichte zu erfahren. Vielleicht würden sie mir einen Weg zeigen können, Cecile zu besiegen.

Und dann?, flüsterte eine Stimme in meinem Kopf und ich öffnete meine Augen. Ja, und dann? Wie würde es weiter gehen? Würden wir dann unsere Ruhe haben? Ein friedliches Leben führen können? Joseph, ich, Fux und Cedric, vielleicht alle gemeinsam, so wie jetzt auch. Der Gedanke kam mir irgendwie absurd vor. So etwas wie ein ruhiges Leben kannte ich nicht mehr. Und ich bezweifelte, dass es als Vampir überhaupt möglich wäre.

»Worüber grübelst du nach?«, ertönte Josephs Stimme von der anderen Seite des Tisches und ich hob leicht den Kopf an.

»Ich versuche nur zu schlafen«, log ich und er grinste leicht.

»Baby, du brummst die ganze Zeit in dich hinein und ich weiß genau, dass du dir deinen hübschen Kopf über irgendwas zerbrichst«

Ich richtete mich auf und lächelte schief. Er erwiderte es, legte das Buch zur Seite, in dem er gelesen hatte und breitete die Arme aus.

»Komm her«, sagte er warm und ich kletterte zu ihm herüber, kuschelte mich auf seinen Schoß und drückte das Gesicht an seine Schulter. Er schlang die Arme um mich und drückte seine Lippen an meine Schläfe.

»Was hast du da gelesen?«, murmelte ich und tastete nach dem Buch, das er eben weg gelegt hatte.

»Gar nichts«, erwiderte er etwas zu verlegen und hastig und ich hob den Kopf, um ihn forschend anzugucken.

»Joseph O'Mordha, du weißt, dass ich merke, wenn du mich anlügst, oder?«

»Du klingst wie meine Mum«

Er grinste leicht und griff neben sich, um mir das Buch in die Hand zu drücken, »Ich wollte mal wissen, was du an dem Zeug so faszinierend findest«

Es war das Tagebuch von Marius, das ich kurz vorher in meine Tasche gesteckt hatte.

»Und?«, fragte ich neugierig. Bisher hatte ich Joseph nur wenige Passagen daraus vorgelesen. Er zuckte mit den Schultern und schien ein wenig zu zögern.

»Ich habe einen kleinen Verdacht, aber wenn du es mir nicht übel nimmst, würde ich den gerne noch für mich behalten, bis ich mir sicher bin«

Ich rollte mit den Augen und er kniff mir grinsend in die Nase.

»Vertrau mir, ich werde es dir erzählen, wenn sich mein Verdacht bestätigt. Okay?«

»Okay«, brummte ich und kuschelte mich wieder an ihn.

12

Wir landeten in der Abenddämmerung in Bukarest. Es regnete und als ich hinter Joseph aus dem Flugzeug stieg, sah ich eine dunkle Gestalt einige Meter entfernt an einem Auto lehnen. Es dauerte eine Weile, bis ich ihn erkannte.

Joseph legte den Arm um meine Schulter und zusammen gingen wir auf meinen Vater zu, der uns entgegen blickte. Ich erschrak ein wenig bei seinem Anblick.

Seine Augen wirkten müde, seine Haut dünn und fahl, als wäre er gerade sehr krank gewesen und zu meinem Entsetzen sah ich auch auf seiner Haut frische Narben, an seinem Handrücken, als er mir die Tasche abnahm und an seinem Hals. Zu meiner Überraschung drückte er mich mit seiner freien Hand zur Begrüßung an sich.

»Schön, dich zu sehen, Vic«, murmelte er und ich erwiderte die Umarmung etwas unbeholfen, überfordert von so vielen plötzlichen Vatergefühlen. Dann ließ er mich los und sah Joseph an, um ihn kurz darauf ebenfalls zu umarmen.

»Und dich auch. Ich hatte schon die Befürchtung, sie hätten dich erwischt«

»Hatten sie«, erwiderte Joseph mit einer deutlichen Kälte in der Stimme und Victor nickte.

»Ja, ich war da. Habe dort erfahren, dass du entkommen konntest« Er rieb sich über den Unterarm und auch dort konnte ich Narben entdecken und mir wurde übel. Woher kamen die? Die Sonne konnte Victor nichts anhaben. Joseph runzelte leicht die Stirn.

»Und du? Was ist mit dir passiert?«

»Nicht wichtig, ich bin rausgekommen. Wirft kein gutes Bild auf die Featherstones, wenn sie zwei ihrer wichtigsten Gefangenen entkommen lassen, oder?« Victor lachte leise und trocken auf und öffnete dann den Kofferraum, um unsere Taschen zu verladen. Joseph musterte ihn weiter mit gerunzelter Stirn, öffnete dann aber die Autotür für mich und rutschte mit mir auf den Rücksitz ohne weiter nachzufragen.

Victor stieg auf der Fahrerseite ein und sagte, ohne sich umzudrehen: »Wir haben noch drei Stunden Fahrt vor uns«

»Wo fahren wir hin?«, fragte Joseph angespannt.

»Schloss Bran«

»Schloss Dracula?!«, entfuhr es mir und Victor warf mir im Rückspiegel einen amüsierten Blick zu.

»Hatten wir das Thema nicht geklärt?«

»Jaja. Aber das ist es doch, oder?«

»Hauptsächlich ist es eine Touristenattraktion, aber ja, die meisten halten es für Schloss Dracula«

Ich war nun hellwach und unfassbar neugierig. Wir verließen den Flughafen ohne auch nur einen Pass vorzeigen zu müssen und fuhren hinaus aus der Stadt.

Ich beugte mich ein wenig vor, um besser mit Victor sprechen zu können.

»Was ist in dem Schloss?«

Einen Moment schien er unschlüssig, ob er es mir verraten sollte, aber dann zuckte er mit den Schultern und sagte: »Ich habe Kontakt mit einigen Vampiren unserer Familie aufnehmen können. Und um ehrlich zu sein, sieht es ziemlich schlimm für uns aus. Ich brauche euch hier, weil jede zusätzliche Kraft von Nutzen ist«

Joseph warf mir einen schrägen Seitenblick zu, sagte aber nichts und blickte stattdessen aus dem Fenster. Das Reden wollte er anscheinend mir überlassen.

»Was meinst du damit, es sieht ziemlich schlimm aus?«, fragte ich leise.

»Sollte Cecile heraus bekommen, wie wenige von uns nur noch übrig sind, dann wäre es vorbei mit der Constantin Familie. Dann würde sie uns restlos vernichten«

»Das soll sie mal versuchen«, zischte ich. Wie immer, wenn ihr Name fiel, spürte ich heiße, brennende Wut in meinen Adern. Wieder sah Victor mich über den Rückspiegel an.

»Wenn sie mit einer Armee hier auftaucht, dann kannst du auch nichts mehr tun, Vic«, sagte er mit bitterer Stimme. Trotzig wollte ich widersprechen, aber in dem Moment mischte Joseph sich ein.

»Wie viele sind noch übrig?«, wollte er wissen und lehnte sich nun ebenfalls etwas nach vorne.

»Nun...«, begann Victor und ich hörte, wie eine Nervosität seine Stimme belegte, »Um genau zu sein...Vic und mich eingeschlossen...vier«

»Was?!«, stießen Joseph und ich zeitgleich entsetzt hervor. Victor nickte mit düsterer Miene.

»Genau. Ich sagte ja, es sieht schlimm aus«

»Schlimm?! Das ist nicht schlimm, Victor, das ist hoffnungslos!«, rief Joseph. Ich hörte deutlich, wie etwas in seiner Stimme kippte und als ich mich zu ihm drehte, sah ich unverkennbare Panik in seinem Blick.

»Deswegen hab ich euch doch hergeholt«, verteidigte Victor sich, »Sie sollen Vic kennen lernen und dich auch. Du hast immerhin die Seiten gewechselt. Vielleicht gibt ihnen das Hoffnung, dass einige deinem Beispiel folgen«

»Du warst selber in England, Victor! Cecile hat hunderte neu erschaffene Vampire unter sich! Hunderte! Was bringen da eine Handvoll Überläufer?!«

»Wir müssen alles versuchen. Oder willst du das Cecile gewinnt?« Victors Stimme klang nun scharf und gereizt und ich sah, wie Josephs Augen dunkler wurden. Er war wütend.

»Vielleicht ist es dann besser so, dann hört dieser Wahnsinn endlich auf«

»Verdammte Scheiße nochmal, Joseph!« Victor trat hart auf die Bremse, so dass ich in meinen Sicherheitsgurt gepresst wurde, hielt am Straßenrand und drehte sich um, das Gesicht vor Wut verzerrt, »Hörst du dich selber reden?! Was glaubst du, passiert, wenn Cecile die Macht hat? Glaubst du, sie lässt euch dann in Ruhe?! Sie wird euch genauso abschlachten wie den Rest von uns! Wir haben keine andere Wahl als alle Möglichkeiten in Betracht zu ziehen um gegen sie anzukommen!«

Ich sah zwischen den beiden Männern hin und her, die sich gegenseitig mit ihren Blicken aufspießten, dann räusperte ich mich leise.

»Lass uns doch erst mal ankommen. Vielleicht ist die Lage nicht so schlecht, wie sie jetzt aussieht«

Joseph unterbrach sein Blickduell mit Victor und sah mich ungläubig an.

»Hast du eben zugehört, Vic?«

»Ja, habe ich. Ich kann ja schlecht weghören«, erwiderte ich genervt, »Können wir jetzt bitte weiterfahren?«

»Ja« Victor startete das Auto wieder und lenkte ihn

zurück auf die Fahrbahn. Ich konnte die Wut auf beiden Seiten förmlich spüren. Die Stimmung im Auto war nun aufgeladen und ich war gar nicht unglücklich darüber, dass nun Stille herrschte, so dass ich meinen eigenen Gedanken nachhängen konnte.

Ich kramte mein Handy hervor und schickte Fux eine SMS, dass wir heil angekommen waren, steckte es wieder ein und sah zu Joseph herüber, der mit wütender Miene aus dem Fenster starrte. Ich rutschte zu ihm herüber, schob meine Hand unter seine. Einen Moment schien er weiter schmollen zu wollen, aber dann umschlossen seine Finger meine und er drehte mir den Kopf zu.

»Das ist Selbstmord«, flüsterte er, so leise, dass ich ihn kaum verstand und ich warf einen Blick zu Victor, dann rutschte ich noch näher zu ihm, so dass ich meinen Kopf an seine Schulter legen konnte.

»Lass uns zurück fliegen, Baby, bitte. Das gefällt mir alles nicht«, murmelte Joseph in mein Ohr und ich hob den Kopf ein Stück, damit ich ihn besser hören konnte.

Ich spürte deutlich, dass er Angst hatte. Seine Finger verkrampften und entkrampften sich, ohne dass er Kontrolle darüber zu haben schien. Er drückte die Nase an meine Schläfe und flüsterte: »Wir sollten so schnell es geht verschwinden und am besten uns irgendwo eine kleine Insel suchen und darauf den Rest unseres Lebens verbringen«

»Unser Leben ist endlos, das weißt du, oder?« Ich kicherte ein wenig über diese Idee und spürte, wie er immerhin leicht lächelte.

»Ja. Gibt schlimmeres«

»Und du kannst nicht in die Sonne«

»Die Karibik ist auch in der Nacht bestimmt ganz schön«

»Joseph« Ich reckte mich und küsste seine Wange, »Hör

auf zu spinnen. Du weißt, dass wir nicht einfach davor weglaufen können«

Er schwieg einen Moment und ich hatte das Gefühl, er wollte mir widersprechen. Dann drehte er aber den Kopf weg und sah wieder schweigend aus dem Fenster. Ich ließ meinen Kopf auf seiner Schulter und hielt ebenfalls den Mund.

Die Dunkelheit hatte etwas seltsam Bedrohliches an sich. Ich wusste nicht, ob es an dem Regen lag, der inzwischen im stetigen Rhythmus auf das Autodach plätscherte und somit die perfekte Horrorfilm Szenerie ergab, ob es daran lag, dass die Straßen gespenstisch leer waren und uns nur selten ein Auto entgegen kam oder ob es einfach die Tatsache war, dass ich wusste, wo wir hinfuhren.

Joseph schlief inzwischen, den Kopf an die Scheibe gelehnt, seine Finger immer noch um meine geschlungen und ich sah nach vorne, an Victor vorbei in die Dunkelheit.

»Wie geht's dir?«, fragte er so unvermittelt, dass ich vor Schreck leicht zusammen fuhr und Joseph ein leises Brummen von sich gab, aber dann weiter schlief.

»Ähm…gut«, erwiderte ich verunsichert und blinzelte, als uns ein Auto mit viel zu hellen Scheinwerfern entgegen kam. Victor nickte und ich sah seinen Nackenmuskeln deutlich an, wie angespannt sie waren.

»Okay. Das ist gut«

Ich schwieg unbehaglich. Mein Vater und ich hatten bisher kein wirklich gutes Verhältnis aufbauen können. Seine ersten Worte an mich waren Vorwürfe gewesen und später war es auch nicht viel besser geworden. Einen wirklichen Draht hatten wir bisher nicht zueinander gefunden.

»Und wie geht es ihm?« Er machte eine Kopfbewegung in

Josephs Richtung und ich zögerte mit meiner Antwort.

»Er…er wird wieder, denke ich«

»Haben die ihm schlimm zugesetzt?« Seine Stimme klang furchtbar angespannt, wie ein Drahtseil, das jeden Moment drohte zu reißen und alles zu zerfetzen.

Ich kaute auf meiner Unterlippe, unsicher, wie viel ich erzählen sollte, dann fiel mein Blick auf die Narben an Victors Hand, die das Lenkrad hielten.

»Was ist mit dir?«, fragte ich nun, ohne auf seine letzte Frage einzugehen. Er winkte ab.

»Mit mir ist alles in Ordnung. Ich habe schon weitaus schlimmeres erlebt als ein bisschen Folter«

»Ich kann mir nicht vorstellen, dass es etwas Schlimmeres gibt als Folter«, erwiderte ich, den Blick immer noch auf die noch roten, wunden Narben gerichtet. Im Rückspiegel sah ich, wie Victor schief grinste.

»Vic, willst du wissen, wie lange ich schon ein Vampir bin?«

»Ich weiß nicht, will ich es wissen?«, erwiderte ich und lächelte unwillkürlich. Er lachte leise auf.

»Lange. Sehr lange. In zwei Jahren werde ich dreihundert Jahre alt«

»Hast dich gut gehalten«

»Vielen Dank« Er schenkte mir über den Rückspiegel ein müdes Lächeln. Wir waren nun schon eine ganze Weile unterwegs und schließlich erreichten wir das Ortsschild von Bran.

In der Dunkelheit konnte man nicht besonders viel erkennen, trotzdem presste ich die Nase an die Scheibe und starrte hinaus in die Dunkelheit. Wir fuhren an einigen Häusern vorbei und ich zuckte zusammen, als mich plötzlich jemand an stupste. Joseph war anscheinend wieder hellwach und sah über meine Schulter hinweg ebenfalls nach draußen.

»Das da oben ist das Schloss«, raunte er. Ich blinzelte zweimal, um meine Augen an die Dunkelheit zu gewöhnen und dann erkannte auch ich die Umrisse von Schloss Bran.

13

Die Burg war atemberaubend, zumindest das, was ich erkennen konnte. Mit den hellen Mauern und den roten Dächern wirkte sie eher warm und freundlich als der Schauplatz von Vampiren. Ich drehte den Kopf zu Joseph und sah dessen angespannte Miene. Offenbar beruhigte ihn der Anblick der Burg weniger.

Victor fuhr auf den Parkplatz einer kleinen Pension und schaltete den Motor aus.

»Wir werden morgen die Burg besichtigen. Dann haben wir alle Zeit der Welt«

»Ich dachte, die Zeit drängt«, erwiderte Joseph scharf.

»Möchtest du lieber heute Nacht noch hoch?«, fragte Victor mit süßlicher Stimme und die beiden Männer funkelten sich böse an.

»Schluss jetzt« Ich versuchte meine beste, autoritäre Stimme und öffnete die Autotür, »Ich will jetzt eine heiße Dusche und dann hätte ich nichts gegen ein, zwei Stunden Schlaf«

Immer noch tauschten Victor und Joseph wütende Blicke aus, dann wandte sich Victor jedoch als erstes ab und stieg ebenfalls aus dem Auto. Joseph folgte uns, wenn auch widerwillig.

Die Pension war klein, aber sauber und freundlich und die Gastwirtin, bereits in Bademantel und Pantoffeln, kam die Treppe hinunter gewuselt, um uns in Empfang zu nehmen. Offenbar kannte sie Victor schon, denn sie begrüßte ihn strahlend und redete auf Rumänisch auf ihn ein, was er lachend erwiderte. Dann stellte er uns offenbar vor, denn ich vernahm unsere Namen und wir wurden ebenfalls freudig begrüßt, wovon ich zumindest allerdings kein Wort verstand, also lächelte und nickte ich nur.

Wir bekamen die Schlüssel für zwei Zimmer, eins für Victor und eins für Joseph und mich.

Die Treppe war eng und steil und der Holzboden unter unseren Füßen knirschte bei jedem Schritt, aber ich fand das Haus urgemütlich. Unsere Zimmer lagen direkt unter dem Dach, ein etwas Größeres mit einem kleinen Badezimmer mit Badewanne und einem breiten Bett mit vielen Kissen war offensichtlich für Joseph und mich. Die Dachschrägen verliehen dem Zimmer Geborgenheit und Wärme und durch das Fenster würde man einen hinreißenden Ausblick auf den Mond haben, sollten sich die Wolken einmal verziehen. Joseph warf unsere Taschen auf das Bett und sah sich finster um. Sein düsterer Blick traf auf meine strahlende Miene.

»Gefällt es dir nicht?«, fragte ich grinsend.

»Wir sind hier nicht zum Urlaub machen«, knurrte er. Ich verdrehte die Augen, ging dann ins Badezimmer und drehte den Wasserhahn von der Badewanne auf.

»Deswegen muss man ja nicht alles schlecht reden und kann trotzdem die schönen Dinge genießen, oder?«, rief ich über das rauschende Wasser hinweg. Er schnaubte abfällig, ich spürte aber sehr genau seinen Blick an meinem Rücken hängen, als ich meine Jacke auf den Boden warf und mein T-Shirt über den Kopf zog. Dann drehte ich mich zu ihm um und runzelte die Stirn, als ich seine immer noch finstere Miene sah.

»Komm her«, sagte ich forsch und streckte die Hand nach ihm aus. Er verdrehte die Augen, kam dann aber zu mir und ergriff meine Hand. Ich legte die Arme um seinen Hals und drückte ihm einen kurzen Kuss auf den Mund.

»Baby…«, murmelte er an meine Lippen, »Ich will nicht, dass uns etwas passiert. Ich will mit dir hier weg. Können wir nicht einfach untertauchen?«

»Das Thema hatten wir doch gerade erst«, erwiderte ich so sanft ich konnte. Einerseits rührte mich sein Wunsch, mit mir ein friedliches Leben zu führen, andererseits wusste ich, dass es unmöglich war. Nicht solange Cecile auf diesem Planeten existierte.

Joseph seufzte leise und legte seine Hände auf meine Hüften. Er hatte immer noch diese steile Falte auf der Stirn. »Sie ist es nicht mal wert, dass wir das hier wegen ihr durchmachen«

Ich öffnete den Mund, spürte, wie ich langsam wütend wurde, aber er schnitt mir das Wort ab, indem er mich küsste.

»Schon gut. Ich weiß, was du sagen willst. Vergiss es« Und mit diesen Worten hob er mich hoch und bevor ich wusste, wie mir geschah, landete ich – noch fast vollkommen angezogen – in der Badewanne und Joseph halb auf mir. Ich kreischte auf, lachte dann aber und bespritze ihn mit noch mehr Wasser, bevor ich ihn am Kragen seines T-Shirts zu mir herunter zog und ihn küsste, so küsste, dass alles um uns herum sich ins Nichts auflöste.

Joseph schlief ein, kaum dass wir im Bett lagen. Ich zog die Gardinen zu, so sorgfältig es ging, damit er nicht mit der

Sonne in Berührung kam, die nun langsam aufging. Ich hingegen war kein bisschen müde, ganz im Gegenteil, ich brannte darauf, die Gegend zu erkunden. Schnell kritzelte ich Joseph eine Notiz hin, zog mich an und verließ leise das Zimmer, nur um im Flur prompt mit Victor zusammen zu stoßen. Er begann breit zu grinsen, als er mich sah.

»Wusste ich es doch. Dich kann man nicht lange halten, was?«

»Scheint in der Familie zu liegen«, gab ich zurück, grinste aber ebenfalls. Gemeinsam gingen wir die Treppe herunter und verließen die Pension in dem Moment, als die Sonne den Horizont erreichte und das Dorf in warmes Licht eintauchte. Ich schüttelte die Ärmel von Josephs Pullover, den ich mir übergezogen hatte, über meine Hände und schweigend gingen Victor und ich nebeneinander her.

»Willst du zur Burg?«, fragte er nach einer Weile. Wir hatten beide ohne uns abzusprechen anscheinend instinktiv denselben Weg eingeschlagen.

Ich zuckte mit den Schultern und wir gingen wortlos weiter. Die Sonne stieg immer höher, die Luft war trotzdem nass und kalt und ich schlang die Arme fester um mich.

Das Schloss war einfach nur umwerfend. Ich starrte zu den hellen Mauern hoch, je näher wir kamen. Victor schlug einen Waldweg ein und ich folgte ihm, die Hände nun in die Vordertasche des Pullovers geschoben. Der Weg war matschig und ich war froh, als ich wieder Steine unter den Füßen hatte.

Wir erreichten das Schloss und unwillkürlich hielt ich den Atem an. Auch wenn all die Gruselgeschichten um Dracula nur Geschichten waren, unwillkürlich huschte mir doch eine Gänsehaut über den Nacken und ich rieb mir die Arme. Victor grinste mir zu.

»Schaurig, oder?«

Ich verdrehte als Antwort nur die Augen und ging diesmal voraus, die kleine Treppe hoch zu dem dunklen Tor, doch als ich die Schulter dagegen drückte, rührte es sich nicht.

»Ist verschlossen«, stellte ich fest und Victors Mundwinkel zuckten, was mich verärgerte. Ich wusste schon, warum wir keinen Draht zueinander fanden. Fast jedes Mal hatte ich das Gefühl, er machte sich über mich lustig.

Er schien mein Missfallen zu merken, denn seine Miene wurde augenblicklich versöhnlich.

»Das ist der Haupteingang, der öffnet erst gegen neun Uhr für die Touristen. Lass uns einen anderen Weg hinein nehmen«

»Das ist Einbruch«

Victor rollte mit den Augen.

»Wir wollen ja nichts stehlen«

Mit diesen Worten ging er voran und ich folgte ihm missmutig. Sein Weg führte ihn an der Mauer des Schlosses entlang, eine Treppe herunter und dann, ganz am Ende, wo ein Zaun den Weg abgrenzte, kletterte er dort hinüber. Ich folgte ihm, fluchte leise, als meine Schuhe im Schlamm versanken und kletterte die leichte Schräge hoch bis zur Schlossmauer. Dort, ganz versteckt, in einer Ecke, im Schatten kaum zu sehen, war eine Tür.

Ich hielt den Atem an, so aufgeregt war ich nun. Immerhin hatte das hier ein bisschen was von einer Schatzsuche und ich drängte mich näher an Victor, um ja nichts zu verpassen.

Er öffnete die Tür ohne Schwierigkeiten. Ein kalter Luftzug kam uns entgegen und wir schlüpften in den dunklen, feuchten Gang. Es dauerte ein paar Sekunden, bis sich meine Augen an die Dunkelheit gewöhnten. Victor war in der Zeit schon voraus gelaufen, ohne sich nach mir umzublicken. Ich schnaubte leise und beschleunigte meine Schritte.

Der Gang führte zu einer weiteren, ziemlich schimmelig riechenden Tür. Die Spuren auf dem Boden zeigten mir, dass sie anscheinend vor nicht allzu langer Zeit geöffnet worden war und ich konnte mir gut vorstellen von wem.

Wir kamen in einem Innenhof heraus. Auch hier waren die Mauern hell und von Holzbalken durchzogen. Ich sah mich beeindruckt um und sah dann, wie Victor schnurstracks auf den Brunnen zuging, der sich ein paar Meter von uns entfernt befand.

»Kommst du?«, rief er mir zu und schwang sich dann behände mit den Beinen über den Brunnenrand. Ich riss die Augen auf.

»Was hast du vor?«

»Vertrau mir einfach, Vic. Komm schon« Und er verschwand in den Brunnenschacht. Ich stürzte nach vorne und sah hinunter. Victor kletterte den Schacht hinab, scheinbar federleicht und ohne Schwierigkeiten. Seine Füße und Hände fanden problemlos Halt. Ich seufzte leise auf.

»Oh, ich werde das bereuen«, murmelte ich zu mir selbst und kletterte dann auf den Brunnenrand.

Die Steine unter mir waren rau und aufgerissen. Viele Löcher waren zu sehen und Victor war bereits nur noch schemenhaft zu erkennen, so tief war er bereits geklettert.

Ich tat noch einen tiefen Atemzug, dann tastete ich mit dem Fuß nach der ersten Auskerbung und folgte ihm nach unten.

Es war tatsächlich ganz leicht. Meine Finger fanden

überall Halt und ich hatte Victor schnell eingeholt. Die letzten Meter waren stockdunkel und ich war dankbar, dass Victor leicht meinen Rücken berührte, als ich kurz vor dem Boden war.

Wieder brauchten meine Augen ein wenig Zeit, um sich an die Dunkelheit zu gewöhnen. Schemenhaft erkannte ich Victor, der sich die Wand entlang tastete und dann plötzlich verschwand. Ich hielt den Atem an.

»Victor?« Meine Stimme klang ganz klein vor Aufregung.

»Ja. Da ist ein Spalt in der Mauer. Du müsstest den Luftzug spüren, wenn du davor stehst« Seine Stimme klang ganz dumpf und ich tastete mich, wie er vorher, die Wand entlang. Meine Füße waren inzwischen klitschnass, das Wasser im Brunnen stand knöchelhoch und von oben tropfte es stetig nach. Ich war also ganz erleichtert, als ich den beschriebenen Spalt in der Wand fand und mich seitlich hindurch schob.

Victor erwartete mich und zu meiner Überraschung empfing mich Wärme und ein leichtes Dämmerlicht.

»Wo sind wir hier?«, wollte ich wissen und rieb mir wohlig über die Arme.

»Unter der Burg. Komm, wir sind gleich da«

Wieder ging er voraus, auf die Lichtquelle zu und diesmal folgte ich ihm schneller, erpicht darauf, mehr von der Wärme zu bekommen.

Wir betraten einen unterirdischen Raum, der erhellt war von alt aussehenden Laternen und einem alten Heizkessel, in dem rote Kohlen vor sich hin glühten. Der Raum war niedrig und nicht besonders groß, weiter hinten entdeckte ich jedoch einen weiteren Gang, der offenbar zu einer weiteren Kammer führte.

Victor räusperte sich.

»Bredica? Marius?«, rief er mit heiserer Stimme und mir fiel auf, dass sich sein Akzent unwillkürlich verstärkte.

Einen Moment passierte nichts, dann hörte ich Schritte und ein bleicher, junger Mann kam aus dem Gang am Ende des Raumes hervor.

Sein dunkles Haar war wirr und stand wild ab, ähnlich wie bei Victor und mir. Er hatte eine ziemlich hagere Statur und seine Augen wirkten eingefallen und dunkel. Mit ein bisschen mehr auf den Knochen und ein wenig Farbe im Gesicht hätte er durchaus hübsch sein können, aber so wirkte er kränklich und müde.

»Victor«, sagte er leise. Seine Stimme krächzte und er ließ den Blick zu mir wandern, »Und…oh…«

Seine dunklen Augen weiteten sich bei meinem Anblick und er kam auf uns zu. Unwillkürlich trat ich einen Schritt zurück.

»Das muss deine Tochter sein«, sagte Marius leise und Victor nickte. Da er überhaupt keine Angst zu haben schien, wagte ich nun auch ein paar Schritte hervor. Marius streckte mir die Hand entgegen und ein leichtes Lächeln huschte über sein Gesicht, als ich sie ergriff.

»Victoria, richtig?«

»Nur Vic«, erwiderte ich und er nickte sofort.

»Vic. Es ist uns eine ganz besondere Freude, dich kennen zu lernen« Seine Ausdrucksweise war ein wenig befremdend und in mir keimte ein Verdacht auf. Hatte ich hier denselben Marius vor mir, dessen Tagebuch ich in den letzten Wochen wieder und wieder gelesen hatte?

14

Marius führte uns tiefer hinein in die Schächte und zu meinem Erstaunen war hier unten eine ganze Reihe von Räumen. Eine richtige kleine Anlage an einzelnen Zimmern, die alle von dem Hauptgang abführten, aber Marius ging schnurstracks auf den Raum am anderen Ende des Ganges zu.

Hier war es kühler, die Wände waren höher und das Licht stammte von Fackeln, die an der Wand verankert waren. Im Raum verteilt waren viele Sessel und Sofas und einige Regale mit alten Büchern und Schriftstücken standen an den Wänden. Ich fragte mich, wie viele davon bei der Feuchtigkeit noch lesbar waren.

Der Raum war leer, außer einem Sessel, in dem eine Frau saß. Sie sah auf, als wir eintraten.

Auf ihrem sanften Gesicht waren einige Falten zu sehen und ihre Augen wirkten, ähnlich wie die von Marius, eingefallen und müde. Ihre Haut war so durchscheinend wie Pergament und ihre langen, braunen Haare wirkten stumpf.

Trotzdem saß sie kerzengerade und stolz in ihrem Sessel und das Lächeln, mit dem sie uns nun begutachtete, war so freundlich und offenherzig, dass ich es unwillkürlich erwiderte.

»Victor«, sagte sie warm und ihre Stimme klang im Gegensatz zu der von Marius glockenhell und klar, „Danke, dass du zurück gekommen bist«

»Ich hatte es ja versprochen, oder?« Victor lächelte ebenfalls und legte mir dann eine Hand auf die Schulter, »Meine Tochter Vic. Vic, das ist Bredica Constantin. Die letzte, reinblütige Constantin«

Bredica schnalzte leicht mit der Zunge.

»Reinblütig. Was für ein hässlicher Ausdruck. Familie ist Familie, richtig?« Sie richtete ihre braunen Augen auf mich und schenkte mir ein Lächeln.

»Vic. Es ist so schön, dich kennenzulernen« Ich trat an sie heran und sie umfasste meine Hand mit ihren Händen. Für einen Vampir war ihre Haut erstaunlich warm. Ich erwiderte den sanften Händedruck.

»Danke. Ich…ich wusste nicht wirklich, was mich hier erwartet«

»Und trotzdem bist du hergekommen. So mutig. Aber das hat Victor schon erzählt«

»Tatsächlich?« Mit hochgezogenen Augenbrauen drehte ich mich um und Victor zuckte leicht mit den Schultern. Er schien das nicht kommentieren zu wollen, also sah ich wieder Bredica an. Sie drückte meine Hände noch einmal und ließ sie dann los.

»Er hat uns sehr viel erzählt, darüber was du schon alles getan hast, was du durchgestanden hast, wie du gekämpft hast«

Wieder sah ich zu Victor, der die Augen verdrehte und ich musste mir ein Grinsen verkneifen. Das waren ja richtige Lobeshymnen.

»Und dass du erst seit kurzen ein Vampir bist. Und dass du vorher halb Mensch, halb Vampir warst«, raunte Bredica und so etwas wie Ehrfurcht lag in ihrer Stimme, was mich verlegen werden ließ.

»Ja, aber das habe ich mir ja schließlich nicht ausgesucht«, murmelte ich. Marius stellte sich nun ebenfalls zu uns und legte die Hand auf die Rückenlehne von Bredicas Sessel. Seine dunklen Augen ruhten auf mir und ich fühlte mich langsam ein wenig unwohl.

»Halbvampire sind sehr mächtige Wesen, musst du wissen. Und du wurdest in einen vollwertigen Vampir verwandeln und somit…« Marius holte tief Luft, »bist du der wahrscheinlich momentan stärkste Vampir, der existiert«

»Ja, das habe ich schon mal gehört«, erwiderte ich, »Aber ich fühle mich nicht sehr besonders. Weder besonders stark noch besonders mächtig. Ich…« Hilflos zuckte ich mit den Schultern, »Ich weiß nicht, was ihr von mir erwartet«

Victor räusperte sich hinter mir und trat an uns heran.

»Wir sind nicht alleine hier eingetroffen. Unser Begleiter hat allerdings nicht das Glück, der Sonne unempfindlich gegenüber zu sein. Er war früher ein Teil der Featherstone Verbindung und hat später auf unsere Seite gewechselt«

Die beiden tauschten einen überraschten Blick.

»Ein Spion? Und ihr vertraut ihm?«, fragte Marius beklommen. Ich runzelte die Stirn.

»Joseph ist mein Freund. Ich vertraue ihm«, sagte ich kühl und verschränkte die Arme.

»Nun…« Sowohl Bredica als auch Marius schienen verunsichert, so dass Victor das Wort ergriff.

»Ich ebenso. Er hat zu viel durch die Featherstones verloren, um uns zu verraten«, sagte er mit ruhiger, besänftigender Stimme und wieder tauschten die beiden anderen Vampire einen Blick aus.

»Also…wir sind sehr gespannt darauf, ihn

kennenzulernen«, sagte Bredica schließlich und Victor neigte leicht den Kopf.

»Wir werden ihn heute Abend mitbringen, dann könnt ihr euch selber von seiner Loyalität überzeugen. Selbst wenn dieser nicht der Constantin Familie allgemein gilt – sie gilt Vic«

Ein Hauch von Stolz erfüllte mich bei diesen Worten und ich straffte unwillkürlich lächelnd die Schultern.

Wir verabschiedeten uns von den beiden Vampiren und gingen den gleichen Weg zurück, den wir gekommen waren. Ich murrte ein wenig, als wir die behagliche Wärme der Höhlen verlassen mussten und stattdessen wieder in das kalte, abgestandene Wasser des Brunnens steigen mussten, aber als wir wieder oben ankamen, hatte die Sonne die Luft ein wenig aufgewärmt und es war nicht mehr ganz so frostig wie am Morgen.

Noch immer war die Burg nicht geöffnet, doch diesmal konnten wir nur knapp einem Mitarbeiter entkommen, der gerade die Türen zum Innenhof aufschloss. Gerade noch duckten wir uns zur Seite weg in den Gang, der nach draußen führte.

Auf dem Weg zurück zur Pension schossen mir tausende Fragen durch den Kopf und ich wusste nicht, welche ich zuerst stellen sollte.

»Das sind die beiden verbliebenen Vampire? Die einzigen, die noch existieren von den Constantins?«, fragte ich schließlich und Victor nickte mit düsterem Gesicht.

»Es herrscht Krieg. Und Cecile ist ziemlich gut darin. Leider sind ihre Untertanen…« Das letzte Wort sprach er ziemlich verächtlich aus, »im Gegensatz zu uns der Inbegriff einer Horrorgeschichte«

»Ja, ich durfte ein paar kennenlernen«, murmelte ich.

Keine sehr angenehme Erinnerung.

»Warum gehen Bredica und Marius nicht raus? Sie sehen aus, als hätten sie seit Jahren keine Sonne mehr gesehen«

»Sie haben Angst. Die Featherstones haben fast ihre gesamte Familie abgeschlachtet. Sie glauben, sobald sie einen Fuß aus ihrem Versteck setzen, werden ihnen die Köpfe abgeschlagen«

»Aber Cecile kann nicht am Tag hier herum laufen. Das können nur wir«

»Ja, aber wie gesagt, Vic, die beiden haben Angst. Du hast doch gemerkt, wie sie auf dich reagiert haben. Du bist so etwas wie ihr Messias«

»Ja« Ich verzog das Gesicht, »Offenbar hast du ja nicht mit Lob über mich gegeizt«

»Ich habe jedes Wort ernst gemeint, das ich gesagt habe«, erwiderte Victor, sah mich dabei bewusst nicht an. Ich schwieg verlegen und sah lieber auf meine Füße.

Den Rest des Weges verbrachten wir lieber ruhig. Vor der Pension blieb Victor stehen, verkündete, er würde noch ein paar Besorgungen erledigen, so dass ich alleine die enge Treppe nach oben stieg. Ich brannte darauf, Joseph von meinen Treffen mit Marius und Bredica zu erzählen und vor allem wollte ich mir noch einmal Marius' Tagebuch vornehmen und ihn eventuell am Abend mit ein paar Fragen konfrontieren. Doch noch bevor ich die Hand auf die Türklinke legen konnte, wurde sie mir unter den Fingern weg gerissen. Ich sprang vor Schreck einen Satz zurück. Joseph starrte mich an, die Augen glühend, bebend vor Wut und deutete ins Zimmer.

»Rein mit dir. Sofort«, zischte er. Irritiert hob ich eine Augenbraue, gehorchte aber und trat ins Zimmer. Genau so heftig, wie er die Tür aufgerissen hatte, schlug er sie wieder zu und baute sich vor mir auf.

»Was…?«, begann ich, doch mir wurde sofort das Wort abgeschnitten.

»Wo zum Teufel warst du?!«, brüllte Joseph los und erschrocken wich ich zurück.

»Ich habe…«

»Hast du eine Ahnung, was ich mir für einen Kopf gemacht habe?! Ich wache auf, du bist weg, es ist taghell draußen, ich kann nicht mal raus, um dich zu suchen, was hast du dir dabei gedacht?!«

Ich war so perplex, dass ich gar nicht reagieren konnte. Fassungslos starrte ich Joseph an, versuchte mich zu erinnern, wann ich ihn das letzte Mal so wütend erlebt hatte.

Seine Fäuste waren so fest zusammen gepresst, dass die Adern an seinen Knöcheln hervor traten, seine Augen waren dunkel, dunkler als ich sie je gesehen hatte, seine Vampirzähne waren hervor getreten und ich bekam mehr und mehr den Eindruck, dass er gerade die Kontrolle über sich verlor.

»Und dann gehst du nicht mal an dein beschissenes Handy, ich habe dich schon ohne Kopf an irgendeinen…«

»Joseph«, zischte ich leise, »Hör auf, mich anzubrüllen«

»Sag mir verdammt nochmal nicht, was ich…« Er packte mich am Arm und innerhalb einer Sekunde wirbelte ich ihn herum, warf ihn gegen die Wand und presste meinen Arm fest an seine Kehle.

»Du hörst auf, mich anzuschreien und zwar augenblicklich. Ich bin stärker als du, vergiss das nicht«, knurrte ich grollend, spürte das bekannte Ziehen im Zahnfleisch, als auch ich meine Eckzähne entblößte.

Josephs Atem ging heftig. Er versuchte, mich von sich wegzudrücken, seine Finger bohrten sich hart in meine Haut, aber ich konnte ihn mühelos festhalten. Nur den Druck auf seinen Hals lockerte ich.

»Atmen. Tief durchatmen. Komm runter, Joseph«, flüsterte ich. Er knurrte zur Antwort, aber ich spürte, wie sein Brustkorb sich mit einem tiefen Atemzug hob und wieder senkte. Langsam hörte er auf, sich zu wehren. Zwar blitzten mich immer noch seine Eckzähne an, aber seine Augen wurden heller und schließlich blieb er still stehen, schloss die Augen und ließ den Kopf zurück an die Wand sinken. Ich ließ ihn los.

»Ich habe dir einen Zettel geschrieben, wo ich bin. Er liegt auf dem Nachttisch. Es ist helllichter Tag und die Sonne scheint. Ich war niemals in irgendeiner Gefahr«, sagte ich mit leiser Stimme. Joseph antwortete nicht, er atmete weiter tief ein und aus und hielt die Augen geschlossen. Ich stellte mich auf die Zehenspitzen, umfasste sein Gesicht mit beiden Händen und zog ihn zu mir herunter, so dass ich meine Stirn an seine lehnen konnte. Es dauerte ein paar Sekunden, dann legte er vorsichtig die Hände auf meine Hüften und zog mich näher an sich.

»Ich bin fast wahnsinnig geworden vor Angst«, murmelte er.

»Ja, das habe ich gemerkt«

»Den Zettel habe ich nicht gesehen«

»Das habe ich mir gedacht«

»Und du bist nicht ans Telefon gegangen«

»Ich war unter der Erde und hatte keinen Empfang«

»Was?«

Ich winkte ab.

»Lange Geschichte. Erzähle ich dir nachher« Ich schob meine Hände seine Brust hoch und legte sie um seinen Hals.

»Joseph«, sagte ich sanft und er öffnete die Augen,

»Schrei mich nie wieder so an. Ich will dir nicht irgendwann wehtun müssen, weil du dich nicht im Griff hast. Ich weiß, dass dir furchtbare Dinge passiert sind, aber du musst dich kontrollieren können«

»Tut mir leid, Baby«, murmelte er und das schlechte Gewissen stand ihm ins Gesicht geschrieben. Er drückte seine Lippen an meine Stirn, »Ich weiß, du kannst auf dich aufpassen. Nur…dass dir etwas passieren könnte…« Er schüttelte gequält den Kopf und ich schlang die Arme noch fester um ihn. Ich wollte ihn gerne beruhigen. Ihm versichern, dass uns nichts passieren würde, dass bald alles vorbei wäre. Aber ich wollte ihn auch nicht anlügen.

Ich ging noch einmal los, um uns etwas zu essen zu besorgen und Joseph protestierte nicht mal dagegen. Mustergültig nickte er und machte es sich auf dem Bett bequem, um zu lesen, bis ich wieder da war, als wollte er mir beweisen, dass er nicht jedes Mal in Panik ausbrechen würde, sobald ich das Zimmer verließ.

Ich besorgte uns einige Sandwiches in einem kleinen Supermarkt um die Ecke und als ich wieder hochkam, las Joseph in dem Tagebuch von Marius.

Ich setzte mich ihm gegenüber auf das Bett und begann dann, von meinem Treffen am Morgen zu erzählen. Er hörte aufmerksam zu und schnaubte nur einmal verächtlich, als ich ihm von Bredicas und Marius' Misstrauen ihm gegenüber erzählte.

»Ich überzeuge sie gerne vom Gegenteil«, brummte er und sah dann auf das Buch in seinen Händen herunter, »Glaubst du, es ist derselbe Marius?«

»Ja«, erwiderte ich, »Da bin ich fest von überzeugt. Ich werde ihn heute Abend fragen. Um ehrlich zu sein bin ich ziemlich gespannt, wie seine Geschichte weiter ging«

15

Joseph schlief irgendwann noch ein paar Stunden, ich versuchte in der Zeit, Fux zu erreichen, aber es ging niemand dran. Ich schob es auf den Zeitunterschied, um ehrlich zu sein, hatte ich absolut keine Ahnung, wie spät es gerade in Los Angeles war und so schob ich mein Handy wieder in meine Tasche und betrachtete kurz den schlafenden Joseph neben mir. Die Sonne war inzwischen unter gegangen und ich ging nicht davon aus, dass wir vor Mitternacht aufbrechen würden.

Kurz war die Verlockung groß, mich an ihn zu kuscheln und auch nochmal eine Runde zu schlafen, aber dann klopfte es leise an der Tür und Joseph saß sofort kerzengerade im Bett.

»Das ist bestimmt nur Victor« Ich stupste ihn an, rollte mich vom Bett und öffnete die Tür, nur um sie sofort wieder zuzuschlagen. Vor der Tür stand nicht Victor.

»Was ist los?« Joseph stand neben mir, sobald ich mich umgedreht hatte, mit einem alarmierenden Gesichtsausdruck. Ich biss mir auf die Unterlippe.

»Flippe jetzt nicht aus, okay?«

»Vic…«

»Versprich es mir«

»Ich bin die Ruhe selbst«

»Ich glaube dir kein Wort«

»Mach die Tür auf« Er knurrte den letzten Satz mit zusammen gepressten Zähnen und langsam öffnete ich die Tür.

Einen Moment lang herrschte Stille. Joseph und ich starrten beiden unseren Besucher an, der den Rahmen der Tür fast komplett ausfüllte.

»Darf ich nicht reinkommen?«, fragte Sam dann mit rauer, dunkler Stimme.

Ich konnte es nicht fassen, dass er uns tatsächlich hier gefunden hatte. Vorsichtig sah ich Joseph von der Seite an, der die Fäuste geballt hatte, einen gefährlichen, mörderischen Ausdruck in den Augen.

»Du solltest tot sein«, zischte er schließlich, offenbar absolut nicht bereit, auch nur einen Schritt zur Seite zu gehen.

Sam zuckte mit den Schultern, nickte mir dann zu, ich erwiderte sein zaghaftes Lächeln vorsichtig.

»Hat sie dir nicht davon erzählt?«, fragte Sam.

»Doch. Hat sie. Aber das ändert daran nichts« Ich erkannte den Hass in seiner Stimme und konnte es ihm nicht mal verübeln. Als die beiden sich das letzte Mal gegenüber gestanden hatten, hatte Joseph Sam Verrat vorgeworfen. Mich hingegen hatte er nun schon zweimal gewarnt…

»Lass ihn rein«

Ich legte eine Hand auf Josephs Arm, aber er schüttelte mich ab.

»Ist sie auch hier?«, fragte er mit kalter Stimme. Sam neigte den Kopf.

»Wenn du mit *hier* Rumänien meinst, ja. Wenn du Bran meinst…nein. Sie ist nicht hier. Ich bin alleine«

»Jetzt lass ihn rein, Joseph« Diesmal schob ich Joseph ein wenig beiseite und mit einem Knurren gab er nach. Er rückte zur Seite und Sam trat ein.

Seine Gestalt füllte fast das gesamte Zimmer aus und er sah sich sorgsam um, musste den Kopf einziehen, um nicht an die Dachbalken zu stoßen. Joseph blieb ebenfalls stehen, verschränkte die Arme und ließ Sam nicht aus den Augen.

Mir fiel auf, dass er erschöpft aussah. Er wirkte müde und abgeschlagen und die Bartstoppeln auf seinem Gesicht ließen darauf schließen, dass er sich einige Zeit nicht rasiert hat.

»Ist etwas passiert? Weiß Cecile, wo wir sind?«, fragte ich und ließ mich – als einzige im Raum – auf das Bett nieder. Sam neigte den Kopf.

„Ja. Aber es war nur noch eine Frage der Zeit, bis sie es heraus findet. Ich habe dir gesagt, sie überwacht euch«

»Wer ist sie, das verdammte FBI?«, fragte ich bissig. Sam ging darauf nicht ein. Er sah mich direkt an und ich erschrak über seinen düsteren Gesichtsausdruck.

»Sie hat Fux und Cedric, Vic«

Mir wurde eiskalt. Nein, mehr als das. Es fühlte sich an, als würde eine eiskalte Klinge an der Stelle, wo mein Herz befand, sich herunter schneiden zu meinem Magen und jegliche Eingeweide dabei mitnehmen. Meine Finger wurden taub und klitschnass. Ich starrte Sam an, als hätte ich nicht verstanden, was er gesagt hatte. Vielleicht hatte ich es auch nicht. Vielleicht hatte ich mich verhört.

»Scheiße verdammt«, zischte Joseph und ich spürte seine Hand auf meiner Schulter, aber ich bewegte mich immer noch nicht. Fux und Cedric. Nein nein nein. O Gott, nein.

Ich musste etwas sagen. Etwas tun. Aber in meinem Kopf überschlugen sich Gedanken in Panik, drehten sich im Kreis, suchten nach etwas, was die Angst lindern konnte.

»Sind…« Ich musste mich räuspern, meine Stimme zitterte, »Sind sie verletzt?«

Sam zögerte und ich kannte seine Antwort.

»Sie leben«, sagte er schließlich und wieder durchfuhr mich der stechende Schmerz, der Schmerz von Verlust, von Angst.

»Wo sind sie?«, fragte ich.

»Vic, genau das ist ihr Plan. Sie will dich mit den beiden hervorlocken und dich dazu bringen, etwas Dummes zu tun«

»Wo sind sie?«, wiederholte ich meine Frage. Wenn es eine Chance gab, eine winzig kleine Chance, wenn ich Fux und Cedric befreien könnte…

»Nein. Halt den Mund, Sam«, sagte Joseph scharf und schnitt Sam somit das Wort ab. Dann umfasste er mein Gesicht mit beiden Händen, drehte mich zu ihm, dass ich ihn angucken musste, »Vic, Baby, sieh mich an. Sieh mich an« Ich hob den Blick, suchte seine Augen, die mich sorgenvoll musterten.

»Wer sagt denn, dass es stimmt? Wer sagt uns, dass er nicht lügt? Komm schon, Süße, schalte dein Gehirn an. Er hat kein Nutzen davon, dich zu warnen«

»Er hatte schon mal Recht«, brachte ich hervor, »Er hat uns vor Cecile gewarnt und er hatte Recht«

»Das heißt nicht, dass es diesmal auch so sein muss. Süße, bitte…bitte lauf nicht einfach in ein offenes Messer«

Ich hob den Kopf, sah zu Sam auf, der uns mit ausdrucksloser Miene zuhörte.

»Sag mir, ob das wahr ist. Sieh mich an und schwöre mir, dass meine beste Freundin in Gefahr ist«, sagte ich leise. Sam seufzte leise.

»Ich schwöre dir bei meinem Leben, dass Fux und Cedric seit gestern Abend mit Cecile gemeinsam in Rumänien sind. Ich sage dir aber auch, dass sie mich geschickt hat, um dich zu suchen und dir diese Nachricht zu überbringen. Sie weiß, dass du die beiden nicht im Stich lassen wirst«

Meine Kehle war nun so trocken, dass ich nicht mal schlucken konnte. Hilfesuchend sah ich Joseph an und ich wusste sehr gut, wieso er mich so ängstlich ansah. Ja, alles an mir schrie danach, mich sofort auf den Weg zu machen und dafür zu sorgen, dass meinen besten Freunden nichts passierte. Ich wollte in Ceciles Falle laufen und mir danach meinen Weg daraus boxen, aber ein einzelner Gedanke war doch noch da, der mich ermahnte, nicht unüberlegt zu handeln. Das hatte ich immer getan und immer war es schief gegangen. Ich musste einen Plan finden. Ich musste einen kühlen Kopf bewahren oder ich würde Fux und Cedric ins Verderben stürzen.

Für einen Moment schloss ich die Augen, atmete tief ein und aus und versuchte, die Panik in den Griff zu bekommen. Als ich sie wieder öffnete, ruhten alle Blicke im Raum auf mir.

Als erstes wandte ich mich an Sam.

»Wieso tust du das alles? Wieso versuchst du, mir zu helfen?«

Er spielte unruhig mit dem großen goldenen Ring an seinem Finger.

»Das habe ich dir in Los Angeles schon versucht zu erklären. Ich bin nicht einverstanden mit dem, was Cecile treibt. Ich möchte nicht, dass dir oder ihm…« Er nickte zu Joseph,»…etwas passiert. Ich möchte gerne, dass der Krieg aufhört und ich mein Mädchen wieder bekomme, das ich einmal kannte. Ich weiß, dass ich in deinen Augen die

falsche Person liebe. Aber Vic, sieh mich an. Aus mir macht
sie etwas Besseres«

Ich hätte gerne geleugnet, was er sagt, aber er hatte Recht.
Abgesehen von der Müdigkeit in seinem Gesicht sah er
wirklich gut aus. Ich wandte mich an Joseph, der Sam jedoch
mit deutlichen Missfallen musterte.

»Nun, du hast gesagt, was du sagen wolltest. Jetzt geh«,
sagte er kühl. Ich runzelte die Stirn.

»Joseph…«

»Nein! Er kann froh sein, dass ich ihn nicht sofort die
Kehle raus reiße nach dem, was er getan hat. Und es ist mir
egal, was für Beweggründe er dafür hatte«

»Du hättest für sie dasselbe getan«, sagte Sam leise und
nickte zu mir herüber.

»Mit dem Unterschied, dass meine Freundin keine
psychopathische, bösartige Schlampe ist«

Ein Knurren entkam Sam, lauter als ich es je bei einem
Vampir gehört hatte, grollend wie ein Bär und Joseph
richtete sich nun ebenfalls auf, baute sich vor mir auf, trat
Sam entgegen und ich verdrehte gereizt die Augen.

»Schluss damit! Alle beide!« Ich stand auf, drängte mich
zwischen die Männer, drückte Joseph zurück auf das Bett
und drehte mich zu Sam um.

»Es ist vielleicht wirklich besser, wenn du gehst. Und
würdest du mir einen Gefallen tun?« Bittend sah ich ihn an
und er legte den Kopf schief.

»Ich versuche, auf die beiden aufzupassen. Sofern ich die
Gelegenheiten dazu bekomme«

»Danke«, sagte ich leise. Joseph schnaubte verächtlich,
sagte aber nichts weiter und auch Sam wandte sich wortlos
um und verließ das Zimmer. Zurück ließ er eine unsichtbare
Bedrohung, die sich um uns legte wie schweres,

unbarmherziges Blei.

Wir schwiegen noch eine ganze Weile, nachdem Sam den Raum verlassen und während ich unruhig durch das Zimmer streifte, spürte ich Josephs Blick voller Sorge auf mir ruhen. Aber ich ignorierte ihn. Ich brauchte einen Plan.

Es fiel mir sehr schwer, so ruhig zu bleiben. In meinem Kopf schwirrten die Gedanken nur so und alle drehten sich um Fux und Cedric.

Ich wusste nicht, wo sie waren und das war vielleicht auch ganz gut so. Denn ansonsten wäre ich schon auf dem Weg zu ihnen. Was wahrscheinlich unser aller Tod wäre.

Ich kaute auf meiner Unterlippe, schritt vom Bett zur Tür und wieder zurück und blieb dann schließlich stehen und drehte mich zu Joseph um, der mich immer noch anstarrte, als könnte er so meine Gedanken erraten.

»Ich hol sie da raus. Ich werde Fux und Ced nicht sterben lassen«, sagte ich heftig und er nickte.

»Ja, das habe ich mir schon gedacht«

»Aber es wäre ziemlich dumm in den sicheren Tod zu rennen«

»Seit wann kümmert es dich, was dumm ist und was nicht?« Ein schiefes Lächeln huschte über sein Gesicht und ich warf eines der kleinen Kissen nach ihm, das auf dem Sessel lag. Er fing es auf, warf es zurück und griff dann nach meinem Arm, um mich zu sich zu ziehen. Ich ließ es zu, schlang die Beine um seine Hüfte und schmiegte mich auf seinen Schoß, während er mich mit beiden Armen umfasste. Seufzend vergrub ich das Gesicht an seiner Schulter.

»Ich versuche, Sam zu vertrauen, dass er auf die beiden aufpasst. Und wir werden, sobald Victor da ist, aufbrechen zu Marius und Bredica. Ich will wissen, was es mit den beiden auf sich hat«

Joseph nickte mit ernster Miene.

»Ja, das würde ich auch gerne« Sein Blick wanderte zum Nachttisch und plötzlich schob er mich mit einem Ruck von sich herunter, so dass ich fast zu Boden fiel.

»Hey, was…«

»Das Tagebuch« Sein Gesicht wurde leichenblass, als er sich hektisch um Raum umsah.

»Ich bin sicher, ich habe es da hingelegt. Hast du es weggepackt?«

»Nein« Auch ich sah mich suchend um, konnte das Buch aber nirgendwo entdecken. Joseph stöhnte auf.

»Sam. Dieser Mistkerl«, zischte er zwischen zusammen gepressten Zähnen hindurch und ich sah ihn ungläubig an.

»Warum sollte Sam ein altes Buch klauen?«

»Weil es wichtige Informationen enthält!«

»Bist du sicher…?«

»Ich weiß, dass ich es da hingelegt habe, Vic! Und wenn du es nicht weggenommen hast, dann war nur noch eine weitere Person hier im Zimmer, die es haben könnte«

Er war wütend, sehr sogar und ich musste ihm unwillkürlich beipflichten, auch wenn ich es ungern zugab.

Joseph fluchte noch eine ganze Weile und raufte sich die Haare, aber dann traf schließlich Victor ein, der etwas irritiert darüber schien, dass Joseph unser Zimmer durchwühlte.

»Was…?«

Verwirrt sah er sich in dem Chaos um, das nun herrschte, während ich mit baumelnden Beinen auf dem Bett saß und Joseph mit besorgter Miene beobachtete.

»Wir hatten Besuch und jetzt ist Marius' Tagebuch verschwunden«, erklärte ich in Kurzform und Victor sah mich alarmierend an.

»Besuch? Von wem?«

»Sam«

»Wer ist Sam?«

»Ceciles Spielzeug«, schnaubte Joseph, schob eine Schublade mit so viel Schwung zu, dass sie fast die Kommode auseinander brach und ließ sich frustriert auf das Bett fallen.

»Okay…vielleicht einmal alles der Reihe nach…«, bat Victor und ich nickte, erzählte ihm, was Sam vor einigen Monaten getan hatte, von unserem Treffen in Los Angeles, von den Warnungen, die ich erhalten habe und von seinem Besuch in unserem Zimmer. Victor runzelte die Stirn und blickte zu Joseph.

»Ich glaube, ich erinnere mich an den Kerl. Groß, dunkel, riecht immer nach Whiskey?«

»Naja, das letzte hat sich inzwischen geändert. Aber ja. Ansonsten trifft die Beschreibung ziemlich gut zu«

»Ihr wart eigentlich mal Freunde, oder?«
Joseph schnaubte verächtlich.

»Ob man das so bezeichnen kann, bezweifle ich«

Victor ignorierte diesen Einwand. Auf seiner Stirn hatte sich eine steile Falte zwischen den Augen gebildet, die ich auch von mir selber kannte, wenn ich angestrengt nachdachte.

»Was will er mit dem Tagebuch?«

»Keine Ahnung. Ich glaube nicht, dass da etwas drin steht, was ihn interessieren kö…«

»Bis auf der Ort, wo die Constantins leben?«, unterbrach Joseph mich unwirsch. Ihm war anzumerken, wie sehr ihn der Verlust des Tagebuchs ärgerte, was mich wunderte, da er sich bisher über mein Interesse daran eher lustig gemacht hatte.

Victor und ich tauschten einen kurzen Blick, dann sagte
Victor mit bemüht beruhigender Stimme: »Wir sollten jetzt
aufbrechen. Wenn Marius und Bredica durch den Verlust
des Tagebuchs in Gefahr sind, dann haben wir keine Zeit zu
verlieren«

16

Im Dunkeln war der Weg zum Schloss doch weitaus unheimlicher und ich war nicht stolz darauf, dass ich mich an Josephs Hand festklammerte, der mir einen belustigten Blick zuwarf.

»Hat meine kleine Kampfmaschine etwa Angst im Dunkeln?«, raunte er mir zu, so leise, dass selbst Victor es nicht verstehen konnte und ich stieß ihm den Ellbogen in die Seite.

»Halt die Klappe. Das ist echt unheimlich«, murmelte ich zurück, er lachte leise und umfasste meine Hand noch ein wenig fester.

Der Mond tauchte die Umgebung in ein stumpfes, weißes Licht und wieder war der Weg hoch zum Schloss ziemlich schweigsam. Victor führte uns wortlos denselben Weg, den wir am Morgen gegangen waren und als er die kleine versteckte Seitentür öffnete, murmelte Joseph etwas, was wie »Hausfriedensbruch« klang, worauf ich mich mit hochgezogener Augenbraue zu ihm umdrehte. Er grinste aber nur, stupste mir in den Rücken und bedeutete mir, dass er mir folgen würde.

Im Dunkeln war es schlichtweg ungemütlich auf dem Weg zu dem unterirdischen Versteck. Ich hatte mir diesmal wohlweislich wasserdichte Stiefel angezogen und hörte Joseph über mir leise fluchen, als wir uns an den Abstieg im Brunnen machten. Unten angekommen sah er mich finster an und blickte dann auf seine Füße.

»Das hättest du mir sagen können«, knurrte er und stampfte demonstrativ mit einem Fuß auf, so dass eiskaltes, dreckiges Regenwasser durch meine Jeans drang.

Ich wollte gerade zurück schimpfen und ihm einen Tritt verpassen, als Victor den Kopf aus dem Spalt in der Wand schob.

»Hört gefälligst mit diesen Kindereien auf und kommt endlich rein«

Ich sah zu Joseph, machte eine spöttische Verbeugung und deutete auf den Spalt.

»Nach Ihnen, der Herr. Da ist es auch warm drin. Nicht, dass du dir einen Schnupfen holst«, sagte ich und verschwieg dabei, dass ich am Morgen genauso gejammert hatte.

Joseph sah mich finster an, während er sich an mir vorbei schob und ich folgte ihm erleichtert in die Wärme.

Wir wurden gleich von Bredica und Marius in Empfang genommen, die uns anscheinend schon erwartet hatten. Marius knetete nervös seine Finger, als er auf uns zukam und als erstes mir, dann Victor und als letztes Joseph die Hand gab.

»Herzlich Willkommen. Uns wurde bereits von dir berichtet, Joseph«, sagte er mit leiser Stimme und ich spürte deutlich das Misstrauen, das darin lag, trotz unserer Beteuerungen. Aber ich konnte es ihm nicht mal verdenken. Wer weiß, was er über all die Jahre erlebt hatte.

Joseph neigte leicht den Kopf und erwiderte: »Ich kann euch euer Misstrauen nicht verübeln. Trotzdem freue ich mich, dass ihr mir die Gelegenheit gebt, meine Loyalität zu beweisen«

Ich grinste leicht in mich hinein, als ich merkte, dass er unwillkürlich in den gleichen höflichen, altertümlichen Sprachgebrauch fiel, genauso, wie die Gesellschaft der beiden Victors rumänische Wurzeln anscheinend wieder an die Oberfläche brachten.

Marius trat einen Schritt zur Seite, um auch Bredica die Gelegenheit zu geben, uns zu begrüßen. Ihr Gesichtsausdruck war um einiges wärmer und ihr Blick wanderte unwillkürlich zu den schmalen, länglichen Narben, die an dem Halsausschnitt seines T-Shirts zu sehen waren.

»Bitte, kommt doch mit hinein. Wir haben bestimmt viel zu berichten und ihr solltet vor Sonnenaufgang wieder zurück sein«, sagte sie mit ihrer sanften Stimme und ließ uns den Vortritt.

Joseph sah sich nach mir um, als ich mich etwas zurück fallen ließ, um ein paar Worte mit Marius zu wechseln. Ich lächelte und winkte ihm zu, um ihm zu bedeuten, dass ich nachkommen würde. Es widerstrebte ihm anscheinend, ohne mich voran zu gehen, aber er schloss sich Victor an und ich verlangsamte meine Schritte, bis ich neben Marius ging.

»Marius, kannst du mit dem Namen Caroline was anfangen?«, fragte ich und er blieb augenblicklich stocksteif stehen. Mit aufgerissenen Augen starrte er mich an und ich blieb ebenfalls stehen.

»Ja. Das kann ich allerdings«, erwiderte er, seine Stimme bebte dabei leicht, als würde ihm alleine die Erinnerung Angst machen oder ihm wehtun. Wahrscheinlich war es eine Mischung aus beidem.

»Woher weißt du von ihr?«, fragte er.

»Joseph hatte mir eines deiner Tagebücher zugeschickt.

Ich sollte sie lesen und nachschauen, ob ich darin etwas
Interessantes entdecke«

»Und?«, sagte Marius mit steifer Stimme, »Hast du?«

»Ja. Einiges«

Er nickte mit zusammen gepressten Lippen und sah den
anderen nach, die bereits die Wohnhöhle erreicht hatten.
Dann wandte er sich nach links.

»Komm. Darüber möchte ich nicht vor den anderen
reden«

Ich folgte ihm durch einen der Seitengänge, der uns tiefer
hinein unter die Burg führte. Die Wände waren mit Fackeln
erhellt, bis wir eine kleine, schlecht zusammen gezimmerte
Holztür erreichten. Marius öffnete sie und ließ mir den
Vortritt.

Ich betrat so etwas wie ein Schlafzimmer. Es war spärlich
eingerichtet, ein hölzernes, schmales Bett, ein Bücherregal,
eine Kommode und ein kleiner Tisch mit zwei Stühlen. Die
Decke war relativ niedrig und die Wände schienen hier
feuchter zu sein als im Rest der Höhle. Aber als Vampir hatte
man natürlich andere Sorgen als möglicher
Schimmelpilzbefall.

Marius folgte mir, zog die Zimmertür hinter uns zu und
bedeutete mir, mich zu setzen. Ich ließ mich auf einen der
Stühle nieder, presste die Hände zwischen die Knie und ließ
den Blick durch den Raum wandern.

»Nun…«, begann Marius angespannt, »Ich war eigentlich
der Überzeugung, ich habe alle meine Tagebücher
vernichten lassen«

»Offenbar warst du da nicht gründlich genug. Joseph hat
es in Frankreich gefunden, in der Nähe von Nizza, bei ein
paar Anhängern der Featherstones« Als ich den Namen
unserer Erzfeinde erwähnte, zuckte Marius leicht zusammen,

sagte jedoch nichts und rieb sich nur mit den Händen über die Augen.

»Welches Tagebuch war es? Ich habe Jahrhunderte welche geführt. Du sagtest, du hast über Caroline gelesen?«

Es war die Art, wie er ihren Namen aussprach. Wie seine Zunge das Wort liebkosen zu schien, wie seine Miene weicher wurde. Selbst nach all den Jahren. Nach all den Jahrhunderten.

»Du musst sie sehr geliebt haben«, sagte ich mit leiser Stimme und er nickte.

»Das habe ich. Sie war…sie war mein Leben. Ich hätte alles für sie getan«

»Was ist aus ihr geworden?«, wollte ich wissen. Er schenkte mir ein müdes Lächeln.

»Hast du das denn nicht gelesen?«

»Nein. Das stand nicht in dem Buch«

»Richtig…ich habe es nie aufgeschrieben. Ich konnte es nicht über mich bringen« Wieder kniff er die Augen zusammen und fuhr mit den Fingern über seine Stirn.

»Sie ist tot«, sagte er schließlich, »Ich habe versucht, sie zu retten, aber es ist mir nicht gelungen«

Eine Welle von Mitgefühl überkam mich, als ich den Schmerz aus diesen Worten heraus hörte.

»Das tut mir sehr leid«, sagte ich sanft.

»Danke, Vic« Marius neigte leicht den Kopf, »Ich nehme aber an, du möchtest noch über eine weitere Sache etwas mehr erfahren«

Er schien schon deutlich zu wissen, worauf ich hinaus wollte und so kam ich sofort zur Sache.

»Das Blut«, sagte ich nur und er nickte.

»Ja. Das habe ich mir schon gedacht. Was weißt du bisher?«

»Nichts. Ich weiß, dass ich noch nie von einem Vampir gehört habe, der blutet. Unser Blutkreislauf ist auf Stillstand. Unsere Herzen schlagen nicht. Also…dürften wir nicht bluten«

Wieder nickte Marius.

»Wir sollten auch nicht in der Sonne wandeln dürfen und lange ohne den Genuss von menschlichem Blut auskommen. Aber wie du vielleicht schon gemerkt hast, bei den Constantin Vampiren läuft es ein wenig anders« Seine Mundwinkel zuckten leicht und ich beugte mich gespannt ein Stück vor, »Es gilt nicht für alle von uns. Nur alle paar Jahrzehnte gab es mal einen Vampir, bei dem der Blutkreislauf nicht komplett angehalten hat. Ich bin einer von ihnen«

»Ich ebenfalls«, gab ich zu. Seine Augen weiteten sich einen Moment, aber er ging nicht weiter großartig darauf ein, sondern erzählte weiter.

»Es wurde das Gerücht verbreitet, dass das Blut von einer so alten Vampirfamilie, wie unsere es ist, heilende Kräfte hat. Das es Tote wieder lebendig machen kann, schwer verletzte Menschen heilt und Kräfte verleiht, die über das normale Übernatürliche hinausgehen. Das alles ist reiner Unsinn« Ein düsterer Schatten zog sich über sein Gesicht,

»Es ist nutzlos. Natürlich war Caroline der erste Vampir, an dem es ausprobiert wurde. Aber es hat nicht geholfen. Sie ist letztendlich gebrochen und hat sich selber gerichtet«

»Was…sie hat…?«, brach es aus mir hervor und erschrocken schlug ich die Hand vor den Mund.

Marius' Augen waren voller Trauer, als er nickte.

»Ja. Sie hat die Folter und die Gefangenschaft meines Vaters nicht mehr länger ertragen. In ihrer Not hat sie es mit letzter Kraft geschafft, eine der Wachen, die vor ihrer Zelle

Wache standen, zu überwältigen und seinen Speer zu zerbrechen. Als weitere Wachen, vom Kampfgeschrei angelockt, kamen, konnten sie nur noch zusehen, wie Caroline sich selber den Pfahl durch das Herz bohrte«

»Das ist furchtbar«, flüsterte ich ergriffen. Marius schlug die Augen nieder.

»Das ist es. Unsere Liebe hatte leider kein glückliches Ende gefunden. Kurz nach Carolines Tod erreichte der Krieg unserer Familien den Höhepunkt. Eine Streitmacht, schlimmer als jedes Heer, dass du dir vorstellen kannst, brach über uns hinein und tötete jedes einzelne Familienmitglied, Männer, Frauen, Kinder. Wir waren machtlos. Nur meine Mutter, mein Bruder und ich konnten entkommen und versteckten uns hier. Mein Bruder kehrte von einem Erkundungsgang nicht zurück. Seitdem…«

Ein bitteres Lächeln huschte über sein Gesicht, »habe ich nicht mehr die Sonne gesehen. Nur einige Male durch den Brunneneingang. Aber es ist auch zu gefährlich. Das Schloss ist ja nicht mehr bewohnt und wird tagtäglich von Besuchern erkundet. Wir könnten uns gar nicht mehr hinauf wagen, selbst wenn wir wollten«

Ich überlegte kurz, ob ich widersprechen sollte, ließ es dann aber. Es war irgendwie verständlich, warum Marius und Bredica solche Angst hatten.

»Das ist eine schreckliche Geschichte«, sagte ich also stattdessen leise.

Marius nickte.

»Weißt du, was mich am meisten quält? Mich schmerzt der Verlust von Caroline mehr als der meiner Familie. Wenn ich an sie denke, ist es, als würde mein Herz in Stücke gerissen werden« Er erhob sich und ging zu seinem Bett hinüber.

»Alles was mir bleibt, sind Erinnerungen und ein Bild. Ich war schon immer ein leidenschaftlicher Zeichner und ich durfte sie malen, als sie noch bei Kräften war«

Er reichte mir das zerknitterte Blatt Papier, auf das eine schwarzweiß Zeichnung von einer Frau abgebildet war. Ich nahm das Blatt entgegen und meine Augen weiteten sich, als ich das Bild betrachtete.

Ich kannte die Frau auf dem Bild.

17

Mir stockte für einen Moment der Atem und ich starrte fassungslos auf das Bild der jungen Frau, die mir von dem Papier entgegen blickte. Marius schien zu warten, dass ich etwas sagte, aber ich war zu schockiert dafür.

 Aus dunklen, traurigen Augen blickte mir das Gesicht von Cecile entgegen.

Es bestand kein Zweifel. Auch wenn sie auf der Zeichnung sehr altertümliche Kleidung trug und eher zart wirkte, ich erkannte sie.

Mein Herz rutschte mir in die Kniekehlen und meine Kehle schnürte sich zu, als ich das Bild vorsichtig vor uns auf den Tisch legte.

»Marius…«, begann ich und musste mich räuspern, »Bist du dir sicher, dass Ce…dass Caroline tot ist?«

Er warf mir einen verständnislosen Blick zu.

»Ich habe eigenhändig ihren Leichnam bestattet. Ja, ich bin mir sicher. Wieso?«

»Weil…« Und ich schob das Bild zu ihm rüber, »Weil ich sie kenne«

Seine Augen weiteten sich überrascht, doch fast sofort fing er sich und schüttelte den Kopf.

»Nein, nein, das ist nicht möglich. Bestimmt kennst du jemanden, der große Ähnlichkeit mit ihr hat…«

»Diese Frau hat meine Mutter getötet und beinahe auch mich«, stieß ich hervor, meine Stimme wurde zu einem aggressiven Zischen, »Ich verwechsle sie nicht«

Marius schüttelte langsam den Kopf.

»Das glaube ich nicht, Vic. Sie würde nie jemanden etwas tun. Sie war doch immer viel zu schwach dafür«

»Weißt du, woran das lag? Sie war kein vollwertiger Vampir. Sie war ein Halbvampir, genau wie ich«, fauchte ich. Mich machte es wütend, dass er mir nicht glaubte und ich packte das Papier und wedelte damit vor seiner Nase herum, »Ihr Name ist Cecile und sie ist momentan eure größte Bedrohung. Glaubst du, ich erfinde so etwas?«

»Nein…aber ich glaube, du verwechselst sie«, sagte Marius leise und nahm mir mit sanften Fingern das Papier aus den Händen. Beinahe liebkosend fuhr er mit den Fingern die Umrisse ihres Gesichtes nach. Am liebsten hätte ich es ihm aus der Hand gerissen.

Aber ich kannte diesen Gesichtsausdruck. Nur wenige Stunden vorher hatte ich ihn in Sams Gesicht gesehen. Anscheinend hatte Cecile eine Maske, die ich noch nicht kannte, die aber glaubhaft genug war, um mehr als einem Mann ihre Liebe vorzugaukeln.

Ich schloss einen Moment die Augen und atmete tief durch, um mich zu beruhigen.

»Lass uns zu den anderen zurück gehen«, murmelte ich dann und erhob mich. Ich brannte darauf, Joseph die Neuigkeiten zu erzählen und seine Meinung dazu zu hören. Immerhin – und bei dem Gedanken stieg mir fast die Galle hoch – war er auch einmal mit Cecile so etwas wie liiert gewesen.

Marius folgte mir ohne zu widersprechen, vorher schob er aber das Bild vorsichtig und liebevoll unter die Matratze zurück.

Wir gingen wortlos nebeneinander her. Ich kaute auf meiner Unterlippe und überlegte, ob Marius vielleicht Recht haben könnte. Eventuell war es wirklich eine andere Person auf seinem Bild, jemand, der sehr viel Ähnlichkeit mit Cecile hatte, jemand, der viel älter war, ein Vorfahre vielleicht.

Aber mein Instinkt täuschte mich selten und dieser sagte mir, dass das auf dem Bild tatsächlich Cecile gewesen war, vor ihrer Verwandlung. Sie hatte doch selber vor mir damit angegeben, dass sie selber einmal ein Halbvampir gewesen ist. Aber wie war es dann zu erklären, dass Marius überzeugt davon war, dass er sie bestattet hatte?

Mein Kopf begann wehzutun, wie immer, wenn ich ihn mir über irgendwelche Sachen zerbrach und so war ich froh, als wir den Gang zur Haupthöhle wieder betraten und ich meinen Schritt beschleunigte.

Das warme Licht empfing uns und die Wärme legte sich wohlig um mich nach der nassen Kühle der anderen Wände. So dauerte es ein paar Sekunden, bis ich merkte, dass etwas nicht stimmte.

Als erstes merkte ich, dass Marius stocksteif stehen geblieben war. Dann sah ich aus dem Augenwinkel eine riesenhafte Gestalt. Und dann hörte ich Josephs Stimme: »VIC, RUNTER!«

Ich reagierte ohne Nachzudenken. Bäuchlings ließ ich mich zu Boden fallen und keinen Wimpernschlag später brach um mich herum die Hölle los.

Donnerschläge hallten von den Wänden wieder, so laut, dass meine Ohren klingelten, Staub rieselte auf mich herab und ich kniff die Augen zusammen und hielt die Hände schützend über meinen Kopf. Jemand schrie, etwas Schweres fiel neben mir zu Boden, ich hörte Joseph brüllen…und dann war es still.

Das ganze Spektakel hatte nur wenige Sekunden gedauert. Langsam hob ich den Kopf und blinzelte durch die Staub, der sich langsam um mich herum legte.

Mein Blick wanderte sofort suchend zu Joseph, der mit geballten Fäusten wenige Meter von mir entfernt stand. Direkt hinter ihm stand eine weitere Gestalt, jemand, den ich nicht kannte, ein unscheinbarer, blonder Vampir mit blassen Augen, aber einer grausamen Miene, der Joseph anscheinend gerade gewaltige Schmerzen zufügte, wie ich seinem Gesichtsausdruck entnehmen konnte.

Dann wanderte mein Blick weiter zu Bredica, die neben Victor stand. Ihre Augen waren weit aufgerissen vor Angst und sie wimmerte leise, während Victor sanft den Arm um sie gelegt hatte.

Ich stemmte mich aus meiner Position hoch und wischte mir den Staub von den Knien. Neben mir lag Marius und regte sich nicht. Um uns herum lagen Patronenhülsen.

Langsam richtete sich mein Blick auf die Gestalt, die mir direkt gegenüber stand und freundlich anlächelte.

»Eine Pistole? Wirklich, Cecile?«, zischte ich, »Das ist sogar für dich ziemlich armselig«

»Findest du? Ich finde, sie lässt mich *badass* aussehen« Lässig wirbelte Cecile die schwarze Handfeuerwaffe in ihrer Hand und warf sich die lange, dunkle Haarmähne über die Schulter.

»Ich finde, sie lässt dich dumm aussehen, wenn man daran denkt, dass eine Waffe mich nicht töten kann«, presste ich zwischen den Zähnen hervor. Alles, was mich davon abhielt, ihr an die Kehle zu springen, war Josephs Anblick.

»Töten nicht. Aber sie tut ganz schön weh«, erwiderte Cecile mit sanfter Stimme und lächelte auf Marius hinunter, der sich nun wieder regte und mit einem Ächzen aufrichtete, »Oder, mein Hübscher?«

Marius' Augen weiteten sich bei ihrem Anblick. Die Hand auf seine Brust gepresst, wo zwischen seinen Fingern Blut hervor quoll, stand er langsam auf. Ohne einen Laut von sich zu geben formten seine Lippen »Caroline«

»Wow. Caroline« Cecile legte den Kopf schief und musterte ihn nachdenklich, »So hat mich sehr lange niemand mehr genannt«

»Ich wusste es«, zischte ich und warf Marius einen wütenden Blick zu, »Habe ich es dir nicht gesagt? Ich habe mich nicht getäuscht«

Marius rieb sich über die Brust. Die Schusswunden, die er abbekommen hatte, waren natürlich schon verheilt, aber sein dunkles Hemd glänzte nass vor Blut und trotzdem machte er einige zaghafte Schritte auf Cecile zu.

Sofort regte sich der Riese im Schatten und stellte sich hinter sie. Ich warf Sam einen wutentbrannten Blick zu, doch er vermied es gekonnt, mich anzusehen. Marius hielt ebenfalls inne, aber ich konnte seinen Blick noch sehen. So sehnsüchtig. Wie ein Ertrinkender, der an einen Brunnen ankam.

»Caroline. Wie…ich habe dich beerdigt. Ich verstehe das nicht…«, sagte er leise.

»Du hast mich verwandelt, mein Schöner, das hast du getan« Cecile schob mit einer Handbewegung Sams Hand von ihrer Schulter und ging auf Marius zu, anmutig wie eine Katze. Ich bemerkte, wie er deutlich die Luft anhielt.

»Ich war nichts weiter als ein ziemlich schwacher Halbvampir und du hast mir dein Blut gegeben. Ohne zu wissen, dass Blut bei Halbvampiren die Verwandlung auslöst und sie nicht heilt. Du hast mir damit einen riesigen

Gefallen getan«, flüsterte Cecile und legte beide Arme um seinen Hals, stellte sich auf die Zehenspitzen und küsste Marius.

Mein Blick flog sofort zu Sam, dessen Miene sich versteinerte, aber er tat sonst nichts, sagte nichts, regte sich nicht.

Marius hob vorsichtig die Hände und umfasste Ceciles Gesicht, zog sie näher zu sich und erwiderte ihren Kuss zärtlich, bis sie sich von ihm löste und ihm mit einem Lächeln durch das Haar strich.

»Wie hast du mich gefunden?«, fragte er leise, während sein Blick beinahe ehrfürchtig über ihr Gesicht wanderte.

»Ich hatte ein wenig Hilfe. Mein Freund Sam hier…« Sie warf einen Blick über die Schulter und schenkte Sam das gleiche, liebevolle Lächeln, mit dem sie eben noch Marius angesehen hatte, »hat mir ein sehr interessantes Dokument mitgebracht. Ich wusste ja gar nicht, wie viel ich dir bedeutet habe«

Mit einem gekünstelten Seufzen streichelte sie ihm über die Wange und ich knirschte vor Wut mit den Zähnen, als mir klar wurde, dass Joseph recht gehabt hatte und Sam das Tagebuch gestohlen hatte.

»Weißt du noch, wie ich gelitten habe, Marius? Wie dein Vater mich gequält hat, gefoltert hat?«, flüsterte Cecile, »Erinnerst du dich an meine Narben? Du hast sie selber verarztet. Weißt du noch, was für Schmerzen ich hatte?«

Schaudernd schloss Marius die Augen und sie fuhr sanft mit der Hand über seine Wange.

»Ich weiß, ich weiß. Dein Vater war ein grausamer Mann. Es war ein wahrer Genuss, ihn zu töten«

Ich hatte gerade ein paar vorsichtige Schritte in Josephs Richtung gewagt, als ich spürte, wie mit diesen Worten der

Zauber von Marius fiel. Er riss überrascht die Augen auf.

»Wa…was hast du gesagt?«, flüsterte er tonlos.

»Hast du mich nicht erkannt? In der Schlacht um Bran, meine ich. Ich glaube, eine deiner Schwestern habe ich auch erwischt und deine zwei kleinen Cousins, wie alt waren sie noch? Zwölf, glaube ich«

»Nein, das warst nicht du«, hauchte Marius, »Du könntest das nicht. Du bist kein solches Monster«

Ihr Lächeln, was nun über ihr schönes Gesicht huschte, hätte grausamer nicht sein können.

»Doch, Marius«, sagte sie sanft, »Genauso ein Monster bin ich« Und ohne sich umzudrehen, befahl sie: »Tötet sie«

Ich machte einen Satz vorwärts, aber zu spät. Victor war bereits von Bredica weggerissen worden und mich umfingen im nächsten Moment schraubstockartige Arme, so dass ich mich nicht mehr rühren konnte, obwohl ich voller Verzweiflung meine Fingernägel und Reißzähne in den Unterarm schlug.

Es geschah innerhalb von Sekunden. Zwei Vampire, die sich bisher im Schatten gehalten hatten, zwangen Bredica auf die Knie. Ein dritter packte mit einer Hand ihre Schulter und die andere stieß er von hinten zwischen ihre Rippen.

Der Schrei, den Bredica ausstieß, war in keiner Weise auch nur im Entferntesten menschlich. Ihr Körper wurde eine Sekunde stocksteif und im nächsten Moment fiel sie nach vorne. In ihrem Rücken klaffte ein großes Loch auf Brusthöhe, dort, wo sich ihr Herz hätte befinden müssen. Ich hörte auf, mich zu wehren, starrte fassungslos auf das widerliche Schauspiel vor mir, hörte Marius entsetzt schreien, während es in meinen Ohren zu rauschen begann.

Schon wieder. Schon wieder tötete sie und ich konnte sie nicht aufhalten. Ich war gefangen und Bredicas Augen starrten ins Leere.

Die Worte, mit denen ich nun Cecile zu beschimpfen begann, ließen sie mit der Zunge schnalzen.

»Na, also wirklich, Vicky. Und mit dem Mund küsst du deine Mutter? Oh…ich vergas…« Ein Grinsen huschte über ihr Gesicht und Sam musste alle Kraft anwenden, als ich mich brüllend vor Zorn gegen seinen Klammergriff aufbäumte.

Marius stand stocksteif mitten im Raum und starrte entsetzt zu seiner Mutter. Nur mit Mühe schien er den Blick abwenden zu können und blickte Cecile an.

»Wirst…«, begann er und schluckte, »Wirst du auch mich töten?«

»Mh« Sie legte nachdenklich den Kopf schief, »Nein, ich denke nicht. Ich glaube, ich lasse dich am Leben. So ganz ohne einen Constantin Vampir ist das Leben doch langweilig. Was mich zu den anderen drei hier in diesen Raum bringt« Und sie drehte sich nun zu mir um.

Mein Blick huschte kurz erst zu Joseph, der immer noch stocksteif da stand, den Vampir hinter sich und ab und zu mit gequälten Gesichtsausdruck zusammen zuckte, dann zu Victor, der die Hände zu Fäusten geballt hatte, aber anscheinend nicht wagte, anzugreifen.

»Ich habe ein Geschenk für euch. Nun, hauptsächlich für dich, Vicky« Sie bückte sich im Gehen, um eine große Tasche hochzuheben, die dort stand, wo vorher Sam gestanden hatte und schlenderte zu uns herüber. Ich knirschte mit den Zähnen vor Anstrengung, aber Sam war einfach zu stark für mich. Ich sollte dringend etwas trainieren, sobald ich die Gelegenheit dazu bekam.

Direkt vor mir kam Cecile zum Stehen, das spielerische Glitzern in ihren Augen war verschwunden. Sie durchbohrten mich kalt und unbarmherzig.

»Wie ich es dir versprochen habe. Ich werde dich zerstören. Langsam und Stück für Stück«, sagte sie und betonte dabei jedes Wort, dann warf sie mir die Tasche vor die Füße.

Der Anblick des Inhalts ließ mich genau zwei Sekunden erstarren. Fassungslos blickte ich hinab, in zwei tote, blaue Augen und dann begann ich zu brüllen.

»DU VERDAMMTE SCHLAMPE! DU WIDERLICHE, HINTERHÄLTIGE…ICH BRINGE DICH UM! ICH REISSE DIR DEIN VERDAMMTES HERZ HERAUS!"«

Ich hörte Joseph entsetzt keuchen, als auch er den Kopf erkannte, der sich in der Tasche befand, die blonden, zerwühlten Haare, den vor Grauen erfüllten Gesichtsausdruck, während ich mich mit aller Macht, die ich hatte, gegen Sam auflehnte.

»DU HAST ES MIR VERSPROCHEN, SAM!«, schrie ich und meine Fingernägel hinterließen tiefe Spuren in seinen Armen, » DU HAST VERSPROCHEN, DU BESCHÜTZT SIE!«

Sam presste die Lippen aufeinander, sagte jedoch nichts, während mir Tränen die Wangen hinunter liefen, Tränen der Trauer, der Verzweiflung, des Hasses und ich verstand mein eigenes Wort kaum, so hart schluchzte ich, während die toten Augen von Cedric ins Leere blickten.

»Lass sie los, Sam«, sagte Cecile kalt und Sam gehorchte augenblicklich.

Ich schoss mit der Geschwindigkeit einer Kanonenkugel nach vorne und Cecile drehte sich zu mir herum. Die Eisenstange in ihrer Hand sah ich erst, als zu spät war.

Ich spürte den brennenden Schmerz, als die Stange mich durchbohrte und dann krachten Cecile und ich gegen die

Wand hinter uns.

Doch der Schmerz der Stange war nichts gegen dem, der in meinen Eingeweiden tobte. Cedric. Tot. Das machte keinen Sinn. Kein Aufblitzen mehr in seinen blauen Augen, wenn Fux irgendetwas sagte und er mal wieder erkannte, wie verliebt er in sie war. Kein Gestreite mehr, wenn ich Tiefkühlpizza seiner selbstgemachten Pizza vorzog. Kein Rumgehacke mehr von Joseph, das Cedric mit einem Lächeln abtat, weil jeder von uns wusste, wie sehr die beiden sich mochten. Nie mehr.

»Was hat er dir getan?«, würgte ich hervor, während unser Aufprall die Stange noch tiefer in meinen Körper bohrte.

»Hast du es noch nicht begriffen, Vicky?«, zischte Cecile zurück und ihre Hand umfasste harte meine Kehle, »Es geht nicht um ihn oder um deine kleine rothaarige Freundin oder um deinen Liebhaber dort drüben. Die sind alle nur Kollateralschaden. Ich werde jeden töten, der dir etwas bedeutet und ganz am Ende töte ich dann dich«

Fux. Um Gottes Willen. Bitte nicht…

Cecile stieß mich von sich und ich landete hart auf dem Rücken. Mit einem schmerzerfüllten Stöhnen wollte ich mich aufrichten, aber sie war schneller und stellte den Fuß auf die Eisenstange.

»Wie in alten Zeiten, oder?«, sagte sie mit einem grausamen Lächeln, »Schade, dass es dich diesmal nicht töten wird« Sie beugte sich über mich und ihr schwarzes Haar fiel wie ein Vorhang über uns, »Ich gebe dir eine faire Chance, deine kleine Freundin zu retten. Morgen. Hier im Schloss. Es findet eine kleine Feier statt, hab ich gehört. Ganz traditionell. Masken, Kostüme, wie in guten alten Zeiten« Mit einem Ruck riss sie die Stange aus meinem Körper.

»Du darfst dann gerne mit ansehen, wie sie stirbt«, raunte Cecile mir zu, dann richtete sie sich auf. Ich blieb liegen, keuchend vor Schmerz, während die Welt um mich herum langsam an Struktur verlor und ich entsetzt spürte, wie ich in eine Ohnmacht abglitt. Schritte entfernten sich.

Das letzte, was ich sah, bevor ich das Bewusstsein verlor, war Josephs blasses Gesicht über mir.

Ich konnte nicht lange ohne Bewusstsein gewesen sein, denn als ich die Augen wieder aufschlug, lag ich immer noch auf dem Rücken in der Höhle. Joseph hockte neben mir, seine Hände auf meinen Bauch gedrückt, wo sich eben noch die Eisenstange befunden hatte, aber der Schmerz hatte nachgelassen.

»Cedric«

Das war das erste Wort, was mir über die Lippen kam und sofort spürte ich, wie mir die Tränen in die Augen schossen.

Joseph nickte mit zusammen gepressten Lippen. Auch seine Augen waren rot und feucht.

»Ja, Baby. Ich weiß«, sagte er mit rauer Stimme und half mir, mich aufzurichten.

Victor kniete an meiner anderen Seite und half mir ebenfalls auf die Beine. Meine Knie zitterten so stark, dass ich mich an Joseph festhalten musste. Vampir oder nicht, gegen einen Schock war auch ich nicht immun.

Hilflos sah ich mich um.

Marius stand ein paar Meter von uns entfernt, wie erstarrt neben der Leiche von Bredica. Auch er schien unverletzt. Mir kam es wie ein Wunder vor, dass wir alle noch am

Leben waren.

Ein Würgen entkam mir, als mein Blick auf die Tasche fiel, die immer noch auf dem Boden lag und rasch drehte ich mich weg, bevor ich mich noch übergeben musste.

»Wir sollten von hier verschwinden«, sagte Victor mit bitterer Stimme, legte einen Arm um meine Hüfte und sah zu Joseph.

»Geht es?«, fragte er und Joseph nickte. Ich blinzelte meine Tränen weg.

»Bist du verletzt?«, fragte ich leise und er lächelte sanft, schlang dann ebenfalls einen Arm um mich.

»Nein, mir geht es gut. Mach dir keine Sorgen«

Sobald Joseph mich fest an sich gezogen hatte, ließ Victor mich los und wandte sich an Marius.

»Du solltest mit uns kommen«, sagte er, doch Marius schüttelte stumm den Kopf, den Blick unverwandt auf Bredica gerichtet.

»Nein«, sagte er dann, »Ich werde hier bleiben. Ich…werde sie bestatten. Und dann…« Seine Augen waren wässrig und leer, als er den Blick hob und kurz zu uns sah, ihn dann sofort wieder senkte.

»Der Krieg hat wieder seinen Höhepunkt erreicht. Ich glaube nicht, dass ich das noch einmal durchstehe«

Seine Stimme war kaum zu verstehen, so leise flüsterte er die Worte und ich ahnte bereits, was er vorhatte. Aber ich war zu schwach, um etwas zu sagen. Ich spürte es an der Art, wie ich in Josephs Armen hing und wie mein Körper immer noch geschüttelt wurde von dem Schock.

Joseph trug mich fast den Gang entlang. Wir entfernten uns ohne ein weiteres Wort, ohne uns um die Leichname zu kümmern. Und während ich mich an ihn klammerte und spürte, wie fest sein Griff um meine Schulter war und wie schwer sein Gewicht auf mir gleichzeitig lastete, wusste ich, dass es ihm genauso ging wie mir.

Ich hätte nicht sagen können, wie wir später zurück in die Pension gekommen waren. Der ganze Rückweg war nur eine verschwommene Erinnerung von Bäumen, Mondlicht und Häuserdächern, bis meine Fußspitzen gegen die Treppe in dem kleinen Haus stießen, in dem wir schliefen und ich meine letzten Kraftreserven dafür verwendete, die Stufen hochzuklettern.

Das nächste, woran ich mich erinnerte, war, dass ich in dem kleinen Badezimmer auf dem Rand der Badewanne saß, mein Pullover neben mir und dass Joseph vor mir kniete, um mir das Blut vom Bauch zu wischen. Ich blickte starr geradeaus, in den Spiegel auf der anderen Seite des Raumes und wünschte mir das erste Mal, der Mythos wäre wahr, dass Vampire ihr Spiegelbild nicht sehen konnten.

Joseph half mir aus meinen Klamotten und schob mich unter das warme Wasser der Dusche. Der viel zu weiche Wasserstrahl löste etwas von meiner Erstarrung. Ich sah hinunter auf meine Füße, wo sich das Wasser erst rot, dann hellrot, dann blassrosa färbte, bis es klar wurde und ich begann wieder zu weinen.

»Shhht, Baby, ist schon gut« Joseph kletterte über den Rand der Badewanne zu mir, schlang die Arme um mich und zog mich an seine Brust, während das Wasser seine Klamotten durchnässte. Wir sanken beide zu Boden, während ich mich an ihn klammerte und haltlos an seine Brust weinte, er die Nase in meinen Haaren vergrub und sich langsam unser beider Tränen mit dem Wasser vermischten.

Das Wasser wurde kalt und trotzdem musste Joseph mich

hochziehen, damit ich aufstehen konnte. Er schlang gleich zwei Handtücher um mich, schob mich dann zum Bett und kroch neben mir unter die Decke.

Ich hatte aufgehört zu weinen und als sich draußen langsam das Tageslicht ankündigte, lagen wir nebeneinander im Bett, die Gesichter einander zugewandt und Joseph fuhr mit der Fingerspitze die Konturen meines Gesichtes nach.

»Sie wird nicht aufhören, oder?«, sagte er schließlich nach einer Weile, mit dumpfer Stimme und ich schüttelte den Kopf. Sagen konnte ich nach wie vor nichts.

Joseph schloss einen Moment die Augen und tat einen tiefen Atemzug und als er sie wieder öffnete, lag darin wilde Entschlossenheit, wie ich sie von früher kannte, von vorher, bevor uns all dieses Grauenhafte widerfahren war.

»Dann müssen wir sie zuerst töten«

Keiner von uns fand Ruhe. Wir starrten entweder einander an oder in den Raum hinein. Eigentlich sollten wir Pläne schmieden, wie wir Cecile am Abend davon abhalten sollten Fux etwas anzutun und wie wir sie möglichst schnell vernichten könnten. Aber weder Joseph noch ich waren zum Schlachtpläne schmieden in der Lage. Ich wusste nicht, ob es der Schock war, aber während wir so dalagen, sagte ich kein einziges Wort. Ich konnte nicht mal mehr weinen, auch wenn ich es gerne getan hätte, um diesen Druck auf meinen Brustkorb und in meiner Kehle irgendwie zu lindern.

Die Angst um Fux lähmte mich. Meine Gedanken standen still. Da war kein Rachedurst. Nichts. Es war, als würde dort, wo mein Herz war, ein Loch sein. Eine eiternde, klaffende Wunde. Ich kannte dieses Gefühl inzwischen viel zu gut. Es war das gleiche, was mich nach dem Tod meiner Mum erfasst hatte. Nur dieses Mal, dieses Mal überflutete es mich mit einer Heftigkeit, aus der mich nicht mal Joseph holen konnte.

Es war Victor, der uns aus der grausamen Erstarrung hervor rief, als er mit einem lauten Rumms die Tür aufstieß, so dass diese unsanft gegen die Wand knallte und die Türklinke dort ein Loch hinterließ.

Ich erschrak vor seinem Gesichtsausdruck, als er ins Zimmer marschierte und sich den Sessel heran zog, um sich uns gegenüber zu setzen. Seine Miene war eiskalt.

»Marius ist fortgegangen«, sagte er mit harscher Stimme und ich spürte, wie mir wieder eiskalt wurde. Das war alles meine Schuld.

Joseph richtete sich langsam auf und rieb sich über die Stirn. Ich zog die Decke weiter hoch bis an mein Kinn.

»Weißt du wohin?«, fragte Joseph mit geschlossenen Augen, während seine Finger seine Schläfe massierten. Victor nickte, das Gesicht verbittert und wütend.

»Ja. Aber ich werde es nicht sagen. Es würde mich wundern, wenn er beschließt, weiter am Leben zu bleiben. Er ist wie ein angefahrenes Tier, was sich in Todesqualen nur noch auf der Straße windet, bis jemand die Gnade hat, es zu erlösen«

Obwohl der Vergleich ziemlich grausam war, verstand ich sehr gut, was er meinte. Marius hatte alles verloren. Ich konnte verstehen, dass er nach all den Jahrhunderten des Leides das Leben satt hatte.

Victor zog den Stuhl näher ans Bett und warf mir einen kurzen Blick zu.

»Alles okay?«, fragte er, wahrscheinlich grober als beabsichtigt. Ich zuckte erst mit den Schultern und schüttelte dann den Kopf. Nein, nichts war okay. Mein bester Freund war tot. Und wenn wir es nicht verhindern würden, würde auch meine beste Freundin in dieser Nacht sterben.

Joseph zog mich ein wenig näher an sich, aber ich sträubte mich gegen seine Berührung. Ich brauchte keinen Trost und kein Mitleid.

Victor nickte mir grimmig zu. Und ich setzte mich auf, straffte die Schultern, während das in mir erwachte, was die Ohnmacht der Trauer verjagte: Hass. Blanker, brennender Hass. Diesmal würde ich Cecile nicht davon kommen lassen.

Ich nahm eine zweite, eiskalte Dusche, um meine Lebensgeister aufzuwecken, dann zog ich einen viel zu großen Pullover von Joseph an und kehrte zurück ins Schlafzimmer, wo auch Joseph sich ein wenig aufgerappelt hatte und bereits mit Victor über einem Touristenplan vom Schloss hing.

Es war, als bräuchten wir uns gar nicht mit Worten zu verständigen. Uns allen war klar, wann es enden musste. Entweder in dieser Nacht oder niemals. Entweder Cecile oder wir.

Als ich eintrat, sprach Victor gerade und zog mit einem Kugelschreiber eine Linie über das Papier.

»….wird über das gesamte Schlossgeländer verteilt sein, hauptsächlich aber wohl draußen stattfinden. Wenn wir uns Ceciles Arroganz zu Gute machen können und sie noch einmal nach unten in die Höhlen locken können, haben wir vielleicht die Möglichkeit, sie dort zu töten«

»Cecile wird nicht ohne ihre Bodyguards unterwegs sein«, warf ich ein und ließ mich neben Joseph auf dem Bett nieder, »Sie ist nicht dumm. Sie weiß, dass sie gegen drei von uns alleine nichts ausrichten könnte«

Joseph nickte zustimmend.

»Vic hat Recht. Wenn wir sie töten wollen, dann muss das schnell und unerwartet passieren. Und wir werden nur eine einzige Chance haben«

Sein Blick huschte zu mir und ich versuchte, die Sorge darin zu ignorieren. Darauf konnte ich keine Rücksicht mehr nehmen.

»Wenn das so ist, dann sollten wir uns auf jeden Fall unter das Volk mischen«, sagte Victor, »Ich nehme an, ihr habt keine festlichen Kleider eingepackt«

»Nein«, erwiderte ich sarkastisch, »obwohl ich mein Ballkleid sonst immer mitnehme, habe ich es diesmal dummerweise Zuhause gelassen«

Victor ignorierte meine schnippische Antwort und sagte an Joseph gewandt: »Ich organisiere uns etwas. Pass auf, dass sie nichts Dummes macht«

»Sie kann dich hören«, knurrte ich, aber auch das ignorierte er. Ich musste einen furchtbar instabilen Eindruck machen.

Als Victor das Zimmer verlassen hatte, drehte Joseph sich zu mir und musterte mich so eindringlich, dass ich ganz rot wurde.

»Was ist?«

»Du machst nichts Dummes, oder?«

»Was, so etwas wie augenblicklich nach Cecile suchen und sie im Alleingang erledigen? Verdammt, das war eigentlich mein Plan«

»Hör auf, Witze zu machen, Vic«

»Witze?« Ich musste mich zusammen reißen, um nicht höhnisch aufzulachen, »Glaube mir, Witze sind das letzte, wonach mir gerade zu Mute ist. Wenn ich wüsste, dass es Fux retten würde, du weißt, dann wäre ich schon längst unterwegs. Du kennst mich«

Mit bitterer Miene wandte ich mich dem Papierbogen auf dem Bett zu, nur um im nächsten Moment von Joseph zurückgezogen zu werden. Ich fiel beinahe gegen seine Brust und schnappte erschrocken nach Luft, als er beide Hände in meinen Haaren vergrub und mich so grob küsste, dass meine Lippen schmerzten. Ich stemmte meine Hände gegen seine Brust, was zur Folge hatte, dass er mich nur noch fester festhielt und obwohl ich sonst stärker war als er, hatte ich jetzt nicht die Kraft, mich gegen ihn zu wehren und mit jeder Sekunde, die verstrich, wollte ich es auch immer weniger, so dass ich irgendwann meine Hände stattdessen um seinen Nacken legte, mich von ihm auf seinen Schoß ziehen ließ und seinen harten Kuss erwiderte, bis wir beide nach Luft ringen mussten.

Joseph zog meinen Kopf noch einmal zu sich und küsste mich zart auf die Lippen, einmal, zweimal…

Dann lehnte er seine Stirn gegen meine und streichelte mit den Daumen über meine Wangenknochen. Ich hatte gar nicht gemerkt, dass ich angefangen hatte zu weinen.

»Ich mache nichts Dummes. Ich verspreche es dir, hoch und heilig«, sagte ich schließlich leise nach einer ganzen Weile, in der man nichts gehört hatte als unsere Atemzüge. Joseph nickte, die Augen immer noch geschlossen, die Hände nach wie vor um mein Gesicht gelegt.

»Ich bin kein Held, weißt du«, murmelte er schließlich, »Am liebsten würde ich wegrennen. Ich bin nicht mal halb so mutig wie du und wenn es dich nicht geben würde, dann hätte ich nicht mal ein Viertel von den anständigen Dingen getan, die ich in den letzten zwei Jahren gemacht habe« Er öffnete die Augen und ich spürte, wie mein Herz den gewohnten Sprung machte, als er mich so anblickte, mit diesem Blick, der mir gehörte, der für mich bestimmt war.

»Du bist einfach in mein bequemes Leben geplatzt, dieses süße, mutige Mädchen mit der zu großen Klappe…« Ich musste unwillkürlich kichern, aber sein Blick blieb ernst, »Und du hast alles verändert. Glaubst du, ich hätte früher jemals mit dem Gedanken gespielt, mich gegen Cecile aufzulehnen? Nicht im Traum wäre mir das eingefallen«

»Hör auf« Verlegen über diese Liebeserklärung vergrub ich mein Gesicht an seiner Schulter und er schlang die Arme fester um mich.

»Ich tue das alles nur für dich, Baby. Vergiss das nicht... Und wir werden Fux retten. Selbst wenn ich dann nicht der Held sein kann…«

Er küsste meine Schläfe.

»Du wirst mit Sicherheit eine Heldin sein«

19

Als Victor Stunden später wieder kam, trug er einige Kleiderbeutel über dem Arm und warf sie auf unser Bett.

»Ich musste in die nächste größere Stadt fahren, um was zu finden. Ich hoffe, es passt«

»Du hast mir High Heels mitgebracht?« Entsetzt hatte ich den Schuhkarton geöffnet und musterte mit fassungsloser Miene die Absätze der schwarzen Peeptoes, die Victor für mich mitgebracht hatte.

»Du sollst in der Menge nicht auffallen«, erwiderte er.

»Ich werde definitiv auffallen, wenn ich in diesen Schuhen umknicke und mir die Knöchel breche«

»Na Gott sei Dank verheilt das notfalls sofort wieder«, antwortete Victor bissig und ich zog eine Grimasse, während ich die Schuhe vorsichtig zur Seite schob und in den Kleiderbeutel mit dem Kleid lugte, das ebenfalls für mich bestimmt war.

Victor wandte sich an Joseph.

»Wir brechen um ein Uhr auf. Macht euch zurecht« Er drückte ihm einen weiteren Kleiderbeutel in die Hand und eine kleinere Tasche mit zwei Masken, dann sah er zu mir, schien noch etwas sagen zu wollen, aber schüttelte dann den Kopf und verließ unser Zimmer.

Ich stand vor dem Badezimmerspiegel und starrte mein Spiegelbild kopfschüttelnd an. Ein wenig dankbar war ich dafür, dass es ein Maskenball war, denn ich bezweifelte, dass ich mit Make Up etwas gegen meine Augenringe und die immer noch roten Augen hätte tun können.

Das knielange, dunkelrote Kleid hingegen saß perfekt und ich kam mir weitaus weniger eingeengt vor, als ich erwartet hatte. Es hatte einen sehr schlichten Schnitt, oben enger und von der Taille ab auslaufend. Auch die Schuhe waren nicht ganz so furchtbar, wie ich erwartet hatte. Meine Haare hatte ich mehr schlecht als recht mit einigen Klammern hochgesteckt und zu guter Letzt zog ich mir die schwarze Maske über die Augen.

Es hätte deutlich schlimmer kommen können mit dieser Verkleidung, dachte ich und verließ dann das Badezimmer. Joseph wartete schon auf mich und unwillkürlich hielt ich die Luft an, als ich ihn erblickte.

Er trug einen schwarzen Anzug, darunter ein dunkelgraues Hemd und keine Krawatte oder Fliege. Seine Haare, die immer noch länger waren als früher, hatte er mit etwas Gel nach hinten gebändigt und die ebenfalls schwarze Maske, die identisch mit meiner war, gab ihm ein sehr mysteriöses Aussehen. Ich konnte mich nicht erinnern, dass ich ihn jemals so attraktiv gefunden hatte.

Auch seine Augen blieben an mir hängen und ich spürte, wie ich rot wurde, als sich seine Lippen zu einem sexy leichten Lächeln verzogen und er auf mich zutrat. Ich wusste vor Verlegenheit gar nicht, wo ich hinsehen sollte.

»Hallo schöne Frau«, raunte er, hob mein Kinn mit einer Hand an und hauchte mir einen zarten Kuss auf die Lippen.

»Hallo schöner Mann«, erwiderte ich und kicherte

verlegen, während ich an seinem Hemdkragen zupfte, »Du siehst ziemlich heiß aus«

»Das kann ich nur zurückgeben. Wollen wir diesen blöden Ball ausfallen lassen und uns stattdessen hier vergnügen?« Ich spürte sein Grinsen an meiner Haut, als er mir diese Worte ins Ohr flüsterte und danach sanft einen Kuss auf meine Halsbeuge drückte. Ich seufzte leise auf.

»Es wäre zu schön, wenn wir das könnten«, murmelte ich und damit löste sich die verführerische Stimmung auf. Joseph seufzte ebenfalls und hob den Kopf.

»Ja. Das wäre es«, erwiderte er leise, zog mich kurz zu sich heran, um mich auf die Stirn zu küssen, und verschränkte dann seine Finger mit meinen.

»Komm. Es wird Zeit«

Ich spürte, wie Panik in mir aufstieg. Es war Zeit. Und wir hatten keinen wirklichen Plan. Es konnte so viel schief gehen. Ich konnte so viel verlieren. Ich könnte sterben. Oder schlimmer… ich sah mit trockener Kehle zu Joseph auf… er könnte sterben.

Joseph bemerkte meinen Blick und kummervoll erwiderte er ihn. Wir wussten beide, wie das hier enden könnte.

»Falls…« Ich räusperte mich, »Falls uns da irgendetwas passiert…«

»Baby, nicht«, sagte er sanft, aber ich schüttelte den Kopf.

»Nein, bitte. Wir wissen beide, dass das gut möglich ist und ich will nicht, dass dann irgendwas nicht oft genug gesagt wurde. Dass ich irgendwas bereuen werde«

Ich spürte, wie Josephs Finger den Ring berührten, den er mir vor einer gefühlten Ewigkeit geschenkt hatte, der Ring, den ich immer, trotz Zweifel getragen hatte. Ich holte tief Luft, obwohl ich es ihm schon gefühlt tausendmal gesagt hatte, war es jetzt das wichtigste Mal.

»Ich liebe dich, Joseph O'Mordha. Und egal, wie das ausgeht, ich bereue keine Sekunde, dass ich dich in mein Leben gelassen habe«

Dank der High Heels musste ich mich mal ausnahmsweise nicht auf die Zehenspitzen stellen, um ihn zu küssen und er schlang die Arme um meine Hüfte, um mich enger zu sich zu ziehen.

Wir wurden von der Tür unterbrochen, die sich öffnete und Victor, der sich geräuschvoll räusperte.

»Kann es losgehen?«, fragte er harsch und wieder spürte ich, wie die Panik von mir Besitz ergriff.

Nein verdammt, ich war noch nicht bereit, ich musste noch so viel sagen, aber als ich zu Joseph hoch blickte, fiel mir kein weiteres Wort mehr ein und so nickte ich nur und er nickte ebenfalls, wobei er jedoch mich ansah und nicht Victor und ich wusste, dass er genau so viel Angst hatte wie ich.

Auch Victor hatte sich in Schale geworfen und ich stellte unwillkürlich und leicht verärgert fest, dass zwischen uns doch eine ziemlich große Ähnlichkeit herrschte. Seine Haare hatten an der Stirn genau den gleichen Wirbel wie meine, was es fast unmöglich machte, sie zu bändigen und er neigte ebenfalls dazu, bei Nervosität auf der Lippe zu kauen. Auch seine Augen blitzten in dem gleichen dunklen Grün wie meine hinter der Maske hervor und ich sah die Entschlossenheit in seinem Blick. Er wirkte sehr viel zuversichtlicher als Joseph und ich.

Er hat ja auch weitaus weniger zu verlieren, wisperte eine boshafte kleine Stimme in meinem Kopf und ich fühlte mich sofort schlecht bei dem Gedanken. Victor hatte schon mehr als genug verloren.

Joseph drückte meine Hand kurz und fest, als hätte er

meine dunklen Gedanken gespürt und ich erwiderte seinen Händedruck sofort. Wir tauschten einen kurzen grimmigen Blick und ich straffte unwillkürlich meine Schultern. Wir konnten es jetzt nicht mehr ändern. Und es ging immerhin um weitaus mehr, als nur Cecile zu töten.

Wir nahmen diesmal nicht den Seitenweg, sondern schritten auf das Hauptportal des Schlosses zu. Der Weg war mit Fackeln beleuchtet und vor uns gingen einige Leute, das meiste Pärchen, in schönen Kleidern und alle mit einer Maske vor den Augen. Ich sah in vielen Augen freudige Erwartung auf den Abend und plötzlich erfasste mich eine neue Angst, die Angst, dass Unschuldige womöglich heute Abend zu Schaden kommen könnten. Ich verlangsamte meine Schritte unwillkürlich und Joseph hielt ebenfalls inne.

»Komm, Baby. Cecile wird kein Aufsehen erregen wollen. Es wird alles gut gehen. Niemand von den Leuten hier wird etwas mitbekommen«, murmelte er und wie immer war ich überrascht davon, wie gut er meine Gedanken erraten konnte. Beruhigen tat er mich damit jedoch nicht.

»Hier sind so viele. Wie sollen wir sie da finden? Und vor allem, wie sollen wir Fux finden?«, sagte ich leise und sah mich hilflos um. Hinter uns ging eine Gruppe von vier jungen Frauen, die kicherten und offenbar versuchten, die Aufmerksamkeit von Victor auf sich zu ziehen, der einige Meter vor uns ging und sich nun umgedreht hatte.

Joseph umfasste meine Hand fester und zog mich weiter. Umkehren könnten wir sowieso nicht mehr.

Wir betraten den Schlosshof mit einer Gruppe anderer Leute, die allesamt bewundernd raunten. Tatsächlich vergas sogar ich für einen Moment meine Sorgen und sah mich entzückt im Hof um, der in der Nacht vorher noch so schlicht gewirkt hatten. Nun hingen überall alte Lampen, in

denen Kerzen brannten, der Duft von frischen Blumen hing
in der Luft und von irgendwoher, wahrscheinlich aus einem
versteckten Lautsprecher, klang fröhliche Musik. Ich fühlte
mich tatsächlich in eine andere Zeit versetzt und unter
anderen Umständen hätte ich so ein Fest sogar genießen
können.

Joseph bot mir lächelnd seinen Arm an und ich hakte
mich bei ihm unter.

Wir folgten der Menschenmenge hinein in den inneren
Teil des Schlosses, wo sich die verschiedenen Gänge und
Zimmer abzweigten. Einige Räume waren gesperrt, aber
andere wiederum waren öffentlich zugänglich und wenig
später fanden Joseph und ich uns in etwas wieder, was wohl
mal ein Esszimmer gewesen war und wo sich eine
Menschenmenge vor einer Art Podium versammelt hatte,
auf der ein älterer Herr stand, ganz im Anzug und mit einer
spektakulären blauen Maske mit Pfauenfedern. Die längeren,
grauen Haare waren zu einem Pferdeschwanz gebunden
und er lächelte freundlich in die Menge hinein, bis ihm von
der Seite ein Mikrofon gereicht wurde und es augenblicklich
still im Saal wurde.

»Willkommen, liebe Gäste! Willkommen zu diesem Fest,
das heute zum ersten und wahrscheinlich leider auch zum
letzten Mal in diesem Schloss stattfinden wird. Wir freuen
uns, dass ihr alle so zahlreich unseren Einladungen gefolgt
seid, vor allem über die, die von weit her angereist sind. Ich
möchte euch auch nicht mit viel Gerede aufhalten. Erkundet
diese Schlossmauern und genießt die Nacht. Im Schlosshof
wird getanzt und gefeiert, habt eine Menge Spaß und
vergesst nicht, um drei Uhr euch auf der Loggia oder dem
Schlosshof für das Feuerwerk einzufinden!«

Die Leute begannen zu applaudieren und ich sah mich
aufmerksam um, ob mir jemand bekannt vorkam, aber da

teilte sich die Menge schon auf und verstreute sich im Schloss. Joseph und ich blieben ein paar Sekunden stehen, dann beugte er sich zu mir herunter und raunte mir zu:
»Wir sollten in Bewegung bleiben und nicht herum stehen. Lass uns zum Schlosshof zurück. Vielleicht finden wir unterwegs jemanden, den wir kennen. Sam sollte ja zum Beispiel nicht zu übersehen sein«

Ich nickte zustimmend. Gemeinsam gingen wir zurück in die Richtung, aus der wir gekommen waren, wobei ich zeitgleich nach Victor, den wir irgendwie in der Menge verloren hatten, und Fux Ausschau hielt.

Obwohl es kalt war im Schlosshof, waren erstaunlich viele Leute zurückgegangen und versammelten sich in kleinen Grüppchen, während die Musik langsam lauter wurde und die erste Paare anfingen zu tanzen.

Ich stupste Joseph an und deutete mit dem Kinn zu dem Brunnen. Er folgte meinen Blick.

Der Brunnen war abgedeckt mit mehreren Holzbrettern. Ich sah Joseph mit hochgezogenen Augenbrauen an, aber er zuckte nur leicht mit den Schultern.

»Das ist sicher nur, damit nicht einige betrunkene Idioten da später hinein stürzen«, raunte er mir zu und umfasste meinen Ellbogen, um mich weiter in die Mitte zu führen.

»Meinst du?« Skeptisch sah ich über meine Schulter zu dem Brunnen, an dessen Rand ein junger Mann lehnte. Vielleicht hatte er ja Recht.

»Ich bin mir da ziemlich sicher« Joseph lächelte schief, legte einen Arm um meine Hüfte und zog mich an sich. Jetzt erst bemerkte ich, dass wir inmitten der tanzenden Paare standen.

»Was…was wird das denn?«, fragte ich auf einmal mit trockenem Mund.

»Wonach sieht es denn aus?«

»Ich kann nicht tanzen«

»Doch, kannst du. Ich kann es nämlich«

»Okay, sagen wir es anders. Ich WILL nicht tanzen. Ich hasse tanzen«

Ich sträubte mich ein wenig gegen seinen festen Griff um meine Taille, doch Joseph grinste nur und zog mich noch enger zu sich, so dass ich unwillkürlich die Arme um seinen Hals legte.

»Bitte Baby, gönne mir den Spaß«, schmeichelte er und ließ seine Hand mein Rückgrat entlang streicheln, so dass ich unwillkürlich leise aufseufzte, dann aus Prinzip die Augen verdrehte und mich an ihn schmiegte.

»Okay. Aber nur ein Tanz. Und ich hoffe, ich trete dir dabei so oft wie möglich auf die Füße«

»Das wird nicht passieren« Er lachte leise und dann begannen wir zu tanzen und natürlich trat ich ihm gleich beim ersten Schritt auf den Fuß.

»Hab es ja gesagt«, frohlockte ich, als er theatralisch schmerzerfüllt das Gesicht verzog, dann grinste er wieder und sagte: »Du denkst dabei zu viel«

»Ja, ich denke, dass ich tanzen nicht mag«

»Aber du magst mich«

»Falsch. Ich liebe dich«

»Ebenfalls. Und deshalb tue mir den Gefallen und lass mir an diesem schrecklichen Abend wenigstens einen schönen Moment« Er küsste meine Stirn und begann wieder mich zu führen und diesmal klappte es seltsamerweise. Ich kam mir zwar immer noch ungelenk und tapsig vor, aber ich bohrte ihm immerhin nicht mehr meine Absätze in die Füße und so entspannte ich mich irgendwann sogar so weit, dass ich meinen Kopf mit einem leisen Seufzer auf seine Schulter lehnte und die Augen schloss.

Das war gar nicht mal so übel. Eigentlich war es sogar ziemlich schön. Es erinnerte mich an die Zeiten, in denen unser Leben noch nicht komplett erfüllt war von einer grausamen Vampirschlampe, die mordend durch die Gegend zog und jeden massakrierte, der mir nahe stand. Es erinnerte mich an Zeiten, in denen Joseph noch nicht voller Narben und mit diesen gebrochenen Augen vor mir stand. Um ehrlich zu sein begann ich mir zu wünschen, wir könnten für immer so weiter tanzen, sein Atem langsam und gleichmäßig an meinem Ohr, seine Hand auf meiner Taille, die andere hielt meine Hand…

Dass dieser Frieden nur eine kurzzeitige Illusion war, wurde uns beiden bewusst, als mich plötzlich jemand hart am Arm packte und zurückzog. Ich schnellte herum, bereit, diesen Jemand die Kehle herauszureißen, aber tatsächlich war es Victor, der über meinen Kopf hinweg sah und nur ein Wort hervor presste: »Fux«

Ich fuhr herum und sah gerade noch einen roten, wuscheligen Haarschopf in einem der Gänge verschwinden. Mein Verstand setzte aus. Bevor mich einer der beiden Männer aufhalten konnte, schoss ich ihr hinterher.

20

Ich rannte so schnell es diese verfluchten High Heels zuließen und als ich den Gang erreichte, in dem die Gestalt mit den flammend roten Haaren verschwunden war, trat ich mir die Schuhe schließlich fluchend von den Füßen und stürmte barfuß weiter den Gang entlang.

Eine kleine Stimme in meinem Hinterkopf, die sich tatsächlich genau wie Fux anhörte, ermahnte mich, wie dumm ich gerade handelte, dass ich wahrscheinlich geradewegs in eine Falle lief, eine andere Stimme, die wiederum genau wie ich klang, wenn ich mit jemanden am Streiten war, brüllte gegen an: »Das ist mir scheißegal! Es ist Fux! Ich werde jeden in Stücke reißen, der mich davon abhalten will, sie zu retten!«

Der Lärm der Party wurde langsam leiser, je tiefer ich in das alte Gemäuer eindrang und irgendwann blieb ich stehen, zitternd vor Kälte mit eiskalten Füßen und lauschte in die Dunkelheit.

Hinter mir waren eindeutig Schritte zu hören und ich drehte mich auf den Absatz um, nur um Joseph und Victor zu erblicken, die mir hinterher gekommen waren. Beide sahen unglaublich wütend aus, aber bevor auch nur einer von ihnen etwas sagen konnte, schnitt ich ihnen das Wort ab: »Ich hab sie aus den Augen verloren. Vielleicht sollten wir uns auftei…«

»Wenn du jetzt tatsächlich *aufteilen* sagen willst, dann zweifle ich ernsthaft daran, dass so viel Dummheit meine Tochter sein soll«, knurrte Victor.

»Glaub mir, ich könnte mir schlimmeres vorstellen«, fauchte ich zurück und natürlich war es wieder mal Joseph, der dazwischen ging und uns an den Ernst der Lage erinnerte – wobei ich den sowieso nicht vergessen könnte. Mir war immer noch ganz übel von dem Adrenalin, der Angst um Fux und der Wut darüber, dass ich sie nicht eingeholt hatte.

»Wir sollten zurückgehen Hier ist sonst niemand und wir könnten leicht…« Er stockte und kniff die Augen zusammen und ich drehte mich rasch um, nur um die kleine Gestalt zu sehen, die gerade durch eine Tür huschte in einem dunkelblauen Kleid und mit feuerroten Haaren.

»FUX!«

Wieder wollte ich Hals über Kopf losstürzen, aber diesmal waren die beiden Männer schneller. Joseph packte mich und riss mich zurück, Victor baute sich vor mir auf und versperrte mir die Sicht.

»Halt den Mund jetzt, Vic. Ich muss genau hinhören können«, knurrte er mich an und atemlos blieb ich still, hielt sogar die Luft an, während Victor angestrengt in die Stille um uns herum lauschte und auch Joseph und ich horchten.

Entfernt und gedämpft war der Lärm der Feier zu hören, vereinzelt wurden Schritte abwechselnd lauter und wieder leiser, über uns und unter uns, aber auf dem Gang, wo wir uns befanden, war es menschenleer. Dachte ich zumindest. Deswegen zuckte ich auch kurz zusammen, als Victor schließlich mit sanfter Stimme sagte: »Guten Abend, Sam«

Einige Türen weiter schob sich eine bärenhafte Gestalt

hervor und trat in den Gang hinein.

»Meine Hochachtung. Dein Gehör ist sagenhaft«, sagte Sam mit dunkler Stimme.

»Jahrelange Übung. Und du atmest ziemlich schwer. Ein Wunder, dass die anderen beiden dich nicht gehört haben«

»Ich schätze mal, Vic hat ihr Gehör auf andere Dinge konzentriert« Sam nickte zu mir herüber und mir entging der leicht kummervolle Blick dabei nicht, den ich jedoch nur finster erwiderte. Dass er Cedric im Stich gelassen hatte, würde ich ihm nie verzeihen.

»Wo ist Fux?«, herrschte ich ihn also an. Er antwortete nicht, schwieg beharrlich und vermied es sorgfältig, mir in die Augen zu blicken. Ich spürte ein grollendes Knurren in meiner Kehle hinauf steigen und ballte die Fäuste.

»Wenn ihr irgendwas passiert ist…«

»Sie ist am Leben«

»Wo ist sie?«

»Du hast sie doch gesehen, oder nicht?«

Also stimmte es. Ich spürte, wie ich unwillkürlich die Fersen in den Boden stemmte, um nicht sofort loszustürmen. Joseph packte meinen Arm noch ein wenig fester. Als ob mich das aufgehalten hätte.

»Wieso läuft sie vor uns weg?«, fragte Victor und irritiert sah ich ihn an. An diese Frage hatte ich nicht gedacht. Warum sollte Fux vor uns wegrennen?

»Sie hat Angst. Sie weiß nicht, wo sie ist. Sie…sie hat gesehen, wie Cedric gestorben ist«

Diesmal taten Josephs Finger weh, so fest bohrte er sie in meinen Arm, als könnte er meine Gedanken lesen. Ich knirschte mit den Zähnen, so sehr musste ich mich zusammen reißen, um nichts Unüberlegtes zu tun, nicht meinen Instinkten nachzugeben.

»Bring mich zu ihr«, herrschte ich Sam an. Er hob den Kopf und blickte mich das erste Mal direkt an, wenn auch nur für ein, zwei Sekunden.

»Das…«

»Wenn du auch nur noch einen Funken Anstand hast, das bisschen, was Cecile dir noch nicht ausgesaugt hat, dann bringst du mich zu meiner besten Freundin und zwar sofort!«

»Vic…«, begann Joseph, aber ich unterbrach ihn unwirsch.

»Nein, halt die Klappe«

Und er hielt die Klappe. Lockerte langsam den Griff um meinen Arm und ich vermied es, ihn anzugucken. Das brauchte ich auch gar nicht. Ich spürte den vertrauten, besorgten Blick auch so auf meiner Haut. Vorsichtig schob ich meine Hand in seine und dann blickte ich Sam auffordernd an.

Dieser hob kurz die Schultern und ließ sie dann mit einer resignierenden Geste wieder sinken.

»Komm mit«, murmelte er.

Und ich folgte ihm, den Gang entlang, zu der Tür, in der Fux verschwunden war und mein Atem ging schneller vor Aufregung, während ich meine Schritte unwillkürlich beschleunigte und Joseph mich an der Hand zurück zog, damit ich an seiner Seite blieb. Aber ich war so ungeduldig. Ich wollte zu Fux und zwar am besten gestern als jetzt.

Sam blieb vor genau der Tür stehen, durch die Fux verschwunden war und warf mir noch einen kurzen Blick zu, bevor er sie öffnete. Ich vergaß jegliche Vorsicht.

Ohne auf die anderen zu warten drängte ich mich an Sam vorbei in den Raum.

Es war dunkel und stickig. Bis auf einige Regale mit staubigen Büchern war der Raum leer und trotzdem musste ich einen kleinen Jubelschrei unterdrücken, als ich Fux erblickte, die mit dem Rücken zu mir stand, am Fensterrahmen gelehnt und offenbar nach draußen starrte.

Sie drehte sich nicht um, als wir eintraten, erst ich, dann folgten mir Joseph und Sam. Die Arme um den Oberkörper geschlungen schaute sie aus dem Fenster, die Beine fast entspannt überkreuzt, nur in dem dünnen, dunkelblauen Kleid. Sie trug keine Maske und ihre Haare waren wild und unbändig wie immer. Es dauerte erschreckend lange, bis mir klar wurde, dass etwas nicht stimmte.

Vielleicht war es ihre viel zu entspannte Körperhaltung. Vielleicht war es die Tatsache, dass Sam leise die Tür hinter uns ins Schloss fallen ließ. Vielleicht lag es auch daran, dass ich einen Schritt auf sie zumachte und mich fragte, warum sie mir so fremd vorkam.

Und doch brauchte es Joseph, der mich zurück zerrte, der mit angsterfüllter Stimme »Vic, halt« flüsterte, der mich in seine Arme riss, bis in meinem Kopf langsam dämmerte, dass es nicht Fux war, die vor mir stand.

Sie war zu groß. Die Sommersprossen auf den Schultern und auf den Armen fehlten. Und als sie nun leicht den Kopf neigte, war das Profil das Falsche.

Ich fuhr wutentbrannt herum.

»Du widerlicher, abartiger, verräterischer…« Mir fiel kein Schimpfwort ein, das schlimm genug war, meine Abscheu vor Sam zum Ausdruck zu bringen, der an der Tür lehnte und nun erst bemerkte ich, dass sich hinter uns noch zwei weitere Gestalten in den Raum gestohlen hatten. Ich hätte es wissen müssen.

Cecile sah atemberaubend schön aus. Das lange, schwarze Kleid, das sie trug, schmiegte sich eng an ihre perfekte Figur, die langen dunklen Haare waren zu kunstvollen

Hochsteckfrisur geformt und umrahmten ihr Gesicht mit einer beiläufigen Eleganz. Die silberne Maske funkelte bei jedem Lichteinfall und das Lächeln, das auf ihren Lippen lauerte, war fast so glücklich wie das eines kleinen Mädchens zu Weihnachten.

»Das war fast ein bisschen zu einfach«, frohlockte sie und stellte sich auf die Zehenspitzen, um Sam einen Kuss auf die Wange zu hauchen, »Gut gemacht, Liebling. Du kannst jetzt runter gehen, ich komme rechtzeitig zum Feuerwerk hinterher«

Sam zögerte einen Moment, dann schlug er die Augen nieder und murmelte: »Mach es schnell, okay?«

Cecile antwortete nicht darauf, schenkte ihm nur ein letztes Lächeln und Sam schob sich aus der Tür. Jetzt erst richtete sich mein Blick auf die zweite Gestalt, die halb im Dunkeln verborgen blieb und ich keuchte auf.

»Nein…«, hauchte ich entsetzt und machte einen Schritt auf sie zu, aber sie drängte sich enger an die Wand und starrte mit weit aufgerissenen Augen zwischen mir und Cecile hin und her, die offenbar ganz gelassen war und neugierig darauf zu warten schien, dass ich etwas tat.

Aber ich war zu schockiert von dem Anblick meiner besten Freundin, die mich so angsterfüllt ansah und leise wimmerte, dass mein Herz brach.

Ich wusste nicht mal, was mir am meisten wehtat. Der Anblick der unzähligen Narben auf ihren Armen. Die eingefallenen Wangen und die verstörend stumpfen Augen, in denen kein Funken Leben mehr war, nur Angst. Oder doch die Tatsache, dass alles, was von ihren Haaren übrig war, vereinzelte stoppelige Stellen auf dem Kopf war. Ich wollte so gerne zu ihr rennen, sie in die Arme nehmen, sie retten vor dem, was ihr angetan wurde, aber ich blieb wie angewurzelt stehen und konnte nur spüren, wie sich meine Augen langsam mit Tränen füllten.

»Was hast du getan?«, flüsterte Joseph hinter mir und das unterschwellige Grollen aus seiner Kehle war nicht zu überhören.

Das Lächeln von Cecile wurde eiskalt.

»Ihr solltet dankbar sein, dass ich sie am Leben gelassen habe«

Mir fiel nichts ein, was ich darauf antworten konnte. Der Drang, Fux beschützend in meine Arme zu ziehen, wuchs mit jeder Sekunde, aber ich bezweifelte, dass sie mich überhaupt richtig wahrnahm.

Ceciles Lächeln wurde wieder wärmer und sie blickte an uns vorbei. Ich hatte ganz vergessen, dass sich noch jemand im Raum befand.

»Du kannst auch gehen, Evelyn«

Joseph und ich drehten uns beide um zu der jungen Frau, die am Fenster gestanden hatte und sich als Fux ausgegeben hatte. Inzwischen hatte sie die Perücke abgenommen und mein Magen drehte sich um, als mir klar wurde, dass diese aus Fux' echten Haaren bestand.

Auch sie mied es, uns direkt anzusehen und sie schob sich an uns vorbei aus der Tür hinaus. Ich folgte ihr mit dem Blick und sah dann zu Joseph, dessen Augen zu meiner Überraschung kalt und voller Enttäuschung war.

»Lass mich raten, du hättest sie getötet, wenn sie nicht mitgespielt hätte?«, knurrte er und in meinem Hinterkopf begann bei dem Namen Evelyn eine kleine Glocke zu klingeln.

»Sie hat mich verraten. Mich und ihre Familie«

»Ihr seid keine Familie. Ihr seid nur ein Haufen krankhafter Vampire, die sich einen Krieg verschrieben haben, der nichts mit ihnen zu tun hat«

Ceciles Lächeln verblasste und plötzlich wusste ich, woher ich den Namen kannte. Evelyn, so hieß auch die Frau, die Joseph in England zur Flucht verholfen hatte. Das arme Ding. Kein Wunder, dass sie Angst hatte, uns anzusehen.

»Vielleicht hättest du sie nicht raus schicken sollen. Jetzt sind wir beide nämlich in der Überzahl. Und du weißt, dass du schon gegen Vic alleine keine Chance hättest«

»Du glaubst, ich bin alleine? Das ist niedlich, Joseph, wirklich niedlich« Mit einem leisen Lachen strich sie sich eine Haarlocke hinter das Ohr, »Abgesehen davon, dass draußen einige Männer auf mich warten…ist euch nichts aufgefallen auf dieser Feier? Wirklich gar nichts, was euch komisch vorkommt? Was als Vampir auf jeder Massenveranstaltung eigentlich allgegenwärtig ist?«

Ich spürte, wie sämtliche Farbe aus meinem Gesicht schwand, als mir klar wurde, was sie meinte. Und auch Joseph stöhnte leise auf.

»Kein Herzschlag«, flüsterte er.

»Kluger Junge«, säuselte Cecile frohlockend.

Kein einziger Gast auf dieser Party hatte einen Herzschlag gehabt. Wir waren inmitten von hunderten Anhängern von Cecile gefangen.

Langsame, lähmende Panik machte sich in meinem Körper breit. Ich wünschte, ich könnte behaupten, ich wäre zu irgendwelchen Heldentaten bereit gewesen. Ich hätte wieder diesen Drang gehabt, loszustürmen, Fux unter meinen Arm zu klemmen, Cecile das Gesicht zu zerkratzen und mit Joseph an der Hand über die Schlossmauer zu springen. Aber stattdessen konnte ich mich nicht rühren, während in mir die Erkenntnis durchsickerte, dass wir verloren waren. Cecile hatte gewonnen.

Aber noch während die Panik von mir Besitz ergriff, geschahen mehrere Dinge innerhalb von wenigen Sekunden. Fux zuckte leicht und richtete sich urplötzlich auf, den Blick plötzlich geschärft und aufmerksam, der Körper angespannt wie eine Feder, bereit davon zu schnellen.

Draußen vor der Tür schien es einen Tumult zu geben, Männerstimmen wurden laut und jemand schrie auf. Cecile drehte sich stirnrunzelnd um.

»Was…?«

Ihr wurde das Wort von einer gewaltigen Explosion abgeschnitten.

21

Joseph riss mich herunter und schnellte zeitgleich vorwärts, um Fux aus der Gefahrenzone zu bringen. Ich duckte mich neben ein Bücherregal, das von der Explosion erbebte und eine Bücher fielen auf mich herab. Beißender Rauch und der Geruch nach Schwefel füllte den Raum und ließ meine Augen tränen. Blinzelnd richtete ich mich auf und spürte, wie jemand meinen Arm umfasste.

»Komm, schnell!«, rief eine Stimme über den Lärm hinweg. Instinktiv gehorchte ich, folgte der vertrauten Stimme, sah mich um und erblickte Joseph, der Fux hochgehoben hatte und uns folgte, während um uns herum Männer und Frauen schrien und umher rannten.

Durch den Qualm erkannte ich nun Victor, der rußverschmiert war und einen grimmigen, triumphierenden Gesichtsausdruck hatte, während er mich durch die Menge zog.

»Hab ich sie erwischt?«, fragte er und sah über meinen Kopf hinweg zu Joseph, der inzwischen mit uns gleichauf war.

»Ich glaube nicht«, erwiderte er. Auch auf seiner Wange waren Streifen von Ruß und Dreck und Victor fluchte laut. Er hatte inzwischen meinen Arm losgelassen, so dass ich

mehr Bewegungsfreiheit hatte und nicht nur neben ihm her
stolperte. Im Laufen drehte ich mich zu Joseph um.

»Ist sie okay?«, stieß ich hervor. Fux hatte das Gesicht an
seiner Schulter versteckt und bewegte sich keinen Millimeter.
Joseph antwortete auch nicht auf die Frage, sondern
scheuchte mich nur weiter vorwärts. Hinter uns verstummte
das panische Geschrei langsam und stattdessen wurden
scharfe Befehle gerufen.

»Wir gehen raus auf den Hof und versuchen, in der
Menge unterzutauchen und durch den Geheimgang nach
draußen zu kommen!«, rief Victor uns zu. Wir nickten nur
keuchend und stolperten weiter voran, immer wieder einen
Blick zurück werfend. Schritte wurden immer lauter und
Victor beschleunigte seinen Lauf, sodass auch wir einen
Zahn zulegen mussten.

Draußen vor den Fenstern blitzte und blinkte es. Ich
dachte erst an weitere Explosionen, aber dann sah ich den
Funkenschauer des Feuerwerks und hörte das Lachen und
das »Oooooh!« der Menge draußen.

Dann durchbrachen wir die Tür nach draußen und kalte,
klare Luft schlug uns entgegen. Ich atmete einen Moment
tief durch und blinzelte gegen die hellen Lichtfunken an, die
über den Himmel tanzten. Hier draußen schien niemand
etwas von dem Tumult drinnen mitbekommen zu haben
und ich griff nach Josephs Arm, um ihn in der Menge nicht
zu verlieren, durch die wir uns nun schoben. Wir hatten
unser Tempo gedrosselt, um möglichst wenig
Aufmerksamkeit auf uns zu ziehen, was alleine durch Fux
auf Josephs Arm schwierig war. Jetzt im Licht sah ich erst,
wie dreckig sie war, als hätte sie wochenlang in einem
Kerker gesessen. Und war es möglich, in zwei Tagen so viel
an Gewicht zu verlieren?

Ich musste mich zusammen reißen, um nicht die Hand nach ihr auszustrecken und sie zu schütteln, um ein Lebenszeichen zu bekommen. Sie hatte sich den ganzen Weg nicht bewegt, versteckte das Gesicht bei Joseph und schien stocksteif in dieser Haltung verharren zu wollen.

Victor hatte sich bereits vorgedrängt und wir hatten ihn aus den Augen verloren, aber wir wussten, wo wir hinwollten. Jedenfalls bis Victor plötzlich wieder vor uns auftauchte und sein Gesichtsausdruck nichts Gutes verhieß.

»Die Tür ist versperrt und wird bewacht«, zischte er und fuhr sich mit beiden Händen durch die Haare. Seine Maske hatte er unterwegs abgenommen und blickte sich nun suchend um, als suche er nach einem weiteren Fluchtweg. Immer noch hatte uns anscheinend niemand bemerkt, die Leute waren viel zu beschäftigt damit, das Feuerwerk zu bewundern. Ich zupfte an Josephs Arm.

»Der Brunnen«, raunte ich und er folgte meinem Blick. Dort, wo der Brunnen stand, war nur eine kleine Menge und wir konnten uns vielleicht dort unten erst mal in Sicherheit bringen.

Joseph nickte mir zu und auch Victor schien mit dem Plan einverstanden zu sein, denn er schob sich bereits durch die Leute hindurch. Wir folgten ihm und ich wähnte uns bereits in Sicherheit, sah, wie Victor mit Leichtigkeit mehrere der Bretter vom Brunnen herunter riss und die Beine über den Rand schwang, drehte mich zu Joseph und Fux um, die hinter mir waren und dann blieb ich stocksteif stehen.

Joseph war ebenfalls erstarrt und bis auf das Feuerwerk, das immer noch am Himmel explodierte, senkte sich auf einmal eine unheimliche Stille über den Innenhof der Burg. Und alle Gestalten, die dort versammelten waren, hatten sich uns zugewandt.

Ich starrte auf hunderte maskierte Gesichter und sie starrten zurück, leblos und kalt und ich wusste, keiner von denen würde eine Sekunde zögern, mich in Stücke zu reißen, sobald sie den Befehl dazu bekamen.

Ich machte zwei kleine Schritte in Richtung Joseph und er tat das Gleiche, bis wir nebeneinander standen. Langsam ließ er Fux hinunter, die zu meiner Überraschung sich nicht sträubte und auf ihren eigenen Beinen stehen bleib. Ich umfasste sofort ihre Taille, um sie zu stützen und bemerkte, dass sie mich ebenfalls ansah.

»Hey«, flüsterte ich leise.

Sie musste sich erst räuspern und ihre Stimme klang furchtbar kratzig, als sie antwortete: »Hi«

»O Gott, bin ich froh, dass du lebst«

Ihre Augen wurden wässrig und sie flüsterte leise: »Cedric?«

Mein Herz zog sich zusammen und ich wusste nicht, was ich erwidern sollte, also zog ich sie nur näher zu mir. Mit der anderen, freien Hand tastete ich nach Josephs, um meine Finger mit seinen zu verschränken. Dann spürte ich eine weitere Hand auf meiner Schulter und drehte Victor den Kopf zu.

Wir hatten verloren. Diesmal konnte uns nichts mehr retten.

Was hatte ich auch erwartet? Der Plan war so schlecht durchdacht und ungeplant gewesen, dass es ja nicht anders enden konnte. Beinahe hoffte ich, dass die Masse an Vampiren, die uns zugewandt waren, endlich angreifen und mit uns kurzen Prozess machen würden. Denn mir graute vor dem, was Cecile vorhatte.

Eben diese war gerade oben auf der Loggia erschienen und sah mit einem triumphierenden Lächeln auf uns herab, wie eine Königin, die nur noch den Daumen senken musste, um uns ihren Bestien den Fraß vorzuwerfen. Hinter ihr erschien Sam, der deutlich mitgenommen aussah. Anscheinend hatte Victor ihn bei seiner Befreiungsaktion ziemlich übel erwischt.

Mit einer eleganten Geste schwang Cecile die Beine über die Brüstung der Loggia und sprang hinunter in den Hof, landete leicht wie eine Feder und richtete sich auf, strich mit einer Hand beiläufig ihre Frisur zurecht und kam dann auf uns zu, langsam und gelassen, ein Raubtier, dass sich seiner Beute sicher war.

Und wir konnten nichts tun. Ich wartete auf die vertraute Welle der Angst, aber es passierte nichts. Ich blieb ruhig, unheimlich ruhig, denn ich wusste, es würde diesmal kein Wunder geschehen. Kein Verbündeter würde auftauchen und uns das Leben retten. Und so ganz ohne die Hoffnung auf Rettung, so ließ sich das Unvermeidliche doch leichter ertragen.

Ich starrte Cecile entgegen und dann dachte ich an meine Mum. Und an Ced. Und an Noah. Selbst an Colin, Emelie, Jeff dachte ich. All die Leute, die wegen mir ihr Leben gelassen hatten.

Josephs Griff um meine Hand verstärkte sich und ich merkte, wie ich auch unwillkürlich Fux fester an mich gezogen hatte. Ich hoffte, Cecile würde wenigstens sie nicht quälen.

Sie blieb direkt vor uns stehen, ein wunderschöner Racheengel und in ihren Augen leuchtete der Triumph.

»Endlich«, flüsterte sie.

Ich reckte das Kinn ein Stück, war mir bewusst, wie klein und unscheinbar ich wirken musste im Gegensatz zu ihr, aber ich wollte ihr meine Resignation nicht zeigen. Sie sollte nicht wissen, dass ich mich mit dem Gedanken an den Tod nun angefreundet hatte. Ich war bereit, so viel wie möglich von ihr mit in den Tod zu nehmen.

»Du hast lange gebraucht«, knurrte ich leise, so dass nur meine Mitstreiter und sie mich hören konnten.

»Naja, genau genommen…habe ich dich bereits getötet«

»Du hast mich verwandelt und stärker gemacht. Und du hast eine ganze Armee nötig, weil du mich alleine nicht besiegen könntest«

Ihr Lächeln verschwand, als ich die letzten Worte laut und klar und deutlich aussprach, so dass jeder sie hören konnte. Ihre Augen blitzen wütend hinter der silbernen Maske auf.

»Es gibt Momente, da sollte man lernen, die Klappe zu halten, Vicky, damit kann man viele schlimme Sachen verhindern«, zischte sie.

»Was soll ich jetzt noch verhindern können?« Ich bleckte die Zähne, richtete mein Blickfeld auf sie und spürte, wie meine Reißzähne sich durch meinen Kiefer drängten, »Jetzt komm schon, Cecile, zeig es ihnen. Bring es zu Ende. Oder hast du so große Angst, dass ich noch ein Ass im Ärmel haben könnte, dass du die Drecksarbeit lieber jemand anderen machen lassen willst?«

»NEIN!« Sie stieß das Wort wie einen Fluch hervor und ich ließ Fux los, stemmte die Beine in den Boden, betete, dass wenigstens einer von den drei (Ich zählte auf Victor) genug Verstand hatte, um die Ablenkung zu nutzen, aber mit einer Sache hatte ich nicht gerechnet. Mit Joseph.

»WAG ES NICHT, SIE ANZURÜHREN!«, brüllte er und bevor ich reagieren konnte, riss er mich hinter sich. Als nächstes gellte ein Laut über den Platz, ein Schrei, ein Schmerzensschrei, nicht menschlich und beinahe hätte ich

die Hände hochgerissen und mir die Ohren zugehalten, aber
da waren auf einmal Victors Hände um meine Oberarme,
der mich festhielt und ich fragte mich, warum, wusste nicht
wieso, bis ich langsam verstand, was vor mir passiert war.

Joseph stand immer noch aufrecht vor mir und ich konnte
Ceciles Gesicht über seine Schulter hinweg sehen, wunderte
mich über den Schrecken, das Entsetzen in ihren Augen.

Und dann taumelte Joseph rückwärts. Einen Schritt. Zwei
Schritte, bevor er schließlich in die Knie sank und langsam
zur Seite kippte.

Und ich sah das, was Cecile in ihrer Hand hielt, sah auf
Joseph hinunter und dann hallte ein Laut über den Platz, fast
noch schlimmer als der Schrei vorher und es dauerte eine
Weile, bis mir klar wurde, dass es meine Stimme war.

»Nein, nein nein nein NEIN!« Ich wiederholte das Wort
mit schriller Stimme, als könnte es ungeschehen machen,
was gerade passiert war, als konnte es das Loch schließen,
das in Josephs Brust klaffte. Victor hatte keine Chance, als
ich mich aus seinem Griff wandte und mich neben Joseph
auf die Knie fallen ließ.

»O Gott, nein, nein, o Gott bitte, nein. Bitte. Ich liebe dich.
Ich liebe dich. Joseph, nein, bitte…«, wimmerte ich und
presste die Hand auf dieses Loch, dieses furchtbare Loch, wo
sein Herz gewesen war und suchte in seinen Augen nach
einem Lebensfunken, aber da war nichts. Er blickte stumpf
und leer hinauf in den Nachthimmel und in seinen Pupillen
spiegelten sich die letzten Funken des untergehenden
Feuerwerks.

Es war totenstill um mich herum. Das Entsetzen hatte den
ganzen Platz erfüllt. Niemand rührte sich, während ich
stumm Josephs Körper sanft hin und her wiegte und ihm
leise zuflüsterte: »Ich liebe dich. Immer. Hörst du? Immer«

Ich wiederholte es so oft, bis meine Stimme nur noch ein Wispern in der Nachtluft war und dann legte ich vorsichtig die Hand über sein Gesicht, schloss seine Augen, bettete seinen Kopf sanft auf den Boden und erhob mich.

Ich hatte nicht geweint. Nicht eine einzige Träne. Mein Körper war wie ferngesteuert, als ich mich langsam Cecile zuwandte, die immer noch wie angewurzelt da stand, das Herz, das mir gehörte, in der Hand und in deren Augen nun eines zu sehen war: Angst. Todesangst.

»Vic…bitte…«, stieß sie hervor und stolperte einen Schritt rückwärts.

Irgendwann hatte ich einmal gelesen, dass das Gehirn noch dreizehn Sekunden weiter funktionierte, nachdem ein Kopf von einem Körper abgetrennt wurde. Ich hatte das immer für eine ziemlich schreckliche Vorstellung gehalten. Aber als ich nun da stand und Ceciles Körper vor mir zu Boden sackte, während ich ihren Kopf an den schwarzen Haaren in den Händen hielt und das blanke Entsetzen für immer auf ihr Gesicht gebrannt war, da hoffte ich, dass diese Behauptung stimmte.

All das, was danach geschah, wusste ich nicht mehr. Ich wusste nur das, was Fux und Victor mir später erzählten.

22

»Das hättest du nicht tun dürfen«

Obwohl Vics Worte nur geflüstert waren, hallten sie über den gesamten Platz. Sie sprach zu Ceciles Kopf in ihrer Hand mit einer ernsten, eiskalten Miene, während um sie herum langsam ein Summen laut wurde, als wäre ein Bienenschwarm losgelassen worden, aber es war hauptsächlich das entsetzte Keuchen, die Laute der restlichen Vampire, die zusahen, wie Vic langsam Ceciles Kopf sinken ließ und ihn schließlich auf ihren Körper fallen ließ. Als sie den Kopf hob, wichen alle mit einem Aufschrei zurück und sogar Fux und Victor stolperten rückwärts.

Jeder von ihnen hatte schon gehört, wie man als Vampir als Monster bezeichnet wurde. Und oft hatten sie es abgestritten, hatten in ihren Reißzähnen und den dunklen Augen sogar eine gewisse Attraktivität gefunden. Doch das Gesicht, das sie nun vor sich sahen, ließ selbst den blutrünstigsten, grausamsten Vampir unter ihnen vor Angst schreien.

Ein Knurren drang über ihre Lippen, mehr denn je wie ein Raubtier. Das junge, hübsche Gesicht war verzerrt und von roten und lila Adern durchzogen. Die Zähne waren gebleckt und nicht nur die Reißzähne blitzten spitz und scharf auf, der gesamte Kiefer war durchzogen von potenziell tödlichen Mordwerkzeugen. Die Augen zeigten keinen Funken Erbarmen oder Menschlichkeit, sie waren tiefschwarz und brannten vor Mordlust.

Die ersten panischen Schreie machten sich breit und einige Vampire begannen, sich zum Ausgang zu drängen. Einige stürzten bereits, während andere noch immer wie gelähmt dastanden und auf Ceciles Leiche hinab blickten.

»Lauft« Das Wort war kaum zu verstehen. Vics Stimme war rau und kratzig und unter dem Grollen kaum zu verstehen. Nun begann sich der Kreis um sie zurück zu drängen und sie drehte sich zu Fux und Victor um.

»Ich sagte LAUFT!«

Wie immer war es Victor, der geistesgegenwärtig genug reagierte. Er packte Fux, riss sie mit sich und schubste sie auf den Brunnen zu. Sie schaffte es, sich unten in Sicherheit zu bringen. Er hingegen klammerte sich mit aller Kraft an den Brunnenrand und starrte entsetzt auf das, was sich vor ihm ereignete.

Kein Vampir war sicher. Niemand hatte eine Chance gegen das Wesen, das durch die Menge jagte und jeden tötete, den sie zu fassen bekam. Diejenigen, die ihr entkamen, stürzten hinaus aus dem Tor und jagten den Wald hinunter, nur um kurz darauf von den Sonnenstrahlen der aufgehenden Sonne erfasst zu werden. Diejenigen, die Vic zu fassen bekam, wurden in Stücke gerissen.

Und sie hörte erst auf, als keiner mehr übrig war.

Das Blut rauschte in meine Ohren, als ich keuchend auf den Knien wieder zu mir kam. Mein ganzer Körper wurde von Zitteranfällen geschüttelt und in meinem Mund hatte ich einen eigenartigen Geschmack, ähnlich wie Blut, aber dumpfer und trockener. Mein Kiefer schmerzte, als sich meine Reißzähne langsam zurück bildeten. Langsam hob ich die Hände vor mein Gesicht. Ich wusste, an ihnen sollte Blut kleben. Aber das tat es nicht. Und trotzdem stapelte sich um mich herum ein Berg aus Leichen.

Ich konnte mich nicht rühren. Mein ganzer Körper bestand aus einem einzigen Schmerz.
Hinter mir hörte ich Schritte. Schwerfällige, langsame Schritte, aber ich konnte mich nicht rühren, um mich zu wehren. Was auch immer gerade passiert war, es war vorüber und ich…ich war…ich war…

»Vic«

Die Stimme, die meinen Namen flüsterte, war nicht gefährlich. Nicht fremd. Die Schritte waren dicht neben mir verstummt, aber ich blieb, wo ich war. Kauerte auf dem Boden. Und ich wünschte, ich hätte Cecile nicht getötet. Ich wünschte, sie könnte mich töten.

Dort, wo sich mein Herz befand, war nichts als Schmerz. Es fühlte sich an, als wäre ich diejenige, der man das Herz heraus gerissen hätte.

Eine Hand umfasste meinen Arm sanft, zog mich hoch. Ich ließ es mit mir geschehen. Alles um mich herum war verschwommen. Meine Welt existierte nicht mehr. Wie sollte sie auch? Ich hatte den Mann, den ich liebte, für immer verloren.

Die Gestalt neben mir zog mich weiter, trug mich fast, während meine Füße immer wieder gegen die toten Körper um uns herum stießen. Und ich fragte mich einen Moment lang, welches Entsetzen mich mehr lähmte.

Ob es die Tatsache war, dass meine große Liebe vor meinen Augen gestorben war.

Oder ob es daran lag, dass ich ein noch viel größeres Monster war, als die Frau, die ihn getötet hatte.

»Fast geschafft, Süße, komm weiter. Wir sind gleich raus, wir müssen nur noch Fux holen« Die Worte drangen durch den dicken Nebel in meinem Kopf und ich schaffte es mühsam, den Kopf ein Stück zu heben.

Mein Vater hatte den Arm um meine Hüfte geschlungen und schleppte mich vorwärts zu dem Brunnen, wo er mich langsam losließ. Ich konnte mich nur mit Mühe auf den Beinen halten.

»Bleib hier, okay. Ich hole Fux hoch. Ist schon gut. Ich bin gleich wieder da«

Sanft strich er mir durch das wirre Haar. Ich duckte mich unter der Berührung weg. Nein, nicht anfassen.

Ich klammerte mich an den Rand des Brunnens fest, in dem er verschwunden war. Mein Blickfeld, vorher dunkel und erfüllt von verschwommenen Gestalten, wurde langsam klarer. Und je klarer es wurde, desto deutlicher sah ich das Grauen vor mir.

Ich begann wieder, unkontrolliert zu zittern und sank zu Boden.

»Hey« Victor war wieder zurück und ich erkannte auch Fux hinter ihm, die mich mit riesigen, angsterfüllten Augen ansah. Er trug nur noch das Hemd, seine Jacke hatte er ausgezogen und legte sie mir nun über die Schultern.

»Was…was hab ich getan?«, fragte ich. Meine Stimme war nur ein Krächzen, fremd und rau.

»Komm hoch. Wir müssen hier weg, bevor die Sonne aufgeht«

Er antwortete mit Absicht nicht auf meine Frage. Und ich hatte Angst vor der Antwort.

Jeder Schritt tat weh. Wir schleppten uns Zentimeter für Zentimeter in Richtung des Burgtors und ich unterdrückte bei jedem Schritt ein schmerzerfülltes Stöhnen.

Ich war nicht verletzt. Nicht körperlich. Das konnte ich sehen. An mir klebte kein Blut. Nein, die Schmerzen kamen woanders her und sie verheilten auch nicht.

Joseph. Wo war Joseph? Wir konnten doch nicht ohne ihn gehen.

Ich blieb wie angewurzelt stehen.

»Wir…können…ihn nicht hier lassen«, krächzte ich. Victor zog mich weiter.

»Es tut mir leid«, murmelte er.

»Nein, bitte, wir…«

»Das ist zu gefährlich. Die Sonne geht bald auf und bis dahin müssen wir in Sicherheit sein, sonst passiert Fux auch noch etwas. Es tut mir leid, Süße, aber wir haben keine Zeit, seine…ihn zu bestatten«

Er hatte mich vorher nie Süße genannt. Er hatte mich auch noch nie so kummervoll und besorgt angesehen. Ich sträubte mich kurz gegen seinen Griff, aber auch wenn ich sonst kräftiger war als er, jetzt hatte ich keine Chance. Ich konnte ja kaum eigenständig laufen.

Ich hatte bisher immer als Segen gesehen, dass ich immun gegen das Sonnenlicht war, das alle andere Vampire verletzen und töten konnte. Aber jetzt, jetzt verfluchte ich diesen Segen. Denn am liebsten hätte ich mich hier an Ort und Stelle zu Boden sinken lassen und wäre mit all den anderen hier verbrannt.

Victor zog mich weiter und hinter meiner Stirn pochte ein stetig zunehmender, stechender Schmerz. Mein Blickfeld, das sich bis eben noch geklärt hatte, verschwamm jetzt wieder zunehmend und eine Welle der Übelkeit überflutete mich. Ein Bummern hallte in meinen Ohren wieder, lauter, immer lauter, bis ich mir am liebsten die Hände auf die Ohren gepresst hätte.

Victor war stehen geblieben. Ich realisierte es erst nach ein paar Sekunden. Seine Augen waren groß geworden und er drehte sich langsam um.

»Hört ihr das auch?«, fragte er leise.

Was hören? Am liebsten wäre ich zu Boden gesunken und hätte geschrien, so laut war das Geräusch inzwischen. Es tat weh, alles tat weh.

Aber auch Fux war erstarrt und lauschte mit irritierter Miene.

»Ist das…?«, fing sie an und da war Victor schon losgelaufen, hatte mich einfach losgelassen und war zurück in den Burghof gerannt, den wir noch nicht ganz verlassen hatten. Und ich kauerte mich auf die Erde, schlang die Hände um meinen Kopf und war erleichtert, dass dies tatsächlich dieses wahnsinnig laute Pochen linderte, diesen Trommeln, wie von einem…

Ich riss die Augen auf.

Weil es genau das Geräusch war, was in den letzten Stunden gefehlt hatte.

»Vic!« Fux griff mir mit bleichem Gesicht unter die Arme und zog mich hoch, obwohl sie selber noch ganz kraftlos schien.

»Herzschlag. Das ist ein Herzschlag«, keuchte ich, »Wie ist das möglich?«

»Ich weiß nicht. Komm, wir gehen Victor hinterher. Kannst du laufen?«

Es fiel mir schwer, aber mit Fux' Hilfe schaffte ich es tatsächlich wieder auf die Beine und wir taumelten mehr, als wir liefen, aber etwas in mir brannte nun, kein Schmerz, kein Hass, etwas anderes…

Wir sahen Victor schon von weitem nicht weit entfernt vom Brunneneingang knien, an der Stelle, wo wir vorher gestanden hatten, da wo…wo Joseph…

Meine Schritte wurden schneller und je näher ich kam, desto mehr sah ich, hörte ich.

»Nein…mein Gott, du musst liegen bleiben…ich weiß nicht, wie…Joseph, komm schon, du bist verletzt…«

Victors Stimme klang gleichzeitig fassungslos und bemüht beruhigend und ich sah nun, wie er mit den Händen versuchte, die Gestalt am Boden ruhig zu halten, die sich offenbar versuchte aufzurichten.

»O Gott« Meine Stimme war nur ein Wispern, als ich die letzten Meter im Laufschritt überwand.

Als Joseph mich sah, schaffte er es mühsam, Victor beiseite zu schieben und sich aufzurichten. Ich stolperte ihm direkt in die Arme.

Nicht möglich. Das war bestimmt eine Halluzination. Ich hatte es doch gesehen. Ich hatte gesehen, wie er tot dagelegen hatte. Ich hatte gesehen, wie Cecile ihm das Herz aus der Brust gerissen hatte, an meiner Stelle, als er vor mich gesprungen war, um mich zu schützen.

Aber selbst wenn es eine Halluzination war, so beschloss ich, würde ich sie so lange ich konnte genießen und so schmiegte ich mich in Josephs Arme, schlang die Arme um ihn, atmete seinen Geruch ein, der Geruch nach ihm und noch nach mehr – nach Blut.

Blut?

Ich richtete mich ein wenig auf.

Sein Blick war noch etwas glasig und fiebrig, aber er blinzelte und seine Finger bewegten sich auf meiner Haut und er war so *lebendig*.

»Wie kann das sein?«, murmelte ich und strich ungläubig mit den Fingern über seine Wangen. Unter meinen Fingerspitzen pulsierte etwas und jetzt realisierte ich auch, woher das Geräusch gekommen war, das mich fast in den Wahnsinn getrieben hatte.

Sein Herz schlug. Und zwar ein Herz, das sich in seiner Brust befand, da wo vorher das grausame Loch gewesen war, aber da war jetzt kein Loch. Sein Hemd war zerrissen und auf seiner Haut entdeckte ich nun bläuliche Adern und Spuren von Blut.

Er war ein Mensch.

Wie immer war es Victor, der einen kühlen Kopf bewahrte. Während ich noch damit beschäftigt war, fasziniert die Adern auf Josephs Unterarm nachzufahren, hatte er leise Worte mit Fux getauscht und war dann verschwunden. Joseph hielt mich umfangen auf seinem Schoß fest, hatte nach wie vor kein Wort gesagt, aber küsste immer wieder sanft meine Wange, mein Kinn, streichelte mit dem Daumen über meine Unterlippe und ich erschauderte, als ich spürte, wie warm sich seine Berührungen anfühlte.

Mein eigener Schmerz war in den Hintergrund gerückt und alles, was ich sah, war er. Lebendig. So lebendig. Aber nicht unverletzt.

Ein schmerzerfülltes Stöhnen war ihm entwichen, als ich die Hand auf seinen Brustkorb gelegt hatte. Unter seinem Hemd hatten sich inzwischen dunkle Hämatome gebildet. Offenbar waren nicht alle Wunden wie durch ein Wunder verheilt.

Victor kehrte schnell zurück und zwar mit einem Auto, in das er uns einer nach den anderen verfrachtete.

Als erstes brachten wir Fux vor der aufgehenden Sonne in Sicherheit und lieferten sie in der Pension ab. Dann fuhren wir weiter nach Braşov ins Krankenhaus, wo Victor Josephs als ein Opfer einer Kneipenschlägerei eintrug und dann saßen wir eine Weile im Warteraum, während ein Arzt Joseph untersuchte.

Ich starrte auf die weißen Kacheln vor mir auf dem Boden und spürte Victors Blick auf mir ruhen. Die Stille war drückend, als beschloss ich, sie zu beenden.

„»Hast du jemals von so etwas gehört?«, fragte ich. Meine Stimme klang immer noch heiser. Victor schüttelte den Kopf.

»Nein. Noch nie«

»Es ist ein gottverdammtes Wunder«

»So scheint es« Immer noch starrte Victor mich unbehaglich an und schließlich erwiderte ich seinen Blick.

»Warum guckst du mich so an?«

»Weil ich mich frage, wie es dir geht«

Ich runzelte die Stirn.

»Okay…denke ich. Ich weiß nicht. Ich habe keine Schmerzen mehr, falls du das meinst«

Er nickte langsam, wandte den Blick aber nicht von mir.

»Vic…was da mit dir passiert…«

Ich unterbrach ihn, als der Arzt den Raum betrat und ich sofort auf die Beine sprang.

Er lächelte mir zu und fragte dann auf Englisch: »Sie sind seine Freundin, ja?«

»Ja« Ich nickte heftig.

»Passen Sie ein bisschen besser auf ihn auf in Zukunft. Es ist nichts Schlimmes, ein paar Prellungen und blaue Flecken und eine angebrochene Rippen. Nichts, was nicht wieder verheilt«

Erneut nickte ich eifrig, ich brannte darauf, dass ich zu ihm durfte und das schien der Arzt zu merken.

»Er hat schon nach Ihnen gefragt. Kommen Sie, ich bringe Sie zu ihm«

Victor folgte uns nicht und als ich das Krankenzimmer betrat, zitterten meine Knie vor Aufregung.

Joseph saß aufrecht auf dem Bett und blickte mir entgegen. Auf seine Lippen zauberte sich ein schmales Lächeln und mir blieb fast die Luft weg, so glücklich war ich, es zu sehen.

Ich blieb am Türrahmen stehen und erwiderte sein Lächeln scheu.

»Hi«, sagte ich leise.

Sein Lächeln wurde breiter.

»Hallo«, erwiderte er grinsend.

»Bist du okay?«

»Meine Rippen tun ziemlich weh«

»Du hast auch einiges abbekommen, habe ich gehört«

»Halb so schlimm, Baby«

Seine Stimme klang sanft und liebevoll und endlich, endlich nach all den Stunden, brach der Damm.

Ich war mit wenigen Schritten bei ihm, schlang die Arme um ihn und brach in Tränen aus.

Joseph zuckte kurz zusammen, aber dann umarmte er mich ebenfalls und rieb seine Nase an meiner Schläfe.

»Shhht, schon gut, Baby, schon gut. Ich bin da. Mir geht es gut. Wirklich«

»Du warst tot«, schluchzte ich, »Ich dachte, ich hätte dich für immer verloren«

»Das hast du aber nicht. Ich bin…okay, schätze ich«

Er zögerte mitten im Satz und ich hob den Kopf. Meine Hände legten sich wie automatisch auf seine Brust und ich atmete tief durch, als ich sein Herz unter meinen Fingern spürte.

»Hast du eine Idee, wie das passiert ist?«, fragte ich leise, während ich meine Hand dort ließ, wo sie war.

»Ich habe eine Vermutung. Vielleicht sollten wir mal mit Marius reden, wenn wir die Gelegenheit bekommen«

»Wovon redest du?«

»Dein Blut, Vic. Erinnerst du dich? Ich habe davon probiert und es ist nichts passiert und dann bin ich gestorben und wache als Mensch wieder auf. Marius erzählte, dass Cecile sich umgebracht hat und sie war trotzdem noch am Leben, als Vampir. Vielleicht muss man sein eines Leben erst beenden, um mit dem Blut ein neues Leben beginnen zu können«

Ich nickte langsam. Das machte irgendwie Sinn.

Joseph betrachtete mich aufmerksam.

»Und du?«, fragte er dann sanft.

»Mh?«

»Wie geht's dir?«

Über diese Frage musste ich kurz nachdenken und meine Antwort war dementsprechend zögernd.

»Ich…weiß es nicht. Ich habe Erinnerungslücken. Ich weiß nur, dass…«

Ich schluckte und wieder brannten Tränen in meinen
Augen, »...Ich habe etwas Schreckliches getan«

24

Joseph bekam einige Schmerzmittel mit und dann durften wir ihn wieder mit uns nehmen. Inzwischen war es hell draußen und Joseph blieb wie angewurzelt stehen, als er das Sonnenlicht durch die Tür sah.

In seinem Blick schwankte es zwischen Furcht und Glückseligkeit und er brauchte ein paar Minuten, um den Schritt ins Tageslicht zu wagen. Ich beobachtete ihn dabei, wie er zögernd das Gesicht der Sonne zuwandte und dann die Augen schloss.

Die Luft war zwar kalt und noch feucht vom Morgentau, aber die Sonnenstrahlen waren hell und warm und nach einer Weile begann Joseph zu lächeln.

»Wow. Das ist der Wahnsinn«, murmelte er genießerisch und blinzelte mich durch die Wimpern hindurch an. Ich lächelte schief und griff nach seiner Hand.

»Komm«

Nur widerwillig ließ er sich mit zum Auto ziehen, erst Victors leicht spöttisches »Joseph, du wirst den Rest deines Lebens die Sonne anstarren können« ließ ihn einsteigen. Ich rutschte zu ihm auf die Rückbank und lehnte meinen Kopf an seine Schulter.

Wie beruhigend doch das Geräusch eines Herzschlags

sein konnte.

Ich schloss die Augen und sank langsam, begleitet von seinem Herzschlag, in den Schlaf.

Schreie. Überall Schreie und Gebrüll. Woher kamen die Schreie? Ich sah mich hilflos um und klammerte mich an dem Hügel fest, den ich langsam empor kletterte. Vielleicht würde ich es von dort oben sehen. Vielleicht würde es dann aufhören. Oben auf dem Berg war etwas, eine Gestalt, die auf mich wartete. Ich zog mich mit allerletzter Kraft hoch und rappelte mich auf.

Die Gestalt war eine Frau, eine Frau, die ich kannte, eine schöne Frau, aber noch während ich sie anstarrte, neigte sich ihr Kopf zur Seite und dann fiel er von ihrer Schulter und ich schrie auf, denn ich sah, worauf ich stand, woraus der Berg bestand, Körper, Körper, die schrien…

Ich war es, die schrie.

Ein schrilles, hysterisches Kreischen drang aus meiner Kehle und ich schlug um mich, als Arme nach mir griffen.

»Nein nein nein nein, nicht!«, stieß ich schrill hervor und stieß den Körper von mir weg, der versuchte mich festzuhalten.

»VIC! VERDAMMT, HÖR AUF!« Die Stimme war laut und panisch und mein Kopf wurde zur Seite geschleudert, als mir etwas ins Gesicht schlug, aber ich hörte nicht auf, mich zu wehren, sie würden mich auch umbringen, sie würden sich rächen und mich töten…

»Sie hat einen hysterischen Anfall. Bleib weg von ihr, Joseph!«

Hände umfassten mich und drückten mich zu Boden. Ich schnappte nach Luft, wehrte mich verzweifelt, aber die Schmerzen waren wieder da. Mein Körper begann zu streiken und schluchzend versuchte ich, mich zusammen zu rollen.

Jemand griff in meine Haare, strich sie mir aus der Stirn, während die Stimme begann, leise auf mich einzureden, beruhigende Worte, aber ich konnte mich nicht beruhigen.

Was hatte ich nur getan?

Endlich konnte ich die Augen öffnen und starrte durch einen Tränenschleier hindurch in Victors blasses Gesicht.

»Ich…ich bin ein Monster…«, stieß ich hervor und rang nach Luft.

Er sollte mir widersprechen. Er war mein Vater, er musste es abstreiten, mich beruhigen. Aber er tat es nicht. Stattdessen erkannte ich Angst in seinen Augen.

Ich ließ mich nicht mehr von Joseph berühren. Er rutschte zwar augenblicklich zu mir herüber, als Victor schließlich entschied, dass wir weiterfahren sollten, aber ich schob ihn abwehrend weg.

»Nicht«, murmelte ich nur und wandte den Kopf ab, sah hinaus aus dem Fenster.

Nein, er durfte mich nicht anfassen. Wer weiß, was passieren würde, wenn er mir zu nahe kam.

Wir kamen an der Pension an und Fux stürmte aus dem Zimmer, sobald sie unsere Schritte im Flur hörten.

Sie sah besser aus. Offenbar hatte sie eine Dusche genommen und sich ein paar von meinen Klamotten geliehen, die ihr ein wenig zu weit waren.

Ich huschte an ihr vorbei in Victors Zimmer und verschloss die Tür hinter mir.

Noch an diesem Abend flogen wir zurück nach Los

Angeles. Der Pilot hatte offenbar die ganze Zeit auf uns gewartet, denn das Flugzeug war innerhalb weniger Stunden bereit zum Abheben.

Ich setzte mich auf einen der freien Plätze ganz nach hinten, weit weg von den anderen. Joseph sah zu mir und machte Anstalten, zu mir zu kommen, aber ich warf ihm einen warnenden Blick zu.

Nein. Nicht herkommen. Zu gefährlich.

Er nahm es hin.

Der Flug war lange und ungemütlich. Nach einiger Zeit erstarben die Gespräche in den Reihen vor mir. Fux glitt als erste in den Schlaf und rollte sich auf zwei Sitzen zusammen. Dann sah ich von hinten, wie Josephs Kopf langsam zur Seite glitt und hörte seinen Atem regelmäßig werden. Nur Victor blieb wach und sah mit wachsamem Blick zu mir herüber.

»Keine Sorge, ich habe nicht vor zu schlafen. Du brauchst mich nicht zu observieren«, sagte ich schließlich leise. Ein freudloses Lächeln huschte über sein Gesicht.

»Oh, sieh an. Sie kann sprechen«

»Deinen Zynismus kannst du dir sonst wo hinstecken«, erwiderte ich bissig.

Victor erhob sich und kam auf meinen Platz zu. Ich spürte, wie sich meine Kehle zuschnürte.

Nein, bleib weg!

Er ließ sich in der Reihe neben mir am Fensterplatz nieder.

»Willst du darüber reden?«, fragte er.

Ich stieß ein leises, freudloses Lachen aus.

»Worüber? Darüber, was ich getan habe? Dazu müsste ich mich daran erinnern, oder?«

»Nun, offenbar weißt du sehr gut, was du gemacht hast«

»Ich weiß, dass ich unschuldige Leute abgeschlachtet habe«

In meinem Mund bildete sich ein bitterer Geschmack und ich wandte mich rasch ab.

»Du hast rot gesehen, Vic. Du warst in einem Schockzustand«

»Das soll eine Entschuldigung dafür sein?«

»Nein, aber vielleicht eine Erklärung«

Victor hatte sich mir zugewandt. Ich zuckte mit den Schultern.

»Die Erklärung ist einfach. Offenbar bin ich noch ein schlimmeres Monster als Cecile. Es hatte wohl schon seine Gründe, warum sie mich tot sehen wollte«

»Vic…«

»Tue doch nicht so! Ich habe deinen Blick gesehen danach und auch im Auto. Du hast eine Scheißangst vor mir, oder?«

Er presste die Lippen zusammen, als hätte ich voll ins Schwarze getroffen und ich nickte bestätigend.

»Na also. Also versuchen wir besser nicht, das hier schönzureden«

Und mit bitterer Miene wandte ich mich wieder dem Fenster zu.

Wir machten eine Zwischenlandung, um zu tanken, sobald wir den Atlantik überquert hatten, dann ging es weiter nach Los Angeles. Ich blieb die ganze Zeit über allein.

Joseph hatte leise mit Fux geredet. Ich hatte gehört, wie sie angefangen hatte zu weinen, wie der Name »Cedric« gefallen war, mehr als einmal, ebenso wie »Noah« und auch mein Name. Ab da hatte ich versucht wegzuhören.

In Los Angeles angekommen war es bereits dunkel. Eine ungewohnte Hitze schlug mir entgegen, war es in Rumänien doch nicht gerade angenehm gewesen. Ich rollte die Ärmel des Pullovers hoch, den ich angezogen hatte und beanspruchte den Vordersitz des Taxis für mich.

Wir fuhren nicht zu Josephs Apartment, sondern ein Stückchen aus der Stadt raus, bis wir an einem kleinen Haus ankamen, das fast ein wenig baufällig wirkte.

Victor bezahlte den Taxifahrer und ich stieg als erste aus. Die Hände in den Taschen des Pullovers vergraben, starrte ich an der Hauswand hoch und zuckte dann zusammen, als jemand meine Hand berührte. Rasch ließ ich den Ärmel des Pullovers darüber gleiten.

»Passt irgendwie zu ihm, mh?«, sagte Joseph mit einem schiefen Lächeln und nickte zu dem Haus herüber. Ich zuckte mit den Schultern.

»Ich wusste nicht mal, dass er eines hier in Los Angeles hat«

»Ich glaube, das gehört ihm auch erst seit kurzem«

Ich spürte seinen Blick auf mir brennen und schnell wandte ich mich ab, um meine Tasche zu holen.

Im Haus war es tatsächlich so, wie es von außen aussah. Im Winter würde es mit Sicherheit ungemütlich werden können, aber jetzt waren die fehlenden Dachgiebel und die Luft, die durch die Hauswand drang, nicht unangenehm.

Victor zeigte uns den Weg in die Zimmer im Obergeschoss und ich schlüpfte sofort in eines der leeren Zimmer und schloss die Tür hinter mir, wohl wissend, dass Josephs Blick irritiert und enttäuscht auf mir brannte.

Und in diesem Zimmer blieb ich die nächsten Tage. Nun, zumindest waren es erst nur Tage. Tage, an denen hin und wieder einer von meinen drei Mitstreitern an die Tür klopfte

und mit mir reden wollte. Tage, in denen mir gedroht wurde,
die Tür aufzubrechen, wenn ich nicht freiwillig öffnete
(»Nur weil ich jetzt ein Mensch bin, heißt das nicht, dass ich
eine morsche Tür nicht zu Kleinholz treten kann, Vic!«), Tage,
an denen meine beste Freundin auf der anderen Seite der
Tür kauerte und weinte und mich anflehte, ihr zu öffnen.
Tage, die zu einer Woche wurden. Dann zu zwei. Dann zu
drei.

Fux ging als erstes. Eines Tages hörte ich ihre Schritte vor
meiner Tür und ich machte mich schon auf eine erneute
Diskussion gefasst, aber alles, was ich hörte, war ein leises
Schaben und dann sah ich, wie ein Zettel unter der Tür
hindurch geschoben wurde und sich die Schritte entfernten.

Ich wandte meinen Blick ab und sah wieder aus dem
Fenster. Der Zettel blieb dort liegen.

Er lag auch noch da, als Joseph es schaffte, mich zwei
Tage später an der Tür abzufangen, als ich mich ins Bad
schleichen wollte. Ich hatte ihn nicht gehört und das
erschreckte mich kurz. Offenbar waren meine Sinne in der
Zeit der Isolation abgestumpft.

Seine grünen Augen sahen mich an, als wäre jemand
gestorben und ich wich unwillkürlich in mein Zimmer
zurück.

»Hast du mir aufgelauert?«, fragte ich dann bissig und er
zuckte mit den Schultern.

»Ich habe darauf spekuliert, dass du irgendwann mal
heraus kommen musst«

Ich schwieg. Starrte auf meine Fußspitzen und kratzte mit
ihnen ein unsichtbares Muster in den Boden.

Auch Joseph schwieg einen Moment, so dass ich
überlegte, wieder in mein Versteck zu kriechen.

»Victor hat mir erzählt, was in Bran passiert ist«, sagte er dann.

»Ach ja?«

»Ja«

»Dann verstehst du ja jetzt, warum ich keinen von euch sehen will«

»Nein, um ehrlich zu sein verstehe ich das ganz und gar nicht«

Er machte einen Schritt auf mich zu. Ich machte einen rückwärts.

»Baby, bitte«, flüsterte er gequält.

Ich konnte ihn nicht ansehen.

»Bitte, wir alle haben viel durchgemacht. Mir geht es auch nicht gut. Fux erst recht nicht« Sein Blick fiel auf den Zettel, auf den ich gerade getreten war, »Du hast nicht mal gelesen, was sie geschrieben hat?«

Stumm schüttelte ich den Kopf. Ich brauchte es nicht zu lesen. Ich kannte die Gründe.

Joseph schloss einen Moment die Augen und rieb sich mit dem Handrücken über die Stirn.

»Ich denke darüber nach, nach New York zu gehen. Zurück nach Hause. Ein bisschen Zeit noch mit meiner Mutter verbringen, solange ich noch kann«, sagte er dann. Ich fixierte weiter meine Schuhe.

»Du könntest mitkommen. Vielleicht fällt es dir leichter, damit…also, wenn du dir vielleicht Hilfe suchst…«

»Ich brauche keine Hilfe«, erwiderte ich leise. Mir könnte niemand helfen. Wieder machte Joseph Anstalten nach meiner Hand zu greifen, aber ich zog sie erneut zurück. Verzweifelt fuhr er sich durch die Haare.

»Verdammt, Vic…du kannst dich doch nicht dein ganzes Leben hier jetzt vor allem und jedem verkriechen. Ich bitte dich…lass mich…Baby, bitte guck mich wenigstens an«

Ich starrte weiter auf den Boden. Als er weiter sprach, hörte ich das Brechen seiner Stimme und wusste, dass seine Augen sich mit Tränen füllten.

»Fux ist schon gegangen. Sie hat es nicht mehr ertragen. Willst du, dass ich auch gehe?«

Ich schwieg.

»Scheiße nochmal, Vic, sag was! Irgendwas! Bitte!«

Ich schwieg. Schwieg, als er mich anstarrte, die Hände zu Fäusten geballt und Tränen, die zu Boden fielen.

Schwieg, als er leise flüsterte »Fuck, ich kann das nicht mehr…«

Und ich schwieg auch, als er ging

25

Die Tage wurden kürzer und ich begann, mein Zimmer zu verlassen.

Es lag nicht daran, dass es mir besser ging. Eher das Gegenteil war der Fall.

Ich mied Schlaf, denn wenn ich aufwachte, war meistens irgendwas zu Bruch gegangen und die Matratze, auf der ich schlief, war mit Blutspuren übersät, die von den Wunden stammten, die ich mir im Schlaf selber zufügte.

Ich ging nicht hinaus, um Blut zu mir zu nehmen, auch wenn meine Kehle sich mit jeden Tag trockener anfühlte und ein brennender Durst, der nicht zu löschen war, in mir brannte.

Victor ließ mich in Ruhe. Er sprach kaum mit mir und wenn, dann nur, um mich daran zu erinnern, mich nicht zu Tode zu hungern.

Als ob das einen Unterschied machen würde.

Einmal erzählte er mir von Fux, die offenbar beschlossen hatte, ihren High School Abschluss nachzuholen und sich in Therapie befand. Sie lebte momentan in Josephs altem Apartment.

Ich zuckte mit den Schultern und kämpfte die aufkeimende Sehnsucht nieder. Aber es war eine

Erleichterung zu hören, dass es ihr besser ging.

Wir waren ziemlich genau vier Monate wieder zurück, als Victor sich schließlich doch entschloss, das Schweigen zu brechen.

Ohne um Erlaubnis zu bitten öffnete er die Tür meines Zimmers und warf mir einen Rucksack zu.

»Pack ein paar Sachen. Wir machen einen Ausflug«, sagte er.

»Nein«, murmelte ich, den Kopf in das Kissen vergraben. In letzter Zeit war ich ständig müde und selbst wenn ich keinen Schlaf fand, lag ich doch die meiste Zeit auf der Matratze und starrte Löcher in die Decke oder den Boden.

»Das war keine Frage«

»Die Antwort bleibt Nein«

Victor kam auf mich zu, kniete sich neben mir nieder und kniff die Augen zusammen.

»Weißt du, eine gute Sache hat deine Selbstgeißelung. Ich wette, inzwischen kann ich dich einfach über die Schulter werfen und du wirst nichts dagegen tun können«

Ich richtete mich ein Stuck auf und blitzte ihn an.

»Das wagst du nicht«

Und ob er es wagte.

Mit Leichtigkeit hatte er mich hochgehoben und tatsächlich wie einen Sack über die Schulter geworfen. Ich fluchte und wehrte mich aus Leibeskräften, aber Victor hatte Recht: Ich hatte nicht die Kraft, mich gegen ihn zu wehren. Ich bestand ohnehin nur noch aus Haut und Knochen und als er mich schließlich am Auto absetzte, beließ ich es dabei, ihn wütend anzufunkeln und mich trotzig auf den Beifahrersitz fallen zu lassen, wild entschlossen, kein Wort mit ihm zu wechseln.

Diesen Vorsatz hielt ich genau fünf Minuten durch.

Nachdem Victor losgefahren war, starrte ich erst demonstrativ aus dem Fenster, aber dann siegte meine Neugierde.

»Wo fahren wir hin?«, wollte ich wissen.

»Verrate ich noch nicht«

»Falls du vorhast, mich bei einem Psychologen einzuweisen oder…«

»Oder dich zu Fux oder Joseph zu bringen? Die beiden Menschen, die dich mehr lieben als alles andere in der Welt und die du fallen gelassen hast, als sie dich am meisten gebraucht haben?«

Mit einer Ohrfeige hätte er nicht weniger angerichtet als mit diesen Worten. Ich starrte ihn fassungslos von der Seite an.

»Halt an. Ich will aussteigen«, sagte ich dann kalt.

»Nein«

»Schön« Ich griff nach dem Türgriff, aber ein Klicken verriet mir, dass Victor vom Fahrersitz aus die Türen abgeschlossen hatte. Wütend presste ich die Lippen zusammen und rüttelte an dem Griff. Aber nicht mal dafür reichte meine Kraft noch aus. Victor warf mir einen spöttischen Blick zu.

»Wir fahren zu keinem von beiden. Und auch nicht zu irgendwelchen Psychologen, obwohl du das wahrlich gebrauchen könntest«

Ich ignorierte den Seitenhieb und beschloss, die „Schweigend aus dem Fenster starren" – Strategie wieder aufzunehmen.

Victor beließ es dabei und wir verließen die Stadt. Die Fahrt dauerte knapp zwei Stunden, in denen wir immer am Meer entlang fuhren, bis wir zu einer Abbiegung kamen, die auf einen kleineren Weg führte. Hier begannen sich Pinienbäume aneinander zu reihen und das warme Licht der Herbstsonne schimmerte durch die Bäume hindurch. Es war ein wunderschöner Tag, noch nicht ganz Herbst, aber auch kein Sommer mehr.

Victor hielt an einem Zaun und schaltete den Motor ab. Ich beschloss, mein Schweigen zu beenden.

»Willst du dich meiner Erbarmen und mich im Wald verscharren?«, fragte ich, als ich aus der Beifahrertür kletterte.

»Schön zu hören, dass du immerhin deinen Galgenhumor nicht verloren hast«, erwiderte er trocken, »Aber so verlockend die Versuchung auch ist, nein. Das habe ich nicht vor. Ich will dir was zeigen«

Er öffnete ein kleines Tor und bedeutete mir, einzutreten. Ich seufzte auf und folgte seiner stummen Bitte. Sorgfältig verschloss er das Tor hinter uns und dann stampften wir schweigend über den weichen Waldboden.

Es dauerte ein paar Meter, bis ich begriff, wo wir waren.

Um uns herum waren überall Grabsteine, alte, neuere, welche, die mit Moos überwuchert waren, andere, die sehr gepflegt aussahen. Statuen von Engeln. Kreuze.

»Ein Friedhof? Du bringst mich auf einen Friedhof?« Ich konnte es nicht verhindern, dass meine Stimme verächtlich klang.

»Deine Mum hat Friedhöfe geliebt, weißt du das? Sie fand es friedlich hier und gleichzeitig sagte sie, hat es ihr manchmal eine Gänsehaut verschafft, die Gräber zu begutachten und die Inschriften zu lesen«

Ein Stich durchfuhr mein Herz bei dem Gedanken an Mum und ich presste die Lippen zusammen.

»Schön. Ich bin aber nicht Mum«

»Nein. Aber ich dachte, es würde dich interessieren, wo sie begraben ist«

Ich blieb stehen, ungläubig darüber was er gesagt hatte. Aber er setzte seinen Weg weiter fort, drehte sich nicht mal um, als er fragte: »Kommst du?«

Meine Füße trugen mich ihm wie automatisiert hinterher, obwohl sich ein flaues Gefühl in meinem Magen bildete.

Ich hatte ihn nie gefragt, wo er sie bestattet hatte. Ich wusste, dass er sich darum gekümmert hatte, nachdem sie gestorben war, aber der Gedanke war mir nie gekommen, an ihr Grab zu gehen und jetzt, wo mir das bewusst wurde, packte mich das schlechte Gewissen und ich folgte Victor mit gesenktem Kopf.

Er war schon einige Meter voraus und blieb nun an einer Stelle stehen, wo er auf mich wartete.

Der Grabstein war schlicht und abgerundet. Noch war er sehr sauber und umringt von einigen Stiefmütterchen und Veilchen. Ich kam neben Victor zum Stehen und starrte auf das Grab.

Es war keine Inschrift in dem Stein, nur zwei Sterne waren eingraviert. Kein Datum. Kein Name.

Für ein paar Minuten standen wir einfach nur schweigend nebeneinander.

»Hat sie dir jemals erzählt, wie ich sie kennengelernt habe?«, fragte Victor dann leise.

»Ja« Ich konnte ein Lächeln nicht unterdrücken bei der Erinnerung. Es war kurz nachdem ich erfahren hatte, wer sie war, »Du sollst ein ziemlicher Aufreißer gewesen sein«

»Ach, so schlimm war ich gar nicht. Ich habe nur versucht, sie eifersüchtig zu machen« Auch über seine Lippen huschte ein Lächeln, viel sanfter als sonst und eine Traurigkeit legte sich über sein Gesicht.

»Cat war das mit Abstand beste, was mir je passiert ist. Und sie zurück zu lassen…mit dir…naja, das war nicht einfach. Ich habe gedacht, ich kann sie so beschützen. Wenn ich euch von all dem fernhalte«

»Das hat ganz hervorragend geklappt« Kaum waren diese sarkastischen Worte heraus, biss ich mir auf die Lippe. Das war gemein.

»Entschuldige bitte«, murmelte ich.

»Schon okay. Es war ja auch dumm. Rückblickend betrachtet hätte ich wohl besser auf euch aufgepasst. Dann hätte ich…naja…ich hätte viel mehr Zeit gehabt. Mit euch beiden. Vielleicht wäre ich dann auch ein besserer Vater für dich«

»Du bist wirklich ein ziemlich mieser Vater«

»Ich weiß«

Er schenkte mir ein schiefes Grinsen.

»Und ich schätze mal, du bist nicht mit mir hergekommen, um in Erinnerungen zu schwelgen?«

Sein Lächeln verblasste.

»Nein. Das bin ich nicht« Victors Miene wurde ernst und er musterte mich, »Was ich dir sagen will: Du hast ein langes Leben vor dir. Ein sehr langes. Möchtest du es wirklich damit verbringen, in einem Loch zu hocken und die Menschen von dir zu stoßen, die dich so sehr lieben, wie es Fux und Joseph tun?«

Meine Brust schnürte sich zusammen, dort wo mein Herz lag. Es tat weh, an die beiden zu denken. Ich schloss für einen kurzen Augenblick die Augen und versuchte, den Schmerz wegzuatmen. Als Victor mit seiner Hand vorsichtig meine Schulter berührte, öffnete ich sie wieder.

»Wovor hast du Angst?«, fragte er mit ungewohnt sanfter Stimme.

»Ist das nicht klar?«, fragte ich zurück, verärgert
feststellend, dass mir die Tränen die Wangen hinunter
rollten.

Du bist ganz schön weinerlich geworden, weißt du das?

O Gott, Joseph. Wie sehr er mir fehlte.

»Ich habe Angst vor dem, was ich bin. Ich habe Angst
davor, dass mir noch einmal so etwas passiert und ich nicht
in der Lage bin, einen von ihnen zu beschützen. Ich habe
Angst davor, irgendwann wieder aufzuwachen und das
erste, was ich sehe ist…seine Leiche…oder die von
Fux…oder deine…«

Ich kniff die Augen zusammen, versuchte mich zu
konzentrieren, die Schluchzer zu unterdrücken.

»Ich bin ein Monster. Schlimmer noch. Ich bin eine Gefahr
für alle um mich herum. Ich wache auf und ich sehe, was um
mich herum passiert ist. Cecile habe ich immer verurteilt
und gehasst und dann sehe ich, was das alles in mir
ausgelöst hat, warum sie mich töten wollte. Sie muss es
gewusst haben, was in mir lauert. DAS macht mir Angst.
Und zwar so sehr, dass…« Hier brach ich ab.

»Dass du lieber alleine bleibst und dich langsam zu Tode
hungerst, bevor du auf die Idee kommst, dass man dir
vielleicht helfen könnte«

Immer noch war Victors Stimme sanfter als gewohnt, aber
der unterschwellige Spott war wieder da. Ich blickte ihn
wütend durch meinen Tränenschleier an.

»Ich sagte doch schon, ich werde nicht zu einem
Psychologen gehen. Mal davon abgesehen, welcher
Psychologe würde einen Vampir behandeln?«

»Ich meine auch keinen Psychologen. Obwohl es da
tatsächlich ein paar Spezialisten gibt« Ein verschmitztes
Grinsen huschte über sein Gesicht und ich kniff forschend

die Augen zusammen.

»Wovon redest du?«

»Tja Vic, hättest du mal Fux' Abschiedsbrief gelesen« Und mit diesen Worten reichte er mir den schmutzigen, zusammengefalteten Zettel, der tagelang auf dem Boden vor meiner Tür gelegen hatte.

Ich schluckte und nahm ihn entgegen, mit zitternden Fingern. Fast wollte ich mich wieder sträuben, mich weigern, die Vorwürfe meiner besten Freundin zu lesen, aber nun war ich schon so weit, nun war ich schon hier und so faltete ich den Zettel langsam auseinander und las langsam Wort für Wort. Und noch einmal. Und noch einmal.

Nach dem vierten Mal schließlich hob ich ungläubig den Kopf.

»Ist das ihr Ernst?«, stieß ich hervor.

Victor nickte zufrieden.

»Ihr absoluter Ernst. Meiner übrigens auch«

»Aber…«

»Ruf ihn an, Vic. Du hast doch nichts zu verlieren, oder?«

Noch einmal senkte ich den Kopf und las die Zeilen, schüttelte dann kurz den Kopf und blickte auf und etwas in mir begann zu glühen, stärker als Angst, stärker als Wut, stärker als der Hass auf mich selbst und die Welt.

Victor grinste nun breit und knuffte mir leicht gegen die Schulter.

»Das ist mein Mädchen. Ich glaube, es wird Zeit, dass du dir deinen Liebsten zurückholst«

Ich stieß ein leises Lachen aus und war selber überrascht von dem Geräusch. Ich hatte es ewig nicht von mir gehört.

»Ja. Das mache ich« Dabei wedelte ich mit dem Zettel, »Aber vorher habe ich noch was zu erledigen«

26

Vicky,

du wirst nicht mit mir reden, das habe ich inzwischen kapiert. Du redest mit niemand. Nicht mal mit Joseph. Eigentlich habe ich immer gedacht, er ist der, der dich vor allem retten kann. Selbst vor dir selbst.

Du bist meine beste Freundin und ich liebe dich über alles. Aber gerade könnte ich dir den Hals umdrehen, für die egoistische Nummer, die du abziehst.

Ich weiß, was dir in Bran passiert ist. Ich habe es zwar nicht gesehen, aber gehört und das hat schon ausgereicht und ich habe dich danach gesehen und davor. Und ja, in dem Moment hatte ich Angst vor dir.

Aber hast du eventuell danach auch daran gedacht, dass wir alle viel durchgemacht haben?

Du hast mich gesehen. Du weißt, dass Cecile mich gefangen genommen hatte. Ich habe mit angesehen, wie sie den Jungen, den ich geliebt habe, den Kopf abgerissen hat. Glaub mir, wenn jemand verstehen kann, was das in einem auslöst, dann ich. Ich hätte sie auch am liebsten in Stücke gerissen, aber der Unterschied zwischen dir und mir war, dass ich nicht stark genug war, um das zu tun.

Aber ich möchte dich nicht mit Vorwürfen überschütten.

Ich habe beschlossen, meinen eigenen Weg zu gehen. Solange ihr hier seid, werde ich wohl in Josephs Apartment unterkommen. Aber vorher werde ich noch Marius aufsuchen.

Ja, du hast richtig gelesen. Ich werde zurück nach Rumänien fliegen. Victor hat mir seinen Aufenthaltsort verraten und mir eine Telefonnummer gegeben und was soll ich sagen: Ich habe ihn erreicht. Und nach dem, was mit Joseph passiert ist, möchte ich es ebenfalls versuchen.

Ich würde dich ja fragen, ob du mich wieder zu einem Menschen machst, aber ich glaube nicht, dass du mich in der nächsten Zeit an dich heran lässt und so lange kann ich nicht warten. Ich habe es satt, so zu sein. Ich möchte neu anfangen.

Vielleicht ist das auch ein Weg für dich. Irgendwann. Ich werde Marius von dir erzählen und ihn bitten, dir zu helfen, wenn du soweit bist und sofern du es möchtest.

Nochmal, Vic: Ich liebe dich sehr. Und ich werde keine Sekunde zögern, dich wieder in mein Leben zu lassen, wenn du so weit bist. Nur warte bitte nicht zu lange.

Ich werde dich sehr vermissen.

Fux

Epilog

Einen Monat später

Ich zog mir den Schal über das Kinn und blinzelte gegen den Wind an, als ich aus dem Auto stieg und die Tür hinter mir schloss. Auf dem Weg hierher hatte ich mich zweimal verfahren und musste umkehren, immerhin war ich erst einmal hier gewesen, aber nun stand ich vor dem großen Haus und sah an dem Zaun entlang, der das Grundstück vom Haus abgrenzte.

Der kalte Novemberwind ließ mich fröstelnd die Schultern hochziehen. In Los Angeles war es noch nicht so kalt gewesen.

Unsicher trat ich von einem Fuß auf den anderen und dann merkte ich, dass ich das Unvermeidliche heraus zögerte und entschlossen marschierte ich auf das Eingangstor zu.

Mein Herz schlug mir bis zum Hals, als ich den mit Laub bedeckten Weg entlang schritt und vor der Haustür stehen blieb.

Zitternd rieb ich die Hände aneinander, ließ meinen Finger über den Klingelknopf schweben, drückte dann und zuckte zusammen, als das schrille Klingeln ertönte. Am liebsten wäre ich weggerannt, so nervös war ich. Nein, nervös war nicht das richtige Wort.

Ich hatte eine höllische Angst.

Schritte näherten sich und eine Frau öffnete die Tür. Ich erkannte sie sofort, auch wenn sich um ihre Augen ein paar mehr Fältchen kringelten.

»Ja bitte?«, fragte sie und sah mich prüfend an. Anscheinend erkannte sie mich nicht.

»Ähm…hi. Ich bin…«

»Oh. Oh!«

Okay, offenbar erkannte sie mich doch, denn ihre Augen wurden plötzlich groß, als ich mir die Mütze ein wenig aus der Stirn schob und das Kinn reckte, so dass mein Gesicht nicht mehr halb von Wolle verdeckt war.

»Du…DU bist es! O mein Gott. Komm rein, komm schon! Du holst dir ja noch den Tod«

Rasch trat sie zur Seite und ich betrat das Haus. Eine wohltuende Wärme empfing mich und erleichtert seufzend zog ich mir die Mütze vom Kopf. Madison schloss die Tür hinter mir und starrte mich dann mit großen Augen an.

»Hi«, sagte ich unbeholfen und knetete die Mütze zwischen den Fingern.

»Vic, richtig?«, erwiderte sie und ich sah erleichtert das freudige Aufblitzen in ihren Augen. Das war ein gutes Zeichen, oder?

»Ja. Richtig. Ich…ähm, ich wollte…« Himmel, war das schwer. Kurz schloss ich die Augen, um mich zu sammeln, aber Madison nahm mir das Schwierigste ab.

»Du möchtest zu Joseph, nehme ich an?«, fragte sie strahlend und ich nickte schüchtern.

»Ja. Also…sofern er mich überhaupt sehen will«

Sie lachte auf, ein glockenhelles Lachen.

»Oh, da würde ich mir keine Sorgen machen. Er ist im

Garten. Einfach den Flur entlang ins Wohnzimmer und von da aus kannst du über die Terrasse hinaus«

Ich murmelte ein »Danke« und folgte ihrer Wegbeschreibung.

Die Tür zur Terrasse war nur angelehnt und als ich sie aufschob, wirbelte mir der Wind die Haare aus der Stirn. Ich schob sie mir prustend aus den Augen und als ich wieder freie Sicht hatte, sah ich ihn.

Er stand einige Meter von mir entfernt, mit dem Rücken zu mir und ich hielt für einen Moment die Luft an.

Mein Herz machte einen gewaltigen Satz.

Seine Haare waren immer noch wild und durcheinander und etwas länger, nicht so wie als wir uns kennenlernten. Seine Schultern waren breiter geworden und als ich näher trat, sah ich Schweißtropfen seinen Nacken entlang laufen. Zwei Meter hinter ihm blieb ich stehen, stocksteif und ich konnte nichts sagen. Mein Mund war staubtrocken, aber offenbar hatte er gemerkt, dass jemand ihn anstarrte, denn jetzt drehte er sich um und er blieb ebenso erstarrt stehen, als er mich erblickte.

Er sah fantastisch aus. Seine Wangen waren von dem kalten Wind leicht rot verfärbt, aber trotzdem schien ihm warm zu sein von der Gartenarbeit, denn er hatte die Ärmel seines Pullover hochgekrempelt und stützte sich nun etwas außer Atem auf die Harke, mit der er das Laub zusammen gefegt hatte.

Einen Augenblick lang sahen wir uns nur schweigend an, während um uns herum der Wind an uns zerrte.

Ich brach schließlich die Stille.

»Schlechtes Wetter zum Laub harken, oder?«, fragte ich und versuchte ein schiefes Grinsen, aber ich war zu nervös.

Joseph kniff die Augen zusammen und wischte sich mit

dem Arm den Schweiß von der Stirn. Am Unterarm hatte er einen Kratzer und ich lächelte unwillkürlich, als ich das Blut sah.

»Vic«, sagte er dann und seine Stimme klang rau. In meinem Bauch begannen die Schmetterlinge zu kreisen, als er meinen Namen aussprach. Aber ich wusste, das hier könnte schwierig werden.

»Hallo«, sagte ich also leise.

Joseph ließ die Harke zu Boden sinken und machte ein paar Schritte in meine Richtung, bis er vor mir stehen blieb und auf mich hinab sah. Ich hatte fast vergessen, wie groß er im Gegensatz zu mir war, und mich packte der Drang, mich auf die Zehenspitzen zu stellen und ihn einfach zu küssen. Aber das wäre vielleicht etwas zu stürmisch.

Der Wind um uns herum wurde ganz still. Zwar wirbelte er immer noch Blätter und Staub herum, aber ich nahm nichts anderes mehr wahr als Joseph, der vor mir stand, die Stirn in nachdenkliche Falten gelegt, während seine Augen über mein Gesicht wanderten.

»Du siehst gut aus«, sagte ich schließlich und zupfte leicht an seinem Pullover. Meine Finger kribbelten von der Berührung.

»Ja. Gartenarbeit ist ganz schön anstrengend«, erwiderte er und ich wusste, dieser Smalltalk war nur Ablenkung vor dem, was auf uns zukam. Also holte ich tief Luft.

»Was in den letzten Monaten passiert ist…in dem gesamten letzten Jahr…und vor allem, seid wir aus Rumänien wieder da waren…es tut mir leid. All das, was passiert ist. Es tut mir unfassbar leid«

Er nickte leicht und blinzelte mich durch die Wimpern hindurch an. Schweigend. Verunsichert trat ich von einem Fuß auf den anderen.

»In meiner Fantasie hast du nach dieser Stelle so etwas gesagt wie *Ich verzeihe dir* und dann hast du mich geküsst«, murmelte ich schüchtern. Er lachte nicht. Legte nur leicht den Kopf schief. Und dann endlich sprach er.

»Ich hätte dich gebraucht«, sagte er ernst.

»Ich weiß. Es…«

»Stopp. Ich bin dran« Seine Miene war undurchsichtig, »Ich habe verstanden, warum du niemanden an dich heran gelassen hast und ich wollte dir Zeit geben. Aber nicht nur du hast Leute verloren, die du geliebt hast, Vic. Das haben wir alle.

Wir haben einen Krieg geführt und es hat Opfer gegeben. Ich habe dich gebraucht und ich dachte, wir könnten es gemeinsam hinbekommen irgendwann. Aber du…es ist bei dir nur schlimmer geworden. Fux und ich, wir konnten reden. Wir konnten trauern. Aber es war nicht dasselbe. Ich wollte das mit *dir*« Erneut fuhr er sich mit der Hand über die Stirn. Ich biss mir auf die Unterlippe, um nicht anzufangen zu weinen.

»Ich wollte dich in dem Zustand nicht alleine lassen, aber ich musste auch an mich denken, verstehst du? Wir waren alle traumatisiert. Wir mussten alle einen Weg finden, damit umzugehen. Deswegen bin ich gegangen. Ich habe mir von Victor das Versprechen geholt, dass er dafür sorgt, dass du dir nichts antust und dann musste ich weg, damit ich nicht ende wie du«

Seine Worte taten weh, aber ich wusste, dass sie stimmten.

»Es tut mir leid«, brachte ich hervor. Er nickte.

»Das sagtest du bereits«

»Ich weiß nicht, was ich sonst sagen soll«

Prüfend sah er mich an.

»Meine Mutter ist gestorben«, sagte er dann mit harter

Stimme, »Vier Wochen nachdem ich mit dir hier war«

Ich wollte sagen, dass es mir leid tat, aber ich fürchtete, dass er dann wütend werden würde, weil ich nichts anderes sagte. Zaghaft hob ich den Blick zu ihm hoch. Er sah mich immer noch an und dann wurde seine Miene weich.

»Wie geht's dir?«, fragte er dann und seine Stimme wurde sanft.

Ich schluckte und blinzelte. Keine Tränen jetzt.

»Okay. Denke ich. Ich habe immer noch Albträume. Aber nicht mehr jede Nacht«, sagte ich leise und sah hinunter auf meine Finger. »Und ich habe mit Fux geredet. Habe bei ihr auch die ganze *Verzeih mir* Nummer gebracht. Sie war da deutlich kooperativer als du«

Ich lächelte leicht bei der Erinnerung daran, wie Fux mir noch vor dem ersten Wort, das ich aussprechen konnte, um den Hals gefallen war. Dann spürte ich, wie Josephs Hand nach meiner tastete. Seine Fingerspitzen waren eiskalt und doch umfasste ich sie mit meiner, so fest ich es wagte.

Als ich wieder hoch blickte, lächelte er. Zaghaft lächelte ich zurück.

Und dann hob ich meine Hand, die mit seiner verschränkt war, machte einen Schritt auf ihn zu und legte sie auf meine Brust, dort, wo das Blut von meinem Herz durch meine Adern gepumpt wurde.

Joseph blieb einen Moment still, dann schlug er die Augen nieder und ich sah, wie er sich ein Lächeln verkneifen musste.

»Du hast es Fux also gleich getan«, stellte er fest und ich kicherte leise.

»Ja. Marius sagt zwar, bei mir kann er nicht garantieren, dass es mich ganz zum Menschen macht, aber bisher habe ich keine vampiristischen Anzeichen feststellen können, also…«

»Also hast du das menschliche Leben der Unsterblichkeit vorgezogen« Nun grinste er doch und zwar breit und offen. Ich blickte ihn jedoch ernst an.

»Ja. Denn um ehrlich zu sein, ohne dich…ist die Unendlichkeit nicht wirklich lebenswert. Ohne dich ist die Unendlichkeit einfach nur eine verdammt scheißlange Zeit«

Und endlich, endlich zog er mich zu sich und ich schlang die Arme um seinen Hals und schmiegte mich an ihn und mein Herz schlug so laut und heftig und seines genauso.

Er vergrub die Nase in meinen Haaren, wie früher und ich schloss die Augen, als nun die Tränen meine Wangen hinunter liefen, so erleichtert war ich. Er wollte mich immer noch.

»Ich liebe dich«, flüsterte ich und spürte sein Lächeln an meiner Haut. Seine Hand tastete nach meiner, die ich immer noch um seinen Hals geschlungen hatte und ich spürte, wie er nach dem silbernen Ring tastete, den ich am Ringfinger trug.

»Tatsächlich?«

»Ja«

»Immer?«

»Wenn du es willst. Dann immer«

Danksagung

Wenn es darum geht, Bücher zu schreiben, gibt es immer Leute, denen man am Ende danken muss, denn auch, wenn ich hier sehr viel alleine mache, wären alle drei Werke in den letzten Jahren nicht möglich gewesen.

Danke an die Menschen, die an mich glauben, deren Augen erst groß werden, wenn sie hören, dass ich schreibe, die dann nach meinen Büchern googlen, sie kaufen, sie lesen und mir mit leuchtenden Augen erzählen, dass sie ihnen gefallen haben (manchmal auch nicht) und die mich damit darin bestärken, weiter zu machen.

Danke an meine wundervolle Schwester und persönliche Betaleserin und Lektorin Melli, die sich die Mühe macht, mit mir zusammen dieses Buch auch als „Laie" möglichst zur Perfektion zu bringen.

Danke an das Team von BoD, die ich zwar noch nicht persönlich kennen gelernt habe, aber die Autoren die Möglichkeit geben, ihren Traum zu verwirklichen und die eigene Geschichte schwarz auf weiß gedruckt in den Händen zu halten, ohne dass dafür Tausende von Euros investiert werden können, die die meisten von uns einfach nicht übrig haben.

Danke an meine Mum. Für das gesamte letzte Jahr. Für all die Jahre davor. Für deine Unterstützung, egal wie verrückt meine Träume auch sind und egal wie wenig du sie manchmal nachvollziehen kannst. Für deine Geduld mit mir, wenn ich mal wieder schwierig bin.

Und danke an Vic, an Joseph, an Fux, Cedric, Victor, Cecile, Sam, all die Figuren, die sich in meinem Kopf zum Leben entwickelt haben und die dort neun Jahre lang ihre eigene Geschichte gesponnen haben. Sie ist nun zu Ende. Aber sie bleibt auf Papier bestehen.